LA SUMA

DE TODOS LOS BESOS

JULIA QUINN

La suma
de todos los Besos

ARGENTINA — CHILE — COLOMBIA — ESPAÑA
ESTADOS UNIDOS — MÉXICO — PERÚ — URUGUAY — VENEZUELA

Título original: *The Sum of All Kisses*
Editor original: Avon Books, *An Imprint of* HarperCollins*Publishers*,
New York
Traducción: Elisa Mesa Fernández

1.ª edición Octubre 2014

ISBN: 978-84-92916-72-6
E-ISBN: 978-84-9944-769-8
Depósito legal: B-20.834-2014

Fotocomposición: Jorge Campos Nieto
Impreso por: Romanyà Valls, S. A. – Verdaguer, 1 – 08786 Capellades (Barcelona)

Impreso en España – *Printed in Spain*

Éste es para mí.
También para Paul.
Pero, sobre todo, para mí.

Prólogo

Londres, bien entrada la noche. Primavera de 1821

*E*n el piquet tienen ventaja los que gozan de buena memoria —dijo el conde de Chatteris a nadie en particular.

Lord Hugh Prentice no lo oyó; se encontraba demasiado lejos, sentado a la mesa que había junto a la ventana y, lo más importante, estaba un poco borracho. Sin embargo, si Hugh hubiera oído el comentario de Chatteris, y si no hubiera estado ebrio, habría pensado: *Por eso juego al piquet.*

No lo habría dicho en voz alta. Hugh no era de los que hablaban sólo para que su voz se escuchara. Aunque lo habría pensado. Y su expresión habría cambiado. Le habría temblado la comisura de los labios y habría arqueado la ceja derecha. Habría sido un movimiento casi imperceptible, pero suficiente para que un buen observador pensara que era un engreído.

No obstante, la verdad era que la sociedad londinense carecía de buenos observadores.

A excepción de Hugh.

Él se daba cuenta de todo. Y también lo recordaba todo. Si así lo deseaba, podía recitar *Romeo y Julieta* completo, palabra por palabra. Y *Hamlet. Julio César* no, pero solamente porque nunca había decidido leerlo.

Era un talento extraño que le había valido seis castigos por hacer trampas durante sus dos primeros meses en Eton. Pronto se dio cuenta de que su vida era infinitamente más fácil si fallaba a propósito una pregunta o dos en sus exámenes. No le importaba que lo acusaran de hacer trampas (él sabía que no había copiado, y le traía sin cuidado lo que pensaran los demás), pero era una gran molestia que lo llevaran constantemente ante sus profesores y lo obligaran a permanecer de pie, repitiendo como un loro la información, hasta que se convencían de su inocencia.

Sin embargo, cuando su memoria le era realmente útil era con las cartas. Era el hijo pequeño del marqués de Ramsgate y sabía que no iba a heredar gran cosa. De los hijos pequeños se esperaba que se unieran al ejército, al clero o que engrosaran las filas de los cazafortunas. Ya que carecía del carácter adecuado para llevar a cabo cualquiera de esas actividades, había tenido que encontrar otra manera de mantenerse. Y jugar era muy fácil cuando uno tenía la habilidad de recordar todas las cartas que se habían jugado, y en orden, durante toda la tarde.

Lo que le había resultado difícil había sido encontrar caballeros dispuestos a jugar (la extraordinaria habilidad de Hugh con el piquet era legendaria), pero si los jóvenes estaban suficientemente borrachos, siempre lo intentaban. Todos querían ser el hombre que venció a Hugh Prentice a las cartas.

El problema era que, esa noche, Hugh también había bebido «suficiente». No era algo frecuente; nunca se había sentido cómodo con la pérdida de control que derivaba de una botella de vino. Pero había salido con amigos y habían terminado en una taberna donde las pintas de cerveza eran grandes, la multitud ruidosa y, las mujeres, extraordinariamente pechugonas.

Cuando llegaron a su club y sacaron una baraja de cartas, Daniel Smythe-Smith, que había accedido recientemente al título de conde de Winstead, estaba bien borracho. Les estaba ofreciendo unas vívidas descripciones de la joven con la que se acababa de revolcar, Charles Dunwoody juraba que iba a volver a la taberna para mejorar la actuación de Daniel, e incluso Marcus Holroyd (el joven conde de Chatteris, que siempre había sido algo más serio que los demás) se estaba riendo tanto que casi volcó la silla.

Hugh había preferido su cantinera a la de Daniel (un poco menos rolliza; un poco más ágil) y se limitó a sonreír cuando lo presionaron para que les contara los detalles. La recordaba centímetro a centímetro, por supuesto, pero él nunca contaba esas cosas.

—¡Esta vez te voy a ganar, Prentice! —alardeó Daniel.

Se apoyó descuidadamente contra la mesa y cegó con su sonrisa característica a los demás. Siempre había sido el más encantador del grupo.

—Por el amor de Dios, Daniel —gimió Marcus—, otra vez no.

—No, no, puedo hacerlo. —Daniel meneó un dedo en el aire y se rió cuando el movimiento le hizo perder el equilibrio—. Esta vez lo puedo conseguir.

—¡Puede hacerlo! —exclamó Charles Dunwoody—. ¡Sé que puede!

Ninguno se molestó en hacer un comentario. Incluso sobrio, el joven parecía saber muchas cosas que eran falsas.

—No, no, puedo hacerlo —insistió Daniel—. Porque tú —señaló a Hugh con el dedo— has bebido mucho.

—No tanto como tú —comentó Marcus, y le dio un ataque de hipo al decirlo.

—He estado contando —afirmó Daniel con aire triunfal—. Él ha bebido más.

—Yo he sido el que más ha bebido —se jactó Dunwoody.

—Entonces, deberías jugar —sugirió Daniel.

Comenzaron el juego, les sirvieron vino y todos se lo estaban pasando muy bien hasta que...

Daniel ganó.

Hugh parpadeó, mirando asombrado las cartas que había sobre la mesa.

—He ganado —dijo Daniel, sorprendido—. ¿Os lo podéis creer?

Hugh repasó mentalmente la baraja, ignorando el hecho de que algunas cartas estaban inusualmente borrosas.

—He ganado —repitió Daniel, dirigiéndose en esa ocasión a Marcus, su mejor amigo.

—No —objetó Hugh, casi para sí mismo.

No era posible. Simplemente, no era posible. Él nunca perdía a las cartas. Por las noches, cuando estaba intentando dormir, cuando intentaba no escuchar, su mente reproducía todas las cartas que había jugado durante el día. Durante la semana, incluso.

—No estoy seguro de cómo lo he hecho —reconoció Daniel—. Primero fue el rey, pero luego salió el siete y yo...

—Ha sido el as —lo interrumpió Hugh, que se sentía incapaz de seguir escuchando esa idiotez.

—Hum. —Daniel parpadeó—. Puede ser.

—¡Dios! —gritó Hugh—. Que alguien lo haga callar.

Necesitaba tranquilidad. Tenía que concentrarse y recordar las cartas. Si era capaz de hacerlo, todo aquello desaparecería. Era como la vez que había regresado tarde a casa con Freddie, y su padre los había estado esperando con...

No, no, no. Era diferente. Aquello eran cartas. Piquet. Él nunca perdía. Era lo único en lo que podía confiar.

Dunwoody se rascó la cabeza, miró las cartas y empezó a decir:

—Creo que él...

—¡Winstead, maldito tramposo! —gritó Hugh.

Las palabras salieron de su boca casi sin quererlo. No sabía de dónde procedían ni qué le había motivado a pronunciarlas, pero una vez fuera, llenaron el aire y quedaron chisporroteando violentamente sobre la mesa.

Hugh empezó a temblar.

—No —dijo Daniel.

Sólo eso. Solo «no», con una mano temblorosa y una expresión confusa. Desconcertada, como...

Pero Hugh no pensaba en eso. No podía pensar en eso, así que se puso en pie tambaleándose y volcó la mesa mientras se aferraba a lo único que sabía que era verdad: que él nunca perdía a las cartas.

—No he hecho trampas —se defendió Daniel, parpadeando rápidamente. Se volvió hacia Marcus—. Yo no hago trampas.

Pero tenía que haber hecho trampas. Hugh volvió a repasar mentalmente las cartas, ignorando el hecho de que la jota de tréboles empuñaba un garrote, y estaba buscando el diez, que estaba bebiendo vino de un vaso como el que se había hecho añicos a sus pies...

Hugh empezó a chillar. No tenía ni idea de lo que estaba diciendo, sólo sabía que Daniel había hecho trampas, y la reina de corazones se había tropezado, y cuarenta y dos por trescientos seis siempre era doce mil ochocientos cincuenta y dos. No sabía qué tenía eso que ver con lo demás, pero ahora había vino por todo el suelo, había cartas por todas partes y Daniel estaba ahí de pie, negando con la cabeza y diciendo:

—¿De qué está hablando?

—No podías haber tenido el as —siseó Hugh.

El as había venido después de la jota, que había seguido al diez...

—Pero lo tenía —insistió Daniel con un encogimiento de hombros. Y un eructo.

—No podías —replicó Hugh, trastabillando para recuperar el equilibrio—. Me sé todas las cartas de la baraja.

Daniel bajó la vista hacia las cartas. Hugh también lo hizo, a la reina de diamantes, de cuyo cuello goteaba madeira, como si fuera sangre.

—Extraordinario —murmuró Daniel. Miró a Hugh—. He ganado. Imagínate.

¿Se estaba burlando de él? ¿Acaso Daniel Smythe-Smith, el venerable conde de Winstead, se estaba burlando de él?

—Exijo satisfacción —gruñó Hugh.

Daniel levantó la cabeza, sorprendido.

—¿Qué?

—Elige a tus padrinos.

—¿Me estás retando a un duelo? —Daniel se volvió con incredulidad hacia Marcus—. Creo que me está retando a un duelo.

—Daniel, cállate —ordenó Marcus, que de repente parecía mucho más sobrio que los demás.

Pero Daniel le quitó importancia agitando la mano y dijo:

—Hugh, no seas necio.

Hugh no pensó. Embistió contra él. Daniel saltó a un lado, pero no fue lo suficientemente rápido y los dos hombres cayeron al suelo. Una de las patas de la mesa se le clavó a Hugh en la cadera, pero apenas lo notó. Golpeó a Daniel (una, dos, tres, cuatro veces) hasta que dos pares de manos tiraron de él para separarlos, aunque apenas pudieron contenerlo mientras escupía:

—Eres un maldito tramposo.

Porque él lo sabía. Y Winstead se había burlado de él.

—Eres un idiota —repuso Daniel, limpiándose la sangre de la cara.

—Obtendré satisfacción.

—Claro que no —siseó Daniel—. *Yo* obtendré satisfacción.

—¿En la explanada de hierba? —preguntó Hugh con frialdad.

—Al alba.

Se hizo un silencio sepulcral mientras todos esperaban a que alguno recuperara la sensatez.

Pero no lo hicieron. Por supuesto que no.

Hugh sonrió. No se le ocurría ninguna razón para sonreír, pero de todas maneras sintió que la sonrisa se le expandía por el rostro. Y cuando miró a Daniel Smythe-Smith, vio la cara de otro hombre.

—Que así sea.

—No tienes que hacer esto —dijo Charles Dunwoody, e hizo una mueca al terminar de inspeccionar el arma de Hugh.

Éste no se molestó en contestar. La cabeza le dolía demasiado.

—Quiero decir... te creo cuando dijiste que hizo trampas. Tuvo que ser así porque, bueno, eres tú, y tú siempre ganas. No sabes cómo lo consigues, pero lo haces.

Aunque Hugh apenas movió la cabeza, paseó la mirada lentamente por el rostro de Dunwoody. ¿Lo estaba acusando de hacer trampas?

—Creo que son las matemáticas —siguió diciendo Dunwoody, ajeno a la expresión sarcástica de Hugh—. Siempre has tenido una rara habilidad con ellas.

Qué agradable. Siempre era agradable que lo llamaran raro.

—... y sé que nunca copiaste en matemáticas. Dios sabe que te interrogamos mucho en el colegio. —Dunwoody levantó la mirada frunciendo el ceño—. ¿Cómo lo haces?

Hugh lo miró sin expresar sus emociones.

—¿Me lo estás preguntando *ahora*?

—Oh. No. No, por supuesto que no.

Dunwoody se aclaró la garganta y dio un paso atrás. Marcus Holroyd se dirigía a ellos, presumiblemente en un intento de detener el duelo. Hugh observó las botas del conde mientras éste pisaba la hierba húmeda. La zancada izquierda era más larga que la derecha, aunque no mucho. Posiblemente tardaría quince pasos más en llegar a ellos, dieciséis si no se sentía con muchos ánimos de alcanzarlos.

Pero se trataba de Marcus. Se detuvo a los quince.

Marcus y Dunwoody intercambiaron las armas para inspeccionarlas. Hugh se mantenía cerca del cirujano, que no dejaba de dar información útil.

—Justo aquí —dijo éste, y se dio una palmada en el muslo—. Yo mismo lo he presenciado. La arteria femoral. Sangras como un cerdo.

Hugh no dijo nada. En realidad, no iba a disparar a Daniel. Había dispuesto de algunas horas para tranquilizarse y, aunque seguía furioso, no tenía ninguna razón para intentar matarlo.

—Pero si busca algo realmente doloroso —continuó el cirujano—, no puede fallar la mano o el pie. Ahí los huesos se rompen fácilmente, y hay un montón de nervios. Además, no lo matará. No será nada importante.

A Hugh se le daba bien ignorar a la gente, pero incluso él no pudo ser indiferente a eso.

—¿La mano no es importante?

El cirujano se pasó la lengua por los dientes y la chasqueó, probablemente para mover algún resto rancio de comida. Se encogió de hombros.

—No es el corazón.

Tenía razón, y eso le molestaba. Hugh odiaba que la gente irritante esgrimiera razonamientos válidos. Aun así, si ese cirujano tenía dos dedos de frente, cerraría el pico.

—Asegúrese de no apuntar a la cabeza —le aconsejó con un estremecimiento—. Nadie quiere eso. Y no me refiero sólo al pobre desgraciado que recibe la bala. Habrá sesos por todas partes, la cara se abre. El funeral será un horror.

—¿Éste es el médico que has elegido? —preguntó Marcus.

Hugh volvió la cabeza hacia Dunwoody.

—Él lo ha encontrado.

—Soy barbero —se defendió el cirujano.

Marcus sacudió la cabeza y volvió junto a Daniel.

—¡Caballeros, a sus puestos!

Hugh no estaba seguro de quién había gritado la orden. Alguien que había descubierto lo del duelo y quería fanfarronear, seguro. No había muchas frases en Londres tan codiciadas como «Lo vi con mis propios ojos».

—¡Apunten!

El aludido levantó el brazo y apuntó. Diez centímetros a la derecha del hombro de Daniel.

—¡Uno!

Santo Dios, se había olvidado de la cuenta.

—¡Dos!

Se le hizo un nudo en el estómago. La cuenta. El grito. Era la única ocasión en la que los números se convertían en el enemigo. La voz de su padre, que estaba ronco por el triunfo, y él intentando no escuchar.

—¡Tres!

Hugh se encogió.

Y apretó el gatillo.

—¡Aaaayyy!

Hugh miró a Daniel, sorprendido.

—¡Maldición, me has disparado! —gritó Daniel.

Se agarró el hombro. Su camisa blanca arrugada se estaba tiñendo de rojo.

—¿Qué? —dijo Hugh para sí mismo—. No.

Había apuntado a un lado. No lejos del hombro, pero era un buen tirador, un tirador excelente.

—Oh, Jesús —murmuró el cirujano, y echó a correr por la explanada.

—Le has disparado —jadeó Dunwood—. ¿Por qué lo has hecho?

Hugh no tenía palabras. Daniel estaba herido, quizás de muerte, y lo había hecho él. Lo había hecho él. Nadie lo había obligado. Y en ese momento, mientras Daniel se aferraba el brazo ensangrentado, Hugh gritó al sentir que la pierna se le desgarraba.

¿Por qué había pensado que había oído el disparo antes de sentirlo? Sabía cómo funcionaba. Si sir Isaac Newton tenía razón, el sonido viajaba a una velocidad de doscientos noventa y ocho metros por segundo. Él estaba a unos dieciocho metros de Daniel, lo que significaba que la bala tendría que haber viajado...

Pensó. Y pensó.

Y no pudo dar con la respuesta.

—¡Hugh! ¡Hugh! —gritó Dunwoody, frenético—. Hugh, ¿estás bien?

El aludido levantó la mirada hacia el rostro borroso de Charles Dunwoody. Si estaba mirando hacia arriba, debía de estar en el suelo. Parpadeó, intentando volver a centrar la vista. ¿Seguía borracho? Había tomado una cantidad asombrosa de alcohol la noche anterior, tanto antes como después del altercado con Daniel.

No, no estaba borracho. Al menos, no mucho. Le habían disparado. O, por lo menos, pensaba que le habían disparado. Se sentía como si hubiera recibido una bala, pero en realidad no le dolía tanto. Aun así, eso explicaría por qué estaba en el suelo.

Tragó saliva e intentó respirar. ¿Por qué le costaba tanto respirar? ¿No le habían disparado en la pierna? Eso, si le habían disparado. Todavía no estaba seguro de que fuera eso lo que había ocurrido.

—Oh, santo Dios —exclamó otra voz.

Era Marcus Holroyd, con la respiración entrecortada. Su rostro tenía un tono ceniciento.

—¡Apriétenlo! —ladró el cirujano—. Y vigilen ese hueso.

Hugh intentó hablar.

—Un torniquete —propuso alguien—. ¿No deberíamos hacer un torniquete?

—¡Tráiganme mi maletín! —bramó el cirujano.

Hugh intentó hablar de nuevo.

—No malgastes fuerzas —dijo Marcus, y le agarró la mano.

—Pero ¡no te duermas! —añadió Dunwoody frenéticamente—. Mantén los ojos abiertos.

—El muslo —graznó Hugh.

—¿Qué?

—Decidle al cirujano... —Hizo una pausa, jadeando en busca de aire—. El muslo. Sangrar como un cerdo.

—¿De qué está hablando? —preguntó Marcus.

—Yo... yo...

Dunwoody estaba intentando decir algo, pero las palabras se le atascaban en la garganta.

—¿Qué? —quiso saber Marcus.

Hugh miró a Dunwoody. Parecía descompuesto.

—Creo que está bromeando —afirmó Dunwoody.

—Dios. —Marcus blasfemó y se volvió hacia Hugh con una expresión que a éste le costó interpretar—. Eres un estúpido... Una broma. ¡Estás bromeando!

—No llores —dijo Hugh, porque parecía que era eso lo que iba a hacer.

—Apretadlo más —ordenó alguien.

Hugh sintió que le tiraban de la pierna y que se la estrujaban con fuerza, y después advirtió Marcus:

—Será mejor que os apartéeeeeeis...

Y eso fue todo.

Cuando Hugh abrió los ojos, estaba oscuro. Y se encontraba en la cama. ¿Había pasado un día entero? ¿O más? El duelo había sido al alba. El cielo aún seguía rosado.

—¿Hugh?

¿Freddie? ¿Qué estaba haciendo allí Freddie? No recordaba cuándo había sido la última vez que su hermano había puesto un pie en la casa de su padre. Hugh quería pronunciar su nombre, quería decirle lo feliz que estaba de verlo de nuevo, pero tenía la garganta increíblemente seca.

—No intentes hablar —le indicó Freddie.

Se inclinó hacia delante y su familiar cabeza rubia apareció a la luz de la vela. Siempre se habían parecido mucho, más que la mayoría de los hermanos. Freddie era un poco más bajo, un poco más delgado y un poco más rubio, pero tenían los mismos ojos verdes y el mismo rostro anguloso. Y la misma sonrisa.

Cuando sonreían.

—Deja que te dé un poco de agua —dijo Freddie.

Le puso con cuidado una cuchara a Hugh en los labios y le vertió el contenido en la boca.

—Más —graznó Hugh.

No le había quedado nada para tragar. La lengua reseca había absorbido hasta la última gota.

Freddie le dio unas cucharadas más y propuso:

—Esperemos un poco. No quiero darte demasiado de golpe.

Hugh asintió. No supo por qué, pero asintió.

—¿Te duele?

Le dolía, aunque Hugh tenía la extraña sensación de que no le había dolido tanto hasta que Freddie le había preguntado.

—Todavía está ahí, ya sabes —respondió Freddie, y señaló con la cabeza hacia los pies de la cama—. La pierna.

Por supuesto que seguía allí. Le dolía horrores. ¿En qué otra parte iba a estar?

—A veces se siente dolor incluso después de haber perdido un miembro —comentó Freddie rápidamente, con nerviosismo—. Lo llaman dolor fantasma. He leído algo de eso, no sé dónde. Hace algún tiempo.

Entonces, probablemente fuera cierto. La memoria de Freddie era casi tan buena como la suya, y siempre había sentido inclinación hacia la biología. Cuando eran niños, Freddie prácticamente había vivido fuera, excavando en la tierra, recogiendo especímenes. Hugh se había unido a él algunas veces, pero se había aburrido soberanamente.

Muy pronto había descubierto que el interés en los escarabajos no aumentaba con el número de escarabajos localizados. Lo mismo ocurría con las ranas.

—Padre está abajo —anunció Freddie.

Hugh cerró los ojos. Era lo más parecido que podía hacer a un asentimiento.

—Debería llamarlo —añadió Freddie sin mucha convicción.

—No.

Pasó más o menos un minuto y Freddie dijo:

—Toma, bebe un poco más de agua. Has perdido mucha sangre. Por eso estás tan débil.

Hugh tomó unas cuantas cucharadas más. Le dolía tragar.

—También tienes la pierna rota. El fémur. El médico te la ha colocado, pero ha dicho que el hueso estaba astillado. —Freddie se aclaró la garganta—. Me temo que vas a estar aquí inmovilizado algún tiempo. El fémur es el hueso más largo del cuerpo humano. Tardará varios meses en curar.

Freddie estaba mintiendo, Hugh podía oírlo en su voz. Lo que significaba que iba a tardar más que unos meses en recuperarse. O tal vez no lo hiciera. Tal vez estuviera tullido.

¿No sería gracioso?

—¿Qué día es? —preguntó con voz ronca.

—Has estado inconsciente tres días —contestó Freddie, que había interpretado correctamente la pregunta.

—Tres días —repitió Hugh.

Santo Dios.

—Yo llegué ayer. Corville me lo comunicó.

Hugh asintió. No le extrañaba que el mayordomo hubiera sido el encargado de hacerle saber a Freddie que su hermano casi había muerto.

—¿Y Daniel? —se interesó Hugh.

—¿Lord Winstead? —Freddie tragó saliva—. Se ha ido.

Hugh abrió mucho los ojos.

—No, no, no ha muerto —se apresuró a aclarar—. Tiene una herida en el hombro, aunque se recuperará. Se ha marchado de Inglaterra. Padre intentó que lo arrestaran, pero tú todavía no habías muerto...

Todavía. Qué gracioso.

—... y luego... bueno, no sé lo que le dijo Padre. Vino a verte el día después del duelo. Yo no estaba aquí, pero Corville me dijo que Winstead intentó disculparse. Padre no tuvo... bueno, ya conoces a Padre. —Freddie tragó y se aclaró la garganta—. Creo que lord Winstead se ha ido a Francia.

—Debería volver —aseveró Hugh con voz ronca.

No era culpa de Daniel. Él no había exigido el duelo.

—Sí, bueno, puedes discutir eso con Padre —dijo Freddie, incómodo—. Ha estado hablando de darle caza.

—¿En Francia?

—No intenté razonar con él.

—No, por supuesto que no.

Porque ¿quién razonaba con un loco?

—Pensaron que podrías morir —le explicó Freddie.

—Entiendo.

Ésa era la parte más horrible. Hugh lo entendía.

El marqués de Ramsgate no había llegado a elegir un heredero; la primogenitura le obligaría a darle a Freddie el título, las tierras, la fortuna, todo lo que no estuviera vinculado. Pero si lord Ramsgate pudiera haber elegido, todos sabían que habría escogido a Hugh.

Freddie tenía veintisiete años y no se había casado. Hugh estaba perdiendo las esperanzas de que lo hiciera, porque sabía que no había mujer en el mundo capaz de atraer su atención. Aceptaba ese aspecto de su hermano. No lo comprendía, pero lo aceptaba. Sólo deseaba que Freddie entendiera que todavía podía casarse, cumplir con sus responsabilidades y liberarlo a él de toda esa maldita presión. Seguramente habría muchas mujeres que estarían encantadas de sacar a sus maridos de la cama cuando el cuarto de los niños estuviera lo suficientemente lleno.

Sin embargo, el padre de Hugh estaba tan indignado que le había dicho a Freddie que no se molestara en buscar esposa. Tal vez el título tuviera que recaer en Freddie durante unos años, pero teniendo en cuenta lo que lord Ramsgate estaba planeando, terminaría en Hugh o en sus hijos.

Y no porque le hubiera mostrado mucho cariño a éste.

Lord Ramsgate no era el único noble que no veía razón para tratar a sus hijos equitativamente. Hugh sería mejor para Ramsgate, y por eso Hugh era mejor. Punto.

Porque todos sabían que el marqués amaba Ramsgate, a Hugh y a Freddie, precisamente en ese orden.

Y, probablemente, a Freddie no le tuviera ningún afecto.

—¿Quieres láudano? —le preguntó éste de repente—. El médico dijo que podíamos darte algo si te despertabas.

Sí. Eso era menos divertido que el *todavía*.

Hugh asintió y permitió que su hermano mayor lo ayudara a adoptar una posición casi sentada.

—Dios, es repugnante —se quejó, y le devolvió la taza tras haber vaciado el contenido.

Freddie olió los restos.

—Alcohol —confirmó—. La morfina se ha disuelto en él.

—Justo lo que necesito —murmuró Hugh—. Más alcohol.

—¿Cómo dices?

Hugh negó con la cabeza.

—Me alegro de que estés despierto —confesó Freddie con un tono que obligó a Hugh a darse cuenta de que no se había vuelto a sentar tras darle el láudano—. Le pediré a Corville que se lo diga a Padre. Preferiría no hacerlo yo, ya sabes.

—Por supuesto —dijo Hugh.

El mundo era un lugar mejor cuando Freddie evitaba a su padre. El mundo era un lugar mejor cuando Hugh también lo evitaba, pero alguien tenía que tratar con el viejo bastardo de vez en cuando, y ambos sabían que tenía que ser él. El hecho de que Freddie hubiera acudido allí, a su antiguo hogar en Saint James, era testimonio de su amor por Hugh.

—Te veré mañana —se despidió Freddie, que se había detenido en la puerta.

—No tienes que hacerlo —respondió Hugh.

Freddie tragó saliva y apartó la mirada.

—Entonces, tal vez pasado mañana.

O al día siguiente. Hugh no lo culparía si no regresaba nunca.

Freddie debió de haberle dado instrucciones al mayordomo de que esperara antes de comunicarle a su padre el cambio en el estado de Hugh, porque pasó casi un día entero antes de que lord Ramsgate irrumpiera en la habitación.

—Estás despierto —ladró.

Fue increíble lo mucho que aquello sonó como una acusación.

—Eres un maldito estúpido —siseó Ramsgate—. Casi haces que te maten. ¿Y por qué? ¿Por qué?

—Yo también estoy encantado de verte, Padre —contestó Hugh.

Se encontraba sentado, con la pierna entablillada extendida hacia delante, como un tronco. Estaba bastante seguro de que sonaba mucho mejor de lo que se sentía, pero con el marqués de Ramsgate uno nunca debía mostrar debilidad.

Lo había aprendido muy pronto.

Su padre lo miró enojado e ignoró el sarcasmo.

—Podrías haber muerto.

—Eso tengo entendido.

—¿Crees que esto es gracioso? —le espetó el marqués.

—Lo cierto es que no —contestó.

—Ya sabes lo que habría ocurrido si hubieras muerto.

Hugh sonrió sin ganas.

—Para ser sincero, me lo he planteado, pero ¿alguien sabe realmente lo que ocurre tras la muerte?

Dios, era muy placentero ver cómo su padre enrojecía y se congestionaba. Mientras no empezara a escupir...

—¿Es que no te tomas nada en serio? —preguntó el aristócrata.

—Me tomo muchas cosas en serio, pero esto no.

Lord Ramsgate contuvo la respiración y todo su cuerpo tembló de rabia.

—Ambos sabemos que tu hermano no se casará nunca.

—Oh, ¿de eso va todo?

Hugh fingió sorpresa.

—¡No permitiré que Ramsgate salga de esta familia!

Hugh dejó que pasaran unos segundos tras esa explosión de furia y luego dijo:

—Oh, vamos, el primo Robert no está tan mal. Incluso le permitieron volver a Oxford. Bueno, la primera vez.

—¿Eso es lo que pasa? ¿Estás intentando matarte sólo para molestarme?

—Creo que podría molestarte con mucho menos esfuerzo. Y con un resultado mucho más agradable para mí.

—Si quieres deshacerte de mí, ya sabes lo que tienes que hacer —le planteó lord Ramsgate.

—¿Matarte?

—Maldito...

—Si hubiera sabido que era tan fácil, de verdad que habría...

—¡Cásate con alguna tonta y dame un heredero! —rugió su padre.

—Ya puestos —dijo Hugh con una calma arrolladora—, preferiría que no fuera tonta.

Su padre tembló de furia y pasó un minuto entero antes de que pudiera volver a hablar.

—Necesito saber que Ramsgate permanecerá en la familia.

—Yo nunca he dicho que no me casaré —comentó Hugh, aunque no tenía ni idea de por qué sintió la necesidad de decirlo—. Pero no pienso hacerlo según tus planes. Además, no soy tu heredero.

—Frederick...

—Puede que todavía se case —lo interrumpió Hugh, recalcando cada sílaba.

Pero su padre se limitó a bufar y se dirigió a la puerta.

—Oh, Padre —lo llamó Hugh antes de que se marchara—. ¿Le dirás a la familia de lord Winstead que puede regresar a Inglaterra sin peligro?

—Por supuesto que no. Por lo que a mí respecta, puede pudrirse en el infierno. O en Francia. —El marqués se rió entre dientes—. En mi opinión, es lo mismo.

—No hay ninguna razón por la que no se le permita regresar —expuso Hugh con más paciencia de la que él mismo pensaba que tenía—. Como ambos hemos visto, no me ha matado.

—Te disparó.

—Yo le disparé primero.

—En el hombro.

Hugh tensó la mandíbula. Discutir con su padre siempre había sido agotador, y además ya sentía los efectos de láudano.

—Fue culpa mía —admitió.

—No me importa —replicó el marqués—. Él se ha marchado caminando. Tú eres un tullido que tal vez ya no pueda engendrar hijos.

Hugh abrió mucho los ojos, presa de la alarma. Le habían disparado en la pierna. En la pierna.

—No habías pensado en eso, ¿verdad? —se burló su padre—. La bala alcanzó una arteria. Es un milagro que no murieras desangrado. El médico piensa que la pierna conservó suficiente sangre para sobrevivir, pero sólo Dios sabe qué ha ocurrido con el resto de tu cuerpo.

Tiró con fuerza de la puerta para abrirla y lanzó una última declaración por encima del hombro.

—Winstead me ha arruinado la vida. Bien puedo yo arruinar la suya.

El alcance de las lesiones de Hugh no se conoció hasta pasados varios meses. El fémur sanó. Más o menos.

El músculo volvió a unirse poco a poco. Lo que quedaba de él.

Lo bueno era que todo apuntaba a que todavía podría tener hijos.

Tampoco era que quisiera. O, mejor dicho, no se le había presentado la oportunidad.

Pero cuando su padre preguntaba... o más bien exigía... o mejor dicho, arrancaba de un tirón las sábanas en presencia de algún médico alemán con quien Hugh no querría encontrarse en un callejón oscuro, el joven volvía a subir la ropa de cama hasta bien arriba, fingiendo una vergüenza mortal, y dejaba que su padre pensara que estaba lesionado irremediablemente.

Y todo el tiempo, durante toda la humillante recuperación, permaneció encerrado en la casa de su padre, atrapado en la cama y obligado a soportar la ayuda diaria de una enfermera cuyo estilo característico de cuidados recordaba a Atila el Huno.

Además, se parecía a él. O, al menos, tenía una cara que Hugh imaginaba que se parecería a la de Atila. La verdad era que la comparación no era muy halagüeña.

Para Atila.

Sin embargo, la enfermera Atila, a pesar de ser ruda y grosera, seguía siendo preferible a su padre, que aparecía todos los días a las cuatro de la tarde, con un brandy en la mano (sólo uno; nada para Hugh) y con las novedades de su persecución de Daniel Smythe-Smith.

Y todos los días, a las cuatro y un minuto de la tarde, Hugh le pedía a su padre que parara.

Que lo dejara.

Por supuesto, no lo hacía. Lord Ramsgate había jurado perseguir a Daniel hasta que uno de los dos muriera.

Por fin, Hugh se recuperó lo suficiente como para abandonar Ramsgate House. No tenía mucho dinero (sólo las ganancias que había conseguido con el juego), pero era suficiente para contratar a un ayuda de cámara y alquilar un piso en The Albany, un edificio londinense conocido por ser habitado por caballeros de cuna extraordinaria y de fortuna ordinaria.

Tuvo que aprender a caminar de nuevo. Necesitaba apoyarse en un bastón para ciertas distancias, aunque podía atravesar un salón de baile él solo.

Tampoco era que frecuentara los salones de baile.

Aprendió a convivir con el dolor, con la molestia constante de un hueso mal curado, con la sensación palpitante de un músculo retorcido.

Y se obligó a visitar a su padre, a intentar razonar con él, a pedirle que dejara de perseguir a Daniel Smythe-Smith. Pero nada funcionó. El marqués se aferraba a su furia con uñas y dientes. Ya nunca tendría un nieto, decía rabioso, y todo era culpa del conde de Winstead.

No importaba que Hugh señalara que Freddie era un hombre sano y que aún podía sorprenderlos casándose. Muchos hombres que preferían quedarse solteros terminaban buscando esposa. El marqués se limitaba a escupir. Literalmente escupía en el suelo y decía que aunque Freddie se casara, jamás conseguiría engendrar un hijo. Y si lo hacía, si gracias a algún milagro lo lograba, no sería un niño merecedor de su apellido.

No, era culpa de Winstead. Se suponía que Hugh iba a proporcionarles el heredero de Ramsgate, y mira cómo estaba. Era un tullido inútil que, probablemente, tampoco podría tener hijos.

Lord Ramsgate nunca perdonaría a Daniel Smythe-Smith, el que una vez había sido el elegante y popular conde de Winstead. Jamás.

Y Hugh, cuya constante en la vida había sido su habilidad para estudiar un problema desde todos los ángulos posibles y buscar la solución más lógica, no sabía qué hacer. Más de una vez había pensado casarse, pero a pesar de que parecía encontrarse en buen estado, siempre quedaba la posibilidad de que la bala lo hubiera dañado realmente. Además, pensaba mientras bajaba la mirada a su pierna echada a perder, ¿qué mujer lo aceptaría?

Entonces, un día, algo chisporroteó en su memoria, un momento de la conversación que había tenido con Freddie después del duelo.

Su hermano había dicho que no había intentado razonar con el marqués, y Hugh había respondido «Por supuesto que no», y se había preguntado quién podría razonar con un loco.

Por fin había encontrado la respuesta.

Otro loco.

Capítulo 1

Fensmore, cerca de Chatteris, Cambridgeshire. Otoño de 1824

*L*ady Sarah Pleinsworth, que ya era una veterana tras haber pasado tres temporadas sociales infructuosas en Londres, paseó la mirada por el que pronto sería el salón de su prima y anunció:

—Me persiguen las bodas.

Sus compañeras eran sus hermanas pequeñas Harriet, Elizabeth y Frances que, a las edades de dieciséis, catorce y once años, respectivamente, no tenían por qué preocuparse por las expectativas matrimoniales. Aun así, podrían haberle mostrado un poco de compasión.

Eso habría pensado cualquiera que no conociera a las muchachas Pleinsworth.

—Estás siendo melodramática —contestó Harriet.

Le dirigió a Sarah una mirada fugaz y después hundió la pluma en la tinta para seguir con sus garabatos en el escritorio.

Sarah se volvió lentamente hacia ella.

—¿Escribes una obra sobre Enrique VIII y un unicornio y me llamas melodramática?

—Es una sátira —replicó Harriet.

—¿Qué es una sátira? —intervino Frances—. ¿Es lo mismo que un sátiro?

Elizabeth abrió mucho los ojos y en ellos apareció un brillo travieso.

—¡Sí! —exclamó.

—¡Elizabeth! —la reprendió Harriet.

Frances la miró con los ojos entornados.

—No lo es, ¿verdad?

—Debería serlo —respondió Elizabeth—, ya que tú le has hecho meter un maldito unicornio en la historia.

—¡Elizabeth!

En realidad, a Sarah no le importaba que su hermana hubiera maldecido, pero ya que era la mayor, sabía que debería preocuparse. O, por lo menos, fingir que se preocupaba.

—No estaba maldiciendo —protestó Elizabeth—, estaba expresando mis deseos.

A esa respuesta le siguió un silencio confuso.

—Si el unicornio está sangrando* —explicó Elizabeth—, entonces la obra tiene una posibilidad de ser interesante.

Frances ahogó un grito.

—¡Oh, Harriet! No vas a herir al unicornio, ¿verdad?

Harriet pasó una mano por sus papeles.

—Bueno, no mucho.

El grito ahogado de Frances se convirtió en un grito de terror.

—¡Harriet!

—¿Es posible que las bodas persigan a alguien? —dijo Harriet en voz alta, dirigiéndose a Sarah—. Y si es así, ¿se puede considerar que dos sean un asedio?

—Debería —contestó Sarah enigmáticamente—, si se celebran con solo una semana de diferencia, y si resulta que una está emparentada con una de las novias y con uno de los novios, y sobre todo si la han obligado a ser la dama de honor en una boda en la que...

—Sólo tienes que ser dama de honor una vez —la interrumpió Elizabeth.

—Una es suficiente —murmuró Sarah.

Nadie debería avanzar por el pasillo de una iglesia con un ramo de flores a menos que fuera la novia, que ya lo hubiera sido o que fuera demasiado joven para serlo. Cualquier otra situación era una crueldad.

---

* *Bloody* puede traducirse como «maldito» y como «sangrante». *(N. de la T.)*

—Creo que es divino que Honoria te haya pedido que seas su dama de honor —dijo Frances con efusividad—. Es tan romántico... A lo mejor puedes escribir una escena así en tu obra, Harriet.

—Es una buena idea —contestó ésta—. Podría incorporar un personaje nuevo. Haré que se parezca a Sarah.

Su hermana ni siquiera se molestó en volverse hacia ella.

—Por favor, no lo hagas.

—No, sería muy divertido —insistió Harriet—. Un detalle especial que sólo conoceríamos nosotras tres.

—Somos cuatro —la corrigió Elizabeth.

—Oh, es cierto. Lo siento. Creo que me estaba olvidando de Sarah.

Ésta consideró que aquello no merecía ningún comentario, pero frunció los labios.

—Mi propósito —continuó Harriet— es que todas recordemos que estábamos aquí juntas cuando pensemos en ello.

—Podrías hacer que se pareciera a mí —dijo Frances esperanzada.

—No, no —negó Harriet, agitando la mano—. Ya es demasiado tarde para cambiarlo. Ya lo tengo todo pensado. El nuevo personaje debe parecerse a Sarah. Veamos... —Empezó a garabatear frenéticamente—. Cabello oscuro y espeso con tendencia a rizarse...

—Ojos oscuros e insondables —intervino Frances entrecortadamente—. Deben ser insondables.

—Con un toque de locura —apuntó Elizabeth.

Sarah se dio la vuelta rápidamente para mirarla.

—Sólo estoy haciendo mi aportación —repuso Elizabeth, recatada—. Y te aseguro que ahora veo ese toque de locura.

—Ya lo creo —replicó Sarah.

—Ni demasiado alta, ni demasiado baja —agregó Harriet, sin dejar de escribir.

Elizabeth sonrió y se unió a la cantinela.

—Ni demasiado delgada, ni demasiado gorda.

—¡Oh, oh, oh, yo tengo una! —exclamó Frances, dando botes en el sofá—. Ni demasiado rosa, ni demasiado verde.

Aquello hizo que todas enmudecieran.

—¿Cómo dices? —preguntó Sarah finalmente.

—No te avergüenzas fácilmente —explicó Frances—, así que rara vez te ruborizas. Y sólo te he visto vomitar en una ocasión, cuando tuvimos esa travesía tan mala en Brighton.

—De ahí lo de verde —aclaró Harriet con aprobación—. Bien hecho, Frances. Es un comentario muy inteligente. Es cierto que la gente se pone verde cuando tiene náuseas. Me pregunto por qué.

—Por la bilis —respondió Elizabeth.

—¿Tenemos que mantener esta conversación? —quiso saber Elizabeth.

—No entiendo por qué estás de tan mal humor —se quejó Harriet.

—No estoy de mal humor.

—No estás de buen humor.

Sarah no se molestó en contradecirla.

—Si yo fuera tú —dijo Harriet—, estaría flotando. Vas a recorrer el pasillo.

—Lo sé.

Sarah se desplomó en el sofá. Aparentemente, el peso de la última sílaba pronunciada había sido demasiado fuerte como para que permaneciera erguida.

Frances se levantó y se acercó a ella, mirándola por encima del respaldo del sofá.

—¿No quieres recorrer el pasillo?

Parecía un gorrión preocupado, inclinando la cabeza a un lado y al otro con los movimientos cortos y bruscos típicos de los pájaros.

—No en especial —contestó Sarah.

No a menos que no fuera en su propia boda. Pero era difícil hablar con sus hermanas sobre ello; entre ellas había demasiada diferencia de edad, y algunas cosas no se podían compartir con una chica de once años.

Su madre había perdido tres bebés entre Sarah y Harriet; dos habían sido abortos y, el tercero, el único varón que habían tenido lord y lady Pleinsworth, había fallecido en la cuna antes de cumplir los tres meses. Sarah estaba convencida de que sus padres se sentían decepcionados por no tener ningún hijo varón, pero les reconocía el mérito de que nunca se habían quejado. Cuando mencionaron que el título recaería en William, el primo de Sarah, lo hicieron sin refunfuñar. Simplemente, parecían aceptar los hechos tal como eran. Habían hablado sobre que Sarah se casara con él, para mantener las cosas «claras, organizadas y dentro de la familia», según había dicho su madre, pero William era tres años más joven que ella. Tenía dieciocho años, acababa de empezar sus estudios en Oxford y seguramente no pensara casarse en los próximos cinco años.

Y no había ninguna posibilidad de que ella esperara cinco años. Ni una mínima posibilidad. Ni una fracción de una fracción de una mínima...

—¡Sarah!

Levantó la mirada. Y justo a tiempo. Elizabeth parecía a punto de arrojarle un libro de poesía a la cabeza.

—No lo hagas —le advirtió Sarah.

Elizabeth frunció el ceño decepcionada y bajó el libro.

—Estaba preguntando —repitió (aparentemente)— si sabes si ya han llegado todos los invitados.

—Eso creo —contestó Sarah, aunque, a decir verdad, no tenía ni idea—. No podría asegurártelo sobre los que se están hospedando en el pueblo.

Su prima, Honoria Smythe-Smith, se iba a casar con el conde de Chatteris a la mañana siguiente. La ceremonia se iba a celebrar allí, en Fensmore, el hogar ancestral de los Chatteris en el norte de Cambridgeshire. Sin embargo, ni siquiera la enorme casa del aristócrata podía acoger a todos los invitados que iban a acudir desde Londres; algunos se habían visto obligados a hospedarse en las posadas del lugar.

Como eran familia, los Pleinsworth habían sido los primeros a los que se les habían asignado habitaciones en Fensmore, y habían llegado casi una semana antes para ayudar con los preparativos. O, para ser más exactos, su madre estaba ayudando con los preparativos. A Sarah le habían encargado la tarea de impedir que sus hermanas se metieran en líos.

Y no era nada fácil.

En circunstancias normales, a las chicas las habría vigilado su institutriz, permitiendo así que Sarah atendiera sus obligaciones como dama de honor de Honoria. Pero resultó que su (ahora ex) institutriz se iba a casar en dos semanas.

Con el hermano de Honoria.

Lo que significaba que, cuando las nupcias Chatteris-Smythe-Smith terminaran, Sarah (junto con la mitad de Londres, por lo que parecía) se echaría a la carretera y viajaría desde Fensmore a Whipple Hill, en Berkshire, para asistir al enlace de Daniel Smythe-Smith con la señorita Anne Wynter. Como Daniel también era conde, iba a ser un gran acontecimiento.

Al igual que iba a serlo la boda de Honoria.

Dos grandes acontecimientos. Dos oportunidades para que Sarah bailara y se divirtiera y fuera dolorosamente consciente de que no era ninguna de las novias.

Lo único que ella quería era casarse. ¿Era tan patético?

No, pensó, enderezando la espalda (pero no tanto como para tener que quedarse sentada), no lo era. Buscar marido y ser una buena esposa era lo único para lo que la habían educado, aparte de tocar el piano en el tristemente célebre cuarteto Smythe-Smith.

Y eso, precisamente, era parte de la razón por la que estaba tan desesperada por casarse.

Cada año, como un reloj, las cuatro primas mayores y que permanecían solteras se veían obligadas a reunir sus talentos musicales inexistentes y tocar juntas en un cuarteto.

Y actuar.

Frente a personas de carne y hueso. Que no estaban sordas.

Era un infierno. A Sarah no se le ocurría una palabra mejor para definirlo. Estaba bastante segura de que la palabra apropiada todavía no se había inventado.

El ruido que procedía de los instrumentos Smythe-Smith era indescriptible. Sin embargo, por alguna razón, todas las madres Smythe-Smith (incluyendo la de Sarah, que había nacido Smythe-Smith, aunque ahora era una Pleinsworth) se sentaban en primera fila con sonrisas beatíficas, seguras de que sus hijas eran prodigios musicales. Y el resto de la audiencia...

Ése era el misterio.

¿Por qué había un «resto de la audiencia»? Sarah nunca había podido comprenderlo. Uno sólo tenía que asistir una vez para darse cuenta de que no podía salir nada bueno de una velada musical Smythe-Smith. Pero ella había examinado las listas de invitados; había gente que acudía cada año. ¿En qué estaban pensando? Tenían que saber que se estaban sometiendo a lo que sólo podía definirse como tortura auditiva.

Por lo que parecía, *sí* se había inventado una palabra para eso.

La única manera que tenía una prima Smythe-Smith de liberarse al fin del cuarteto Smythe-Smith era el matrimonio. Bueno, eso y fingir una enfermedad repentina, pero Sarah ya lo había hecho una vez, y no creía que fuera a funcionar una segunda.

O podría haber nacido varón. Ellos no tenían que aprender a tocar instrumentos y sacrificar su dignidad sufriendo una humillación pública.

Era de lo más injusto.

Pero volviendo al matrimonio... Las tres temporadas que había pasado en Londres no habían sido completos fracasos. El anterior, verano, dos caballeros le habían pedido la mano. Y, a pesar de que sabía que eso significaba otro año ante el piano sacrificatorio, los había rechazado a los dos.

No necesitaba sentir una pasión loca y enfermiza. Era demasiado práctica para creer que todos encontraban el amor verdadero... o que todos *tenían* un amor verdadero. Pero una dama de veintiún años no debería casarse con un hombre de sesenta y tres.

En cuanto a la otra propuesta... Sarah suspiró. El caballero era un tipo extraordinariamente cordial, pero cada vez que contaba hasta veinte (y parecía hacerlo con extraña frecuencia), se saltaba el doce.

Ella no necesitaba casarse con un genio, pero ¿era demasiado tener la esperanza de casarse con alguien que supiera contar?

—Matrimonio —dijo para sí.

—¿Cómo dices? —preguntó Frances, que seguía mirándola desde encima del respaldo del sofá.

Harriet y Elizabeth estaban ocupadas con sus propias actividades, lo que le parecía muy bien, porque Sarah no necesitaba tener una audiencia de once años cuando anunció:

—Debo casarme este año. Si no lo hago, creo que moriré.

Hugh Prentice se detuvo brevemente en la puerta del salón y después sacudió la cabeza y siguió caminando. Era Sarah Pleinsworth, si sus oídos no lo engañaban, y no solían hacerlo.

Otra razón por la que no había querido asistir a esa boda.

Hugh siempre había sido un alma solitaria, y había muy pocas personas cuya compañía buscara deliberadamente. Pero, a la vez, tampoco había mucha gente a la que evitara.

A su padre sí, por supuesto.

A los asesinos convictos.

Y a lady Sarah Pleinsworth.

Aunque su primer encuentro no había sido un desastre aburrido, nunca habían sido amigos. Sarah Pleinsworth era una de esas mujeres dramáticas dadas a la exageración y a las grandes declaraciones. Hugh no solía estudiar los discursos de los demás, pero cuando lady Sarah hablaba, era difícil ignorarla.

Usaba demasiados adverbios. Y signos de exclamación.

Además, ella lo despreciaba. No era una conjetura que él había hecho; la había oído pronunciar las palabras. Tampoco era que le molestara, porque ella no le preocupaba, pero deseaba que Sarah aprendiera a estarse callada.

Como en ese momento. Moriría si no se casaba ese año. De verdad.

Hugh negó con la cabeza. Por lo menos, no tendría que asistir a *esa* boda.

Casi había conseguido librarse de aquella también. Pero Daniel Smythe-Smith había insistido, y cuando él había señalado que ni siquiera se trataba de su boda, Daniel se había reclinado en su asiento y había dicho que era la boda de su hermana y que, si querían convencer al resto de la sociedad de que habían dejado atrás sus diferencias, lo mejor sería que él apareciera con una maldita sonrisa plantada en la cara.

No había sido una invitación demasiado elegante, pero a Hugh no le importaba. Prefería que la gente dijera lo que pensaba realmente. Pero Daniel tenía razón en algo: en ese caso, las apariencias eran importantes.

Cuando los dos se habían batido en duelo tres años y medio antes, se había creado un escándalo de proporciones inimaginables. Daniel se había visto obligado a huir del país y Hugh había pasado un año entero aprendiendo a caminar de nuevo. Después había pasado otro año esforzándose por convencer a su padre de que dejara tranquilo a Daniel, y luego otro intentando encontrarlo él mismo, cuando por fin se le había ocurrido la manera de hacer que su padre retirara del caso a sus espías y asesinos.

Espías y asesinos. ¿De verdad su vida se había vuelto tan melodramática? ¿Tanto que, al reflexionar sobre las palabras «espías y asesinos» las encontraba relevantes?

Dejó escapar un prolongado suspiro. Había vencido a su padre, había localizado a Daniel Smythe-Smith y lo había llevado de vuelta a Inglaterra. Ahora Daniel se iba a casar, viviría feliz para siempre y todo sería como tenía que ser.

Para todos menos para Hugh.

Bajó la mirada hacia su pierna. Le parecía justo. Él lo había comenzado todo, así que debería ser quien sufriera las secuelas permanentes.

Pero maldición, aquel día le dolía. El día anterior se había pasado once horas en un carruaje y todavía sufría las consecuencias.

La verdad era que no comprendía por qué era tan necesaria su presencia en esa boda. Seguramente, el hecho de que fuera a asistir a las nupcias de Daniel ese mismo mes sería suficiente para convencer a la sociedad de que la lucha entre ellos dos era agua pasada.

Hugh no era tan orgulloso como para admitir, por lo menos en ese caso, que le importaba lo que pensara la sociedad. No le había molestado el hecho de que la gente lo tachara de excéntrico, con más aptitudes para las cartas que para tratar a las personas. Tampoco le había importado haber escuchado por casualidad a una madre decirle a otra que él le parecía un hombre muy extraño, y que no permitiría que su hija lo considerara un posible pretendiente… en el caso de que su hija se mostrara interesada, cosa que, había dicho la mujer enfáticamente, no ocurriría jamás.

A Hugh no le importaba nada de eso, pero lo recordaba. Palabra por palabra.

Sin embargo, lo que le molestaba era que pensaran que era malvado. Que alguien creyera que había querido matar a Daniel Smythe-Smith, o que se había alegrado cuando éste se había visto obligado a abandonar el país… Eso no podía soportarlo. Y si el único modo de redimir su reputación era asegurarse de que la sociedad supiera que Daniel lo había perdonado, entonces asistiría a esa boda, y a lo que su amigo considerara apropiado.

—¡Oh, lord Hugh!

Se detuvo al oír una voz femenina conocida. Era la novia, lady Honoria Smythe-Smith, que pronto se convertiría en lady Chatteris. En veintitrés horas exactamente, si la ceremonia empezaba a tiempo, en lo que Hugh no tenía mucha confianza. Le sorprendió ver que andaba de un lado para otro. ¿No se suponía que las novias debían estar rodeadas de sus amigas y familiares femeninos, ocupándose de los últimos detalles?

—Lady Honoria —dijo, y cambió la posición del bastón de manera que éste le permitiera hacer una reverencia para saludarla.

—Me alegra mucho que haya podido asistir a la boda —afirmó ella.

Hugh la miró a sus ojos de color azul claro durante unos segundos más de lo que los demás habrían considerado necesario. Estaba bastante seguro de que era sincera.

—Gracias —contestó, y luego mintió—: Estoy encantado de estar aquí.

Ella sonrió ampliamente y el gesto le iluminó el rostro como sólo podía iluminarlo la felicidad verdadera. Hugh no se engañó pensando que él era el responsable de su dicha. Lo único que había hecho había sido ser cortés y, por tanto, evitar hacer cualquier cosa que la apartara de la felicidad que le provocaba la boda.

Simples matemáticas.

—¿Ha disfrutado el desayuno? —le preguntó ella.

Tenía la sensación de que no lo había llamado para preguntarle por el desayuno pero, como debía de ser evidente que había participado en él, contestó:

—Mucho. Elogio a lord Chatteris por sus cocinas.

—Muchas gracias. Es el evento más importante que se ha celebrado en Fensmore en décadas, y los sirvientes están muy nerviosos. Y emocionados. —Honoria apretó los labios, avergonzada—. Pero, sobre todo, están nerviosos.

Él no tenía nada que añadir a aquello, así que esperó a que continuara.

Ella no lo decepcionó.

—Tenía la esperanza de pedirle un favor.

Hugh no podía imaginar de qué se trataba, pero era la novia y, si le pedía que hiciera el pino, entendía que estaba obligado a intentarlo.

—Mi primo Arthur se ha puesto enfermo —dijo—, e iba a sentarse a la mesa principal durante el desayuno de la boda.

Oh, no. No, no le estaría pidiendo que…

—Necesitamos otro caballero, y…

Parecía que sí.

—… pensé que podría ser usted. Nos costará bastante hacer que todo esté… bueno… —Tragó saliva y levantó la vista al techo un momento, mientras buscaba las palabras apropiadas—. Que todo esté bien. O, por lo menos, que parezca estar bien.

Él la miró un momento. El corazón no se le estaba hundiendo; los corazones no se hundían tanto como sentían que los estrujaban de puro pánico, y la verdad era que él tampoco. No había razón para temer que lo obligaran a sentarse a la mesa principal, pero existían todas las razones del mundo para tenerle pavor.

—No es que no esté bien —se apresuró a añadir ella—. Por lo que a mí respecta… y puedo asegurarle que a mi madre, también, le tenemos en gran estima. Sabemos… Es decir, Daniel nos contó lo que usted hizo.

Él la miró fijamente. ¿Qué le había contado Daniel exactamente?

—Sé que no estaría en Inglaterra si usted no lo hubiera buscado, y le estoy muy agradecida.

Hugh pensó que era extraordinariamente cortés que lady Honoria no señalara que él había sido la razón por la que su hermano hubiera tenido que abandonar el país en primera instancia.

Ella sonrió con serenidad.

—Una persona muy sabia me dijo en una ocasión que no son los errores los que revelan nuestro carácter, sino lo que hacemos para enmendarlos.

—¿Una persona muy sabia? —murmuró él.

—Muy bien, fue mi madre —contestó con timidez—, y le confesaré que se lo dijo más a Daniel que a mí, pero me he dado cuenta (y espero que él también) de que es verdad.

—Creo que él ya lo sabe —afirmó Hugh en voz baja.

—Bien. Entonces —planteó Honoria, cambiando bruscamente tanto de tema como de humor—, ¿qué dice? ¿Me acompañará en la mesa principal? Me haría un tremendo favor.

—Me sentiré honrado de ocupar el lugar de su primo —respondió él, y supuso que era verdad.

Prefería nadar en nieve antes que sentarse en un estrado enfrente de todos los invitados de la boda, pero era un honor.

A lady Honoria volvió a iluminársele el rostro; su felicidad brillaba como un faro. ¿Era eso lo que las bodas les hacían a la gente?

—Muchas gracias —dijo ella, aliviada—. Si usted se hubiera negado, habría tenido que pedírselo a mi otro primo, Rupert, y…

—¿Tiene otro primo? ¿Uno al que está dejando en segundo plano por mí?

Tal vez Hugh no se preocupara demasiado por los millones de normas y reglas que había en sociedad, pero eso no significaba que no las conociera.

—Es horrible —contestó ella en un susurro—. Sinceramente, es un hombre terrible, y come demasiada cebolla.

—Bueno, si ése es el caso… —murmuró Hugh.

—Y —continuó Honoria— Sarah y él no se llevan bien.

Hugh siempre medía sus palabras antes de hablar, pero ni siquiera él pudo evitar pronunciar la mitad de la frase «Yo tampoco me llevo bien con lady Sarah» antes de cerrar firmemente la boca.

—¿Cómo dice? —preguntó Honoria.

Hugh se obligó a separar de nuevo la mandíbula.

—No creo que eso sea un problema —comentó, tenso.

Santo Dios, iba a tener que sentarse junto a lady Sarah Pleinsworth. ¿Cómo era posible que lady Honoria Smythe-Smith no se diera cuenta de la idea tan horrible que eso podía ser?

—Oh, gracias, lord Hugh —exclamó Honoria con vehemencia—. Le agradezco enormemente que acceda a ello. Si los sentara juntos (y no habría otro lugar donde sentarlo a él que a la mesa principal, créame, lo he comprobado), sólo Dios sabe cuánto se pelearían.

—¿Lady Sarah? —musitó Hugh—. ¿Pelear?

—Lo sé —se mostró de acuerdo Honoria, malinterpretando sus

palabras—. Es difícil de imaginar. Nunca se enoja. Tiene un maravilloso sentido del humor.

Hugh no hizo ningún comentario.

Honoria esbozó una amplia sonrisa.

—Gracias de nuevo. Me está haciendo un favor enorme.

—¿Cómo podría negarme?

Ella entornó los ojos durante un segundo, pero no pareció detectar el sarcasmo, lo que tenía sentido, ya que ni el propio Hugh sabía si estaba siendo sarcástico.

—Bueno —dijo Honoria—, gracias. Se lo diré a Sarah.

—Está en el salón —la informó él. Honoria lo miró con curiosidad, así que añadió—: La oí hablar al pasar por la puerta.

Como Honoria seguía frunciendo el ceño, dijo:

—Tiene una voz característica.

—No me había fijado —murmuró Honoria.

Hugh decidió que era un momento excelente para callarse y desaparecer.

La novia, sin embargo, tenía otros planes.

—Bueno —declaró—, si está ahí, ¿por qué no viene usted conmigo y le daremos juntos la buena noticia?

A pesar de que era lo último que él deseaba hacer, cuando ella le sonrió, recordó que se trataba de la novia. Y la siguió.

En las novelas fantásticas que Sarah leía por docenas, y por lo que no pensaba disculparse, los presagios no se hacían con ninguna sutileza. La heroína se llevaba la mano a la frente y decía algo como: «¡Oh, si tan sólo pudiera encontrar un caballero que pasara por alto mi nacimiento ilegítimo y mi sexto dedo del pie!»

De acuerdo, aún tenía que encontrar a un autor que estuviera dispuesto a incluir un dedo del pie extra. Pero estaba segura de que resultaría una buena historia. Eso no se podía negar.

Pero, volviendo al tema de los presagios... La heroína haría su apasionada súplica y después, como si algún antiguo talismán lo hubiera convocado, aparecería un caballero.

Oh, si tan sólo pudiera encontrar un caballero... Y ahí aparecía.

Porque Sarah, después de haber hecho esa afirmación ridícula de que moriría si no se casaba ese mismo año, levantó la mirada hacia la puerta. Porque, realmente, ¿no habría sido gracioso?

No se sorprendió al ver que no apareció nadie.

—Hum —dijo—. Incluso los dioses de la literatura han perdido las esperanzas conmigo.

—¿Has dicho algo? —preguntó Harriet.

—Oh, si tan sólo pudiera encontrar un caballero —murmuró para sí—, que me hiciera miserable y me molestara el resto de mis días...

Entonces ocurrió.

Por supuesto.

Lord Hugh Prentice.

Dios altísimo, ¿acaso sus penalidades no iban a acabar nunca?

—¡Sarah! —exclamó Honoria alegremente, deteniéndose al lado de él en la puerta—. Tengo buenas noticias.

Ésta se puso en pie y miró a su prima. Después miró a Hugh Prentice quien, la verdad fuera dicha, nunca le había gustado. Luego volvió a mirar a su prima. Honoria, la mejor amiga que tenía en todo el mundo. Y supo que no tenía buenas noticias. Al menos, no del tipo que Sarah consideraría buenas noticias.

Y Hugh Prentice tampoco las tenía, a juzgar por su expresión.

Pero Honoria seguía radiante de felicidad, y casi comenzó a flotar cuando anunció:

—El primo Arthur se ha puesto enfermo.

Elizabeth prestó atención de inmediato.

—Ésas son buenas noticias.

—Oh, vamos —se lamentó Harriet—. No es ni la mitad de malo que Rupert.

—Bueno, esa parte no es la buena noticia —aclaró Honoria rápidamente, y le dedicó una mirada nerviosa a Hugh, no fuera a pensar que eran una panda de sanguinarias—. La buena noticia es que Sarah iba a tener que sentarse con Rupert mañana, pero ya no.

Frances ahogó un grito y atravesó corriendo la estancia.

—¿Significa eso que podré sentarme a la mesa principal? ¡Oh, por favor, di que puedo ocupar su lugar! Eso sería lo que más me gustaría.

Sobre todo porque la vas a poner en alto, en un estrado, ¿no es así? Estaría por encima de todos.

—Oh, Frances —dijo Honoria, y le sonrió con cariño—, me gustaría que pudiera ser así, pero ya sabes que no hay niños en la mesa principal y, además, necesitamos que sea un caballero.

—De ahí la presencia de lord Hugh —dedujo Elizabeth.

—Estoy encantado de ser de utilidad —afirmó Hugh, aunque a Sarah le resultó evidente que no era así.

—No sabe lo agradecidas que le estamos —comentó Honoria—. Sobre todo Sarah.

Hugh miró a la joven.

Y ella miró a Hugh. Era imperativo que éste se diera cuenta de que, sin duda alguna, no le estaba nada agradecida.

Y entonces él sonrió, ese patán. Bueno, no fue una sonrisa en realidad. Si hubiera sido el rostro de cualquier otra persona, no se le habría llamado sonrisa, pero su semblante solía ser tan pétreo que hasta el más mínimo movimiento de la comisura de los labios era el equivalente de una alegría extrema en cualquier otra persona.

—Seguro que estaré encantada de sentarme a su lado, en lugar de al lado del primo Rupert —auguró Sarah.

«Encantada» era una exageración, pero Rupert tenía un aliento horrible, así que por lo menos se evitaría eso teniendo a lord Hugh a su lado.

—Seguro —repitió lord Hugh.

Su extraña voz era monótona y hablaba arrastrando las palabras, lo que le hacía sentir a Sarah como si la mente le estuviera a punto de explotar. ¿Se estaba burlando de ella? ¿O simplemente estaba repitiendo la palabra para darle más énfasis? No sabía qué pensar.

Era otra peculiaridad que hacía de lord Prentice el hombre más irritante de Bretaña. Si una estaba siendo objeto de burla, ¿no tenía derecho a saberlo?

—No toma cebolla cruda con el té, ¿verdad? —le preguntó Sarah fríamente.

Él sonrió. O tal vez no.

—No.

—Entonces, estoy segura —aseveró.

—¿Sarah? —dijo Honoria, vacilante.

Sarah se volvió a su prima con una brillante sonrisa en el rostro.

No había olvidado aquel momento tan extraño el año anterior, cuando había conocido a lord Hugh. Él había pasado de caliente a frío en un parpadeo. Y, si él era capaz de hacerlo, ella también.

—Vas a tener una boda perfecta —afirmó—. Lord Hugh y yo nos vamos a llevar divinamente, estoy segura.

Honoria no se creyó la interpretación de Sarah ni por un momento. Tampoco Sarah pensaba que lo fuera a hacer. Pasó la mirada de su prima a Hugh y viceversa unas seis veces en un solo segundo.

—Ahhh —exclamó ella, claramente confusa por la situación embarazosa—. Bien.

Sarah mantuvo la sonrisa beatífica en el rostro. Por Honoria, intentaría ser civilizada con Hugh Prentice. Por Honoria, incluso le sonreiría y le reiría las bromas, suponiendo que las hiciera. Aun así, ¿cómo era posible que su prima no se diera cuenta de lo mucho que odiaba a Hugh? Oh, de acuerdo, no era odio. El odio lo reservaba para los enemigos. Napoleón, por ejemplo. O esa vendedora de flores de Covent Garden que había intentado engañarla la semana anterior.

Pero Hugh Prentice estaba más allá de las molestias, de la irritación. Era la única persona (aparte de sus hermanas) que había conseguido enfurecerla tanto que había tenido que agarrarse las manos para no abofetearlo.

Nunca había estado tan enfadada como aquella noche…

Capítulo 2

Cómo se conocieron (según lo recuerda ella)

*Un salón de baile londinense, donde se celebraba el compromiso
del señor Charles Dunwoody con la señorita Nerissa Berbrooke.
Seis meses atrás*

Crees que el señor Saint Clair es apuesto?

Sarah no se molestó en volverse hacia Honoria al hacer la pregunta. Estaba demasiado ocupada observando al señor Saint Clair, intentando decidir lo que pensaba de él. Siempre había preferido a los hombres con el cabello moreno, pero no estaba segura de que le gustara la cola de caballo que llevaba a la espalda. ¿Le hacía parecer un pirata, o le hacía parecer como si intentara parecer un pirata?

Había una gran diferencia.

—¿Gareth Saint Clair? —preguntó Honoria—. ¿Te refieres al nieto de lady Danbury?

Aquello hizo que Sarah la mirara rápidamente.

—¡No es él! —dijo ahogando un grito.

—Oh, claro que lo es. Estoy segura.

—Bueno, entonces queda tachado de mi lista —resolvió Sarah sin dudarlo un instante.

—Ya sabes que admiro a lady Danbury —afirmó Honoria—. Dice siempre lo que piensa.

—Y ésa es precisamente la razón por la que ninguna mujer en su sano juicio querría casarse con un miembro de su familia. Cielo santo, Honoria, ¿y si tuviera que vivir con ella?

—A ti misma se te conoce por ser demasiado franca —señaló ésta.

—Sea como sea —dijo Sarah, que era lo máximo que iba a admitir—, no estoy hecha para vivir con lady Danbury.

Volvió a mirar al señor Saint Clair. ¿Pirata o aspirante a pirata? Supuso que no importaba, no si estaba emparentado con lady Danbury.

Honoria le dio unas palmaditas en el brazo.

—Date tiempo.

Sarah se volvió hacia su prima y la miró con sarcasmo.

—¿Cuánto tiempo? Esa mujer tiene ochenta años, como poco.

—Todos necesitamos tener algo a lo que aspirar —murmuró Honoria.

Sarah no pudo evitar poner los ojos en blanco.

—¿Acaso mi vida se ha vuelto tan patética que mis aspiraciones deben medirse en décadas más que en años?

—No, por supuesto que no, pero...

—Pero ¿qué? —preguntó Sarah con recelo al ver que Honoria no completaba la frase.

Honoria suspiró.

—¿Crees que encontraremos maridos este año?

Sarah no se sintió capaz de crear una respuesta verbal. Sólo pudo ofrecerle una mirada lastimera.

Honoria hizo lo mismo y suspiraron al unísono. Cansadas, agotadas.

—Somos patéticas —se lamentó Sarah.

—Lo somos —se mostró de acuerdo Honoria.

Observaron el salón de baile durante unos momentos y Sarah dijo:

—Sin embargo, esta noche no me importa.

—¿Ser patética?

Sarah miró a su prima y esbozó una amplia sonrisa.

—Esta noche te tengo a ti.

—¿A la desdicha le gusta la compañía?

—Eso es lo curioso —señalo Sarah, y frunció el ceño en una expresión de incredulidad—. Esta noche no me siento desdichada.

—Vaya, Sarah Pleinsworth —exclamó Honoria sin molestarse en ocultar el sarcasmo—, eso es probablemente lo más agradable que me has dicho nunca.

Sarah chasqueó la lengua y preguntó:

—¿Seremos dos solteronas, viejas y cojas, en la velada musical anual?

Honoria se estremeció.

—Estoy bastante segura de que eso no es lo más agradable que me has dicho. Me gusta la velada musical, pero...

—¡No puede ser!

Sarah casi no pudo resistir el impulso de taparse los oídos con las manos. A nadie podía gustarle eso.

—He dicho que me gusta la velada musical, no la música —le explicó Honoria.

—Vaya, ¿acaso son diferentes? Pensé que iba a morir...

—Oh, Sarah —la reprendió Honoria—, no exageres.

—Ojalá fuera una exageración —murmuró Sarah.

—Me pareció muy divertido ensayar con Viola, Marigold y contigo. Y el año que viene será incluso mejor. Tendremos a Iris tocando el violonchelo. La tía Maria me contó que el señor Wedgecombe sólo va a tardar unas semanas en declararse a Marigold. —Honoria frunció el ceño, pensativa—. Aunque no estoy muy segura de por qué lo sabe.

—Eso no es lo importante —dijo Sarah con gravedad— y, aunque lo fuera, no merece la humillación pública. Si quieres pasar tiempo con tus primas, invítanos a todas a un picnic. O a un juego de Pall Mall.

—No es lo mismo.

—Gracias a Dios.

Sarah se estremeció, intentando no recordar ni un solo momento de su debut en el cuarteto Smythe-Smith. Sin embargo, era muy difícil mantener a raya ese recuerdo. Cada acorde horrible, cada mirada de lástima...

Por eso tenía que considerar a todos los caballeros como posibles maridos. Si tenía que actuar con sus primas discordantes una vez más, perecería.

Y no era una exageración.

—Muy bien —dijo Sarah de repente, y cuadró los hombros para dar más énfasis a sus palabras—. El señor Saint Clair ha quedado fuera de mi lista. ¿Quién más ha venido esta noche?

—Nadie —contestó Honoria con mal humor.

—¿Nadie? ¿Cómo es posible? ¿Qué me dices del señor Travers? Creí que vosotros dos… Oh. —Sarah tragó saliva al ver la expresión afligida en el rostro de Honoria—. Lo siento. ¿Qué ocurrió?

—No lo sé. Pensé que todo iba muy bien. Pero de repente… Nada.

—Es muy extraño —comentó Sarah. Aunque el señor Travers no habría sido su primera elección como marido, parecía suficientemente resuelto. Desde luego, no del tipo de hombre que dejaba plantada a una dama sin ningún tipo de explicación—. ¿Estás segura?

—En la *soirée* de la señora Wemberley de la semana pasada le sonreí y salió huyendo de la sala.

—Oh, pero seguramente son imaginaciones tuyas…

—Tropezó con una mesa mientras corría.

—Oh. —Sarah hizo una mueca. Era imposible poner buena cara al escuchar eso—. Lo siento —se disculpó, comprensiva.

A pesar de que le resultaba muy reconfortante tener a Honoria en su bando de fracasadas matrimoniales, quería que su prima fuera feliz.

—Probablemente sea lo mejor —contestó Honoria, que siempre era optimista—. Teníamos muy pocas cosas en común. De hecho, es bastante musical, y no sé cómo podría… ¡Oh!

—¿Qué ocurre? —preguntó Sarah.

Si hubieran estado más cerca de los candelabros, el grito ahogado de Honoria habría apagado las velas.

—¿Por qué está él aquí? —susurró.

—¿Quién? —Sarah recorrió el salón con la mirada—. ¿El señor Travers?

—No. Hugh Prentice.

Todo el cuerpo de Sarah se tensó de rabia.

—¿Cómo se atreve a aparecer? —siseó—. Seguro que sabía que asistiríamos.

Pero Honoria estaba negando con la cabeza.

—Tiene el mismo derecho a estar aquí que...

—No, no lo tiene —la interrumpió Sarah. Honoria solía ser amable y compasiva con quien no se lo merecía—. Lo que necesita lord Hugh Prentice —afirmó Sarah— es una paliza en público.

—¡Sarah!

—Hay un momento y un lugar para la caridad cristiana, y lord Prentice no se encuentra en ninguno de ellos.

Sarah entornó los ojos mientras observaba al caballero que pensaba que era lord Hugh. Nunca los habían presentado formalmente; el duelo había tenido lugar antes de que ella hiciera su debut en sociedad y, por supuesto, nadie se había atrevido a presentarlos después. Aun así, Sarah sabía qué aspecto tenía.

Pensaba que era su deber saberlo.

Sólo podía ver al caballero de espaldas, pero su cabello era del color apropiado: castaño claro. O tal vez rubio oscuro, dependiendo de lo caritativa que una se sintiera. No podía ver si llevaba bastón. ¿Caminaría ya mejor? La última vez que lo había visto de lejos, varios meses atrás, su cojera era bastante pronunciada.

—Es amigo del señor Dunwoody —dijo Honoria, cuya voz seguía siendo un poco débil—. Habrá querido venir para felicitarlo.

—No me importa si quiere regalarle a la feliz pareja su propia isla india privada —replicó Sarah—. Tú también tienes amistad con el señor Dunwoody. Lo conoces desde hace años. Seguramente, lord Hugh es consciente de ello.

—Sí, pero...

—No lo excuses. No me importa lo que lord Hugh piense de Daniel...

—Pues a mí sí. Me importa lo que todo el mundo pueda pensar de Daniel.

—Ése no es el caso —despotricó Sarah—. Tú eres inocente de cualquier acto inmoral, y te han tratado injustamente. Si lord Hugh tiene un mínimo de decencia, debería mantenerse alejado de cualquier reunión en la que haya una posibilidad de que puedas estar presente.

—Tienes razón. —Honoria cerró los ojos unos instantes; parecía tremendamente agotada—. Pero ahora mismo no me importa. Lo único que quiero es marcharme. Quiero irme a casa.

Sarah siguió mirando al hombre en cuestión o, mejor dicho, su espalda.

—Más le valdría no haber venido —dijo, casi para sí misma, y dio un paso hacia delante—. Voy a...

—No te atreverás —le advirtió Honoria, y la hizo volver a retroceder agarrándola firmemente del brazo—. Si montas una escena...

—Yo nunca montaría una escena.

Sin embargo, ambas sabían que era capaz de hacerlo. Por Hugh Prentice o, mejor dicho, a causa de Hugh Prentice, Sarah montaría una escena que pasaría a la historia.

Dos años atrás, Hugh Prentice había destrozado a su familia. La ausencia de Daniel todavía era un gran vacío en las reuniones familiares. Ni siquiera se podía mencionar su nombre delante de su madre; la tía Virginia fingía que no lo había oído y, después (según Honoria), se encerraba en su habitación a llorar.

El resto de la familia tampoco había resultado ileso. El escándalo que había seguido al duelo había sido tan grande que Honoria y Sarah se habían visto obligadas a renunciar a la que habría sido su primera temporada social en Londres. A Sarah no le había pasado inadvertido (ni tampoco a Honoria, después de que ésta se lo hubiera contado, repetido, se hubiera puesto furiosa por ello y después se hubiera desplomado en la cama presa de la desesperación) el hecho de que 1821 había sido una temporada extraordinariamente productiva, según habían juzgado las madres de Londres que buscaban parejas para sus hijas. Catorce caballeros solteros se habían comprometido esa temporada. ¡Catorce! Y eso sin contar a los que eran demasiado viejos, demasiado raros y a los que le tenían demasiado aprecio a la bebida.

¡Quién sabía qué habría pasado si Sarah y Honoria hubieran estado disponibles durante esa temporada matrimonialmente espectacular! Tal vez fuera una mujer trivial pero, en lo que a ella concernía, Hugh Prentice era directamente responsable de la soltería que se aproximaba a toda velocidad.

Sarah nunca se había encontrado con él, pero lo odiaba.

—Lo siento —se disculpó Honoria de repente. Tenía la voz entrecortada y parecía estar conteniendo un sollozo—. Debo irme. Ahora. Y tenemos que encontrar a mi madre. Si ella lo ve...

La tía Virginia. A Sarah se le cayó el alma a los pies. Se quedaría destrozada. La madre de Honoria nunca se había recuperado de la desgracia de su único hijo varón. Verse cara a cara con el hombre que la había causado...

Sarah agarró a su prima de la mano.

—Ven conmigo —la instó—. Te ayudaré a encontrarla.

Honoria asintió sin fuerzas y dejó que Sarah la guiara. Serpentearon entre la multitud, intentando avanzar con rapidez y discreción. Sarah no quería que su prima se viera obligada a hablar con Hugh Prentice, pero prefería morir antes que permitir que alguien pensara que estaban huyendo de él.

Lo que significaba que ella iba a tener que quedarse. Tal vez incluso hablar con él. Iba a tener que dar la cara en nombre de toda la familia.

—Ahí está —dijo Honoria mientras se acercaban a las puertas del gran salón.

Lady Winstead se encontraba en un pequeño grupo de madres, charlando amigablemente con la señora Dunwoody, la anfitriona.

—No debe de haberlo visto —musitó Sarah.

Si no, no estaría sonriendo.

—¿Qué puedo fingir? —preguntó Honoria.

—Agotamiento —respondió Sarah de inmediato.

Nadie lo dudaría. El rostro de Honoria se había vuelto ceniciento en cuanto había visto a Hugh Prentice y habían aparecido unas manchas grises bajo sus ojos.

Honoria asintió rápidamente y se marchó. Hizo a un lado educadamente a su madre y le susurró unas palabras al oído. Sarah vio que las dos se excusaban y se escapaban por la puerta, hacia los carruajes que esperaban.

Sarah dejó escapar el aire que había estado conteniendo, aliviada de que su tía y su prima no tuvieran que entrar en contacto con lord Hugh. Lo malo era que la marcha de Honoria significaba que ella debía quedarse allí durante, al menos, una hora. No pasaría mucho tiempo antes de que los chismosos se dieran cuenta de que lord Hugh Prentice estaba en la misma sala que una prima Smythe-Smith. Primero habría miradas, luego susurros y después todo el mundo los observaría para ver si se encontraban y si hablaban y, aunque no lo hicieran, ¿quién se marcharía primero?

Sarah consideró que debía quedarse en el salón de baile de los Dunwoody durante al menos una hora para que no importara quién se marchaba primero. Pero antes, la tenían que ver pasándoselo muy bien, por lo que no podía quedarse junto al vestíbulo, sola. Tenía que encontrar a una amiga con quien charlar, y necesitaba que alguien bailara con ella, reír y sonreír como si no tuviera ninguna preocupación.

Y debía hacer todo eso dejando perfectamente claro que sabía que lord Hugh Prentice había conseguido arrastrarse hasta la fiesta y que pensaba que no merecía la pena ni mirarlo.

Mantener las apariencias podía ser agotador.

Afortunadamente, en cuanto volvió a entrar al salón de baile vio a su primo Arthur. Era aburrido y estirado, pero también era increíblemente atractivo y siempre parecía llamar la atención. Y lo que era más importante, si ella se colgaba de su brazo y le decía que tenía que bailar con él inmediatamente, él lo haría, sin preguntarle nada.

Tras terminar el baile con Arthur, le pidió que la llevara junto a uno de sus amigos, quien no tuvo otra alternativa que pedirle que bailara con él el siguiente minueto y, antes de darse cuenta, Sarah había bailado cuatro veces en rápida sucesión, tres con hombres que hacían que una joven dama pareciera popular. Su pareja en el cuarto baile, en cambio, fue sir Felix Farnsworth quien, tristemente, no gozaba de esa virtud.

Sin embargo, a Sarah no le importó bailar con él, ya que también empezaba a tener el don de otorgar popularidad a sus acompañantes, e incluso le lanzó una sonrisa a sir Felix, a quien siempre había tenido aprecio, a pesar de su lamentable interés en la taxidermia.

No vio a lord Hugh, pero pensó que no había manera de que él no la hubiera visto a ella. Cuando terminó de beber un vaso de limonada con sir Felix, decidió que ya había dado un buen espectáculo, aunque no hubiera pasado una hora completa desde la marcha de Honoria.

Si cada baile duraba unos cinco minutos, con algo de tiempo entre cada uno, más la breve charla con Arthur y dos vasos de limonada...

Seguramente eso era suficiente para recuperar el buen nombre de la familia. Al menos, por esa noche.

—Gracias de nuevo por este baile tan agradable, sir Felix —dijo Sarah mientras le daba el vaso vacío a un lacayo—. Le deseo la mejor de las suertes con ese buitre.

—Sí, son animales muy divertidos —contestó él, asintiendo con la cabeza—. Todo está en el pico, ya sabe.

—El pico —repitió ella—. Claro.

—Entonces, ¿se marcha? —preguntó el caballero—. Tenía la esperanza de hablarle de mi otro proyecto. La musaraña.

Sarah sintió que sus labios se movían, intentando formar las palabras. Cuando habló, lo único que pudo decir fue:

—Mi madre.

—¿Su madre es una arpía?*

—¡No! Quiero decir, no suele serlo.

Oh, cielo santo, menos mal que sir Felix no era un chismoso, porque si eso llegaba a oídos de su madre...

—Lo que quiero decir es que no es una arpía. Nunca. Pero tengo que encontrarla. Me dijo expresamente que quería marcharse antes de... hum... bueno... ahora.

—Son casi las once —la informó él amablemente.

Ella asintió con énfasis.

—Precisamente.

Sarah se despidió y dejó a sir Felix con el primo Arthur, quien, si no estaba interesado en las musarañas, por lo menos aparentaba estarlo. Después partió en busca de su madre para hacerle saber que deseaba marcharse antes de lo planeado. No vivían lejos de los Dunwoody; si ésta aún no estaba lista para irse, no debería haber problema en que el carruaje de los Pleinsworth llevara a Sarah a casa y después regresara a por ella.

No obstante, tras cinco minutos de búsqueda aún no había localizado a su madre y Sarah empezó a mascullar cuando se topó con el pasillo en el que pensaba que los Dunwoody tenían una sala de juego.

---

* *Shrew* puede traducirse como «musaraña» o como «arpía». *(N. de la T.)*

—Si mamá está jugando a las cartas...

No se trataba de que lady Pleinsworth no se pudiera permitir perder una guinea o dos en lo que fuera que las mujeres maduras jugaran aquellos días, pero le parecía muy injusto que estuviera jugando mientras ella tenía que salvar a la familia de la vergüenza.

Causada por su primo, mientras también jugaba.

—Ah, ironía —murmuró—. Tu nombre es...

Su nombre era...

Su nombre podría ser...

Dejó de caminar y frunció el ceño. Por lo que parecía, se le escapaba aquella palabra.

—Soy patética —musitó, y retomó la búsqueda.

Quería irse a casa. ¿Dónde demonios estaba su madre?

A unos metros de ella vio que una suave luz se filtraba por una puerta parcialmente abierta. El lugar parecía lo bastante tranquilo para que estuviera disputándose una partida de cartas en su interior pero, por otra parte, la puerta abierta indicaba que, fuera lo que fuese lo que se encontrara, no sería demasiado inapropiado.

—Mamá —llamó, y entró en la estancia.

Pero no era su madre.

Aparentemente, el nuevo nombre de la ironía era Hugh Prentice.

Se quedó helada en el umbral, incapaz de hacer otra cosa que no fuera mirar al hombre que estaba sentado junto a la ventana. Más tarde, al recordar el horrible momento del encuentro, se le ocurriría que podría haberse marchado. Él no miraba hacia ella y no la había visto; no la vería a menos que hablara de nuevo.

Algo que, por supuesto, ella hizo.

—Espero que esté satisfecho —dijo fríamente.

Lord Hugh se levantó al oír su voz. Sus movimientos eran rígidos, y se apoyó con fuerza en el brazo de la butaca al ponerse en pie.

—¿Cómo dice? —preguntó educadamente, mirándola con una expresión carente de toda emoción.

¿No tenía la decencia de parecer incómodo en su presencia? Sarah apretó con fuerza los puños.

—¿No tiene usted vergüenza?

Aquello provocó un parpadeo; poca cosa más.

—La verdad es que depende de la situación —murmuró él.

Sarah buscó en su repertorio de exclamaciones relacionadas con la indignación femenina y dijo finalmente:

—Usted, señor, no es un caballero.

Al decir eso, por fin obtuvo toda su atención. Él posó en ella sus ojos de color verde hierba, entrecerrándolos ligeramente mientras pensaba, y entonces fue cuando Sarah se dio cuenta...

No sabía quién era ella.

Sarah ahogó un grito.

—¿Y ahora qué? —susurró él.

No sabía quién era. ¿Le había arruinado la vida y no sabía quién era?

Ironía, tu nombre estaba a punto de ser maldito.

Capítulo 3

Cómo se conocieron (según lo recuerda él)

Mirando atrás, pensó Hugh, debería haberse percatado de que la joven que tenía delante estaba trastornada cuando declaró que no era un caballero. No era que no fuera verdad; por mucho que intentara comportarse como un adulto civilizado, sabía que su alma llevaba años negra como el hollín.

Pero... «Usted, señor, no es un caballero», acompañado de «Espero que esté satisfecho» y de «¿No tiene usted vergüenza?»... Seguramente, ningún adulto con una inteligencia medianamente normal y algo de cordura sería tan redundante. Por no decir trivial. O esa pobre mujer había pasado demasiado tiempo en el teatro o se había convencido de que era un personaje de uno de esos horribles melodramas que todo el mundo leía por la época.

Estuvo tentado de girar sobre sus talones y marcharse pero, a juzgar por el brillo de locura que había en sus ojos, era probable que lo siguiera, y él no era precisamente un hombre rápido. Lo mejor sería abordar el problema sin ambages y hablar.

—¿Se encuentra mal? —le preguntó con prudencia—. ¿Quiere que vaya a buscar a alguien?

Estaba furiosa, sus ojos chisporroteaban y sus mejillas habían adquirido tanto color que él podía verlo incluso con la tenue luz del candil.

—Usted... usted...

Él dio un paso atrás, precavido. Ella tenía los labios bien apretados y parecía querer escupirle las palabras.

—Tal vez debería sentarse —le sugirió.

Señaló un diván, deseando que ella no esperara que la acompañara hasta él. Su equilibrio ya no era el de antes.

—Catorce hombres —siseó ella.

Lord Hugh no tenía ni idea de lo que estaba hablando.

—¿Lo sabía? —preguntó ella, y él se dio cuenta de que estaba temblando—. Catorce.

Él se aclaró la garganta.

—Y yo soy uno solo.

Hubo un momento de silencio. Un momento de bendito silencio. Después, ella dijo:

—No sabe quién soy, ¿verdad?

Hugh la miró con más atención. Le parecía vagamente familiar pero, en términos lógicos, eso no significaba nada. Aunque Hugh no socializaba muy a menudo, había muchos miembros en la alta sociedad. Al final, su cara le tenía que sonar.

Si se hubiera quedado en la reunión de aquella tarde unos minutos más, habría sabido quién era, pero había abandonado el salón de baile con la misma rapidez con la que lo había encontrado. Charles Dunwoody se había puesto gris cuando él lo había felicitado, y Hugh se había preguntado si acababa de perder a su último amigo de Londres. Al final Charles lo había llevado a un aparte y le había dicho que la madre y la hermana de Daniel Smythe-Smith se encontraban presentes.

No le había pedido a Hugh que se marchara, pero ambos sabían que no era necesario. De inmediato, éste había hecho una reverencia y se había retirado. Ya había provocado suficiente dolor en aquellas mujeres. Quedarse en el baile habría sido malicioso.

Sobre todo porque él no podía bailar.

Pero la pierna le había dolido, y no había tenido ganas de salir a la fila de carruajes para regresar; al menos por el momento. Así que había entrado en un salón tranquilo, donde tenía la esperanza de quedarse sentado y descansar en soledad.

O no.

La mujer que había irrumpido en su refugio todavía estaba de pie en el umbral, y su furia era tan palpable que Hugh casi estaba dispuesto a reconsiderar sus creencias sobre la posibilidad de que existiera la combustión espontánea de un cuerpo humano.

—Usted me ha arruinado la vida —siseó ella.

Eso sabía que no era cierto. Había arruinado la vida de Daniel Smythe-Smith y, por extensión, posiblemente la de su hermana pequeña soltera, pero esa morena que tenía enfrente no era Honoria Smythe-Smith. Lady Honoria tenía el cabello mucho más claro y su rostro no era tan expresivo, aunque la emoción tan intensa que mostraba esa mujer bien podía estar provocada por la locura. O, pensándolo bien, por la bebida.

Sí, eso era lo más probable. Hugh no estaba seguro de cuántos vasos de ratafía hacían falta para embriagar a una mujer de unos cincuenta y cinco kilos, aunque era evidente que ella lo había conseguido.

—Siento haberla alterado —le dijo—, pero me temo que me confunde con otra persona. —Después añadió (no porque quisiera, sino más bien porque tenía que hacerlo; ella estaba bloqueando la salida al pasillo y estaba claro que necesitaba un empujón verbal para moverse)—: Si puedo ayudarla en algo más...

—Puede ayudarme desapareciendo de Londres —le espetó.

Él intentó no gruñir. Aquello se estaba volviendo muy aburrido.

—O del mundo —agregó ella con malignidad.

—Oh, por el amor de Cristo —blasfemó él. Fuera quien fuese esa mujer, hacía ya tiempo que lo había liberado de la obligación de hablar como un caballero en su presencia—. Por favor —hizo una reverencia con elegancia y sarcasmo a partes iguales—, permítame matarme según su delicada petición, oh, mujer sin nombre cuya vida he destruido.

Ella abrió mucho la boca. Bien. Se había quedado sin palabras.

Por fin.

—Estaré encantado de cumplir su mandato —continuó diciendo él— en cuanto se aparte de mi camino.

En las últimas palabras su voz se elevó como un rugido o, mejor dicho, su versión de un rugido, que era más bien un gruñido malévolo. Movió bruscamente el bastón hacia el espacio que ella tenía a su izquierda, con la esperanza de que su presencia la convenciera de que tenía que apartarse.

Ella contuvo el aliento y soltó un jadeo propio del barrio de Drury Lane.*

—¿Me está atacando?

—Todavía no —murmuró él.

—Porque no me sorprendería si lo intentara.

—A mí tampoco —replicó él entornando los ojos.

Ella volvió a jadear, aunque en esa ocasión emitió más bien un grito ahogado, más a tono con su papel de joven dama ofendida.

—Usted, señor, no es un caballero.

—En eso habíamos quedado —se mofó él—. Y ahora, tengo hambre, estoy cansado y quiero irme a casa. Sin embargo, usted está bloqueando la única salida.

Ella cruzó los brazos, obstaculizando aún más el paso.

Él inclinó la cabeza y sopesó la situación.

—Parece que tenemos dos opciones —dijo finalmente—. O usted se mueve, o yo la aparto de un empujón.

Ella movió la cabeza con una actitud que sólo podía ser fanfarronería.

—Me gustaría verlo intentándolo.

—Recuerde que no soy un caballero.

Ella sonrió con superioridad.

—Pero yo tengo dos buenas piernas.

Él le dio unas palmaditas a su bastón con cariño.

—Y yo tengo un arma.

—Soy lo suficientemente rápida para evitarla con facilidad.

Él sonrió sin gracia.

—Ah, pero una vez que usted se mueva ya no habrá obstrucción. —Hizo girar su mano libre en el aire—. Yo me marcharé y, si realmente existe Dios, no volveré a verla nunca más.

Aunque ella no se apartó, pareció inclinarse ligeramente a un lado, y Hugh aprovechó la oportunidad para levantar el bastón a modo de

* Drury Lane es una calle en la zona del Covent Garden de Londres. En los siglos XVI y XVII era una dirección distinguida, pero en el siglo XVIII se convirtió en una de las peores barriadas de Londres, dominada por la prostitución y los bares donde se vendía ginebra. (N. de la T.)

barrera y pasar a su lado. Salió y, al rememorar la acción después, pensó que debería haber seguido caminando, pero entonces ella dijo:

—Sé quién es usted, lord Hugh Prentice.

Él se detuvo. Exhaló lentamente. Pero no se volvió.

—Soy lady Sarah Pleinsworth —anunció.

Hugh deseó, no por primera vez, saber interpretar las voces de las mujeres. Había algo en su tono que no terminaba de entender, un tono que hizo que se le cerrara la garganta durante un milisegundo.

Y no sabía lo que eso significaba.

Pero sabía (no necesitaba verle el rostro para saberlo) que ella esperaba que reconociera su nombre. Igual que él deseaba no haberlo reconocido, pero así era.

Lady Sarah Pleinsworth, prima hermana de Daniel Smythe-Smith. Según Charles Dunwoody, había expresado bien claramente su furia tras el resultado del duelo. Mucho más que la madre y la hermana de Daniel que, en opinión de Hugh, tenían mucho más derecho a la rabia.

Se dio la vuelta. Lady Sarah estaba a sólo unos metros, rígida y furiosa. Tenía los puños apretados a los costados y la mandíbula ligeramente proyectada hacia delante en un gesto que le recordaba a una niña enfadada, atrapada en una discusión absurda y decidida a mantenerse firme en sus propósitos.

—Lady Sarah —dijo con amabilidad.

Era la prima de Daniel y, a pesar de lo que había ocurrido en los últimos minutos, estaba dispuesto a tratarla con respeto.

—No nos han presentado formalmente —añadió.

—No creo que necesitemos...

—Aun así —la interrumpió antes de que pudiera hacer otra proclama melodramática—, sé quién es usted.

—Parece que no —musitó ella.

—Es prima de lord Winstead —afirmó—. Conozco su nombre, aunque no su rostro.

Ella asintió con la cabeza, el primer gesto civilizado que hacía. También su voz sonó algo más tranquila cuando volvió a hablar. Pero sólo un poco.

—No debería haber venido esta noche.

Él se quedó callado unos segundos y luego respondió:

—Hace más de diez años que conozco a Charles Dunwoody. Quería felicitarlo por su compromiso.

Aquello no pareció impresionarla.

—Su presencia ha sido muy inquietante para mi tía y mi prima.

—Lo siento.

De verdad lo sentía, y estaba haciendo todo lo que estaba en su mano por que las cosas mejoraran. Pero no podía compartirlo con los Smythe-Smith hasta que lo consiguiera. Sería cruel darle falsas esperanzas a la familia de Daniel. Además, no creía que lo recibieran si les hacía una visita.

—¿Lo siente? —preguntó lady Sarah con sarcasmo—. Me resulta difícil de creer.

De nuevo, se quedó callado. No quería responder a la provocación con un estallido de furia. Nunca lo había hecho, lo que provocaba que su comportamiento con Daniel fuera aún más mortificante. Si no hubiera estado bebiendo, se habría comportado de manera racional, y nada de aquello habría ocurrido. Decididamente, en ese momento no estaría ahí, en un rincón oscuro de la casa de los padres de Charles Dunwoody, en compañía de una mujer que, evidentemente, lo había buscado con él único propósito de insultarlo.

—Puede creer lo que quiera —replicó.

No le debía ninguna explicación.

Durante un momento ninguno de los dos habló, hasta que lady Sarah dijo:

—Se han marchado, por si se lo estaba preguntando.

ÉL inclinó la cabeza con gesto interrogativo.

—Mi tía Virginia y Honoria. Se fueron en cuanto se dieron cuenta de que usted estaba aquí.

Hugh no sabía lo que pretendía diciéndole aquello. ¿Quería que se sintiera culpable? ¿Querían haberse quedado en la fiesta? ¿O era más bien un insulto? Tal vez lady Sarah estuviera intentando decirle que era tan repelente que sus familiares no tolerarían su presencia.

Así que no dijo nada. No quería darle una respuesta incorrecta. Sin embargo, se le encendió la bombilla en ese momento. Sólo era una pregunta sin respuesta, pero era tan extraña y tan fuera de lugar que tenía que saber la respuesta. Por eso preguntó:

—¿Qué quiso decir antes con lo de los catorce hombres?

Lady Sarah apretó los labios con expresión adusta. Más adusta aún, si eso era posible.

—Cuando me vio al principio —le recordó él, aunque no creía que ella supiera de lo que le estaba hablando— dijo algo de catorce hombres.

—No era nada —contestó ella con desdén, pero miró ligeramente a la derecha.

Estaba mintiendo. O estaba avergonzada. Probablemente, ambas cosas.

—Catorce no es nada.

Estaba siendo pedante, lo sabía, pero ella ya había puesto al límite su paciencia en todos los aspectos excepto en el matemático. Catorce no era lo mismo que cero, pero lo que más lo enervaba: ¿por qué la gente sacaba temas si luego no querían hablar de ellos? Si no tenía intención de explicar el comentario, debería habérselo guardado para ella.

Ella dio un paso al lado.

—Por favor —le indicó—, váyase.

Él no se movió. Lady Sarah había despertado su curiosidad, y había pocas personas más tenaces en el mundo que Hugh Prentice con una pregunta sin respuesta.

—Se ha pasado la última hora ordenándome que me apartara de su camino —dijo ella.

—Cinco minutos —la corrigió—, y aunque anhelo la serenidad de mi hogar, tengo curiosidad sobre sus catorce hombres.

—No eran mis catorce hombres —le espetó.

—Espero que no —murmuró él, y añadió—: Tampoco la juzgaría.

Ella abrió la boca, sorprendida.

—Hábleme de los catorce hombres —insistió lord Hugh.

—Ya se lo he dicho —replicó ella, y las mejillas se le encendieron con un bonito tono rosado—: no era nada.

—Pero siento curiosidad. ¿Catorce hombres invitados a cenar? ¿A tomar el té? Son demasiados para formar un equipo de críquet, pero...

—¡Ya basta! —explotó ella.

Él se calló. Incluso enarcó una ceja.

—Si tanto desea saberlo —expuso con furia—, hubo catorce hombres que se comprometieron en matrimonio en 1821.

Se hizo una larga pausa. A pesar de que Hugh era un hombre inteligente, no encontraba sentido a sus palabras.

—¿Los catorce se casaron? —preguntó con educación.

Ella lo miró fijamente.

—Ha dicho que catorce hombres se comprometieron en matrimonio.

—Eso no importa.

—A ellos sí, imagino.

Él pensó que ya se había terminado el histrionismo, pero lady Sarah dejó escapar un grito de frustración.

—¡No entiende usted nada!

—Oh, por el amor de...

—¿Tiene idea de lo que ha hecho? —le recriminó ella—. Mientras está sentado en su cómoda y acogedora casa de Londres...

—Cállese —dijo él, aunque no sabía si lo había dicho en voz alta.

Sólo quería que lo dejara. Que dejara de hablar, de discutir, que lo dejara todo.

Sin embargo, ella dio un paso hacia él y, lanzándole una mirada envenenada, inquirió:

—¿Sabe usted cuántas vidas ha arruinado?

Él inspiró profundamente. Aire, necesitaba aire. No tenía por qué escuchar aquello. No de sus labios. Sabía con exactitud cuántas vidas había arruinado, y la de lady Sarah no era una de ellas.

Pero ella no iba a admitirlo.

—¿Acaso no tiene conciencia? —siseó ella.

Y, por fin, él explotó. Sin pensar en la pierna, se aproximó a ella hasta que estuvieron tan cerca que lady Sarah pudo sentir la calidez de su aliento. Él la arrinconó contra la pared, atrapándola con la furia de su presencia.

—Usted no me conoce —replicó—. No sabe lo que pienso, lo que siento ni conoce el infierno en el que vivo cada día de mi vida. Y la próxima vez que sienta que la han tratado tan injustamente (a usted, que ni siquiera tiene el mismo apellido que lord Winstead), haría bien en recordar que una de las vidas que he arruinado ha sido la mía propia. —Se apartó unos pasos—. Buenas noches —dijo amablemente.

Por un momento pensó que por fin habían terminado, pero entonces ella dijo lo único que podía redimirla.

—Son mi familia.

Él cerró los ojos.

—Son mi familia —repitió ella, y se le quebró la voz—, y usted les ha hecho un daño irreparable. Por eso nunca podré perdonarlo.

—Yo tampoco —contestó lord Hugh casi para sí mismo.

Capítulo 4

De nuevo en Fensmore, en el salón con Honoria, Sarah, Harriet, Elizabeth, Frances y lord Hugh, justo donde lo habíamos dejado...

*H*ubo un momento extraño cuando el silencio cayó sobre las primas Smythe-Smith, pero eso fue lo que ocurrió exactamente después de que lord Hugh hiciera una reverencia con educación y saliera del salón.

Las cinco (las cuatro hermanas Pleinsworth y Honoria) se quedaron mudas unos segundos, mirándose las unas a las otras mientras esperaban a que pasara un tiempo prudencial.

Casi se las podía oír contando, pensó Sarah, y de hecho, en cuanto mentalmente llegó al número diez, Elizabeth anunció:

—Bueno, eso no ha sido muy sutil.

Honoria se volvió hacia ella.

—¿Qué quieres decir?

—Estás intentando emparejar a Sarah y a lord Hugh, ¿verdad?

—¡Por supuesto que no! —exclamó Honoria, pero la negativa de Sarah se oyó mucho más.

—¡Oh, pues deberías! —dijo Frances, aplaudiendo encantada—. Lord Hugh me gusta mucho. Aunque puede ser un poco excéntrico, es increíblemente inteligente. Y es muy buen tirador.

Todas las miradas se posaron en ella.

—Disparó al primo Daniel en el hombro —le recordó Sarah.

—Es muy buen tirador cuando está sobrio —puntualizó Frances—. Eso dijo Daniel.

—No puedo ni imaginarme la conversación en la que salió ese tema —manifestó Honoria—, ni quiero hacerlo, con la boda tan cerca. —Se volvió de nuevo hacia Sarah—. Tengo que pedirte un favor.

—Por favor, dime que no tiene nada que ver con Hugh Prentice...

—Tiene que ver con Hugh Prentice —le confirmó Honoria—. Necesito tu ayuda.

Sarah suspiró teatralmente. Iba a tener que hacer lo que Honoria le pidiera; ambas lo sabían. Sin embargo, aunque tuviera que ceder sin pelear, no pensaba hacerlo sin quejarse.

—Me temo que no se sentirá muy bien acogido en Fensmore —dijo Honoria.

Sarah no pudo objetar nada a esa afirmación; si Hugh Prentice no se sentía bienvenido, no era problema suyo y, además, se lo merecía. Pero sabía ser diplomática cuando la ocasión lo requería, así que comentó:

—Creo que lo más probable es que él mismo se aísle. No es muy sociable.

—Yo más bien diría que es tímido —afirmó Honoria.

Harriet, que seguía sentada al escritorio, ahogó un grito, encantada.

—Un héroe taciturno. ¡Son los mejores! ¡Lo incluiré en mi obra!

—¿En la del unicornio? —preguntó Frances.

—No, en la que se me ha ocurrido esta tarde. —Señaló a Sarah con el extremo de su pluma—. Con la heroína que no es ni demasiado rosa ni demasiado verde.

—Le disparó a tu primo —replicó Sarah, y se dio la vuelta con brusquedad para mirar a su hermana pequeña—. ¿Es que nadie lo recuerda?

—De eso hace ya mucho tiempo —repuso Harriet.

—Y creo que él lo lamenta —declaró Frances.

—Frances, tienes once años —le recordó Sarah con aspereza—. Apenas eres capaz de juzgar el carácter de un hombre.

La niña entornó los ojos.

—Puedo juzgar el tuyo.

Sarah paseó la mirada de una hermana a otra y terminó posándola en Honoria. ¿Acaso ninguna se daba cuenta de la persona tan horrible que era lord Hugh? Dejando a un lado (si eso era posible) que casi había destrozado a su familia. Era repelente. Sólo había que hablar con él dos minutos para...

—Se suele sentir incómodo en las reuniones —admitió Honoria, interrumpiendo las quejas mentales de Sarah—, razón de más para que todas nos esforcemos para que se sienta bien. Yo... —Honoria se interrumpió, paseó la mirada por la habitación, se fijó en Harriet, Elizabeth y Frances, que la miraban con interés no disimulado, y dijo—: Perdonadme, por favor.

Cogió a Sarah por el brazo, la hizo salir del salón, la condujo por el pasillo y entró con ella en otro salón.

—¿Voy a ser la niñera de Hugh Prentice? —preguntó Sarah cuando Honoria hubo cerrado la puerta.

—Por supuesto que no. Lo que te estoy pidiendo es que te asegures de que se sienta parte de la celebración. Tal vez esta noche, en el salón antes de la cena… —sugirió Honoria.

Sarah dejó escapar un gemido.

—Lo más seguro es que se quede en un rincón, solo —añadió Honoria.

—A lo mejor es lo que le gusta.

—Se te da tan bien hablar con la gente... —la linsonjeó Honoria—. Siempre sabes qué decir.

—A él no.

—Ni siquiera lo conoces. ¿Puede ser tan malo?

—Por supuesto que lo conozco. No creo que quede nadie en Londres a quien no conozca. —Sarah pensó en ello y murmuró—: Por muy patético que sea.

—No quería decir que no lo hubieras visto antes, sino que no sabes cómo es —la corrigió Honoria—. No es lo mismo.

—Muy bien —dijo Sarah a regañadientes—. Si quieres hilar fino...

Honoria se limitó a inclinar la cabeza, obligándola a seguir hablando.

—No lo conozco —afirmó Sarah—, pero lo que sé de él no me gusta particularmente. He intentado ser amable durante los últimos meses.

Honoria la miró con incredulidad.

—¡Lo he hecho! —protestó Sarah—. No voy a decir que lo haya intentado con todas mis fuerzas, pero debes saber, Honoria, que ese hombre no es precisamente un conversador brillante.

Honoria parecía a punto de echarse a reír, lo que sólo consiguió aumentar la irritación de su prima.

—He intentado hablar con él —afirmó Sarah— porque eso es lo que la gente hace en los actos sociales. Pero él nunca responde como debería.

—¿Como debería? —repitió Honoria.

—Me hace sentir incómoda —reconoció Sarah, sorbiéndose la nariz—. Y estoy bastante segura de que no le gusto.

—No seas tonta —dijo Honoria—. Le gustas a todo el mundo.

—No. De verdad, eres tú quien gusta a todo el mundo. Yo, por el contrario, no tengo un corazón puro y amable como el tuyo.

—¿De qué estás hablando?

—De que, mientras tú siempre ves lo mejor de cada uno, yo tengo una opinión más cínica del mundo. Y... —se calló unos segundos. ¿Cómo podría decirlo?—, hay personas que me encuentran bastante irritante.

—Eso no es cierto —repuso Honoria.

Pero fue una respuesta automática. Sarah estaba segura de que, si tuviera más tiempo para pensar en ello, Honoria se daría cuenta de que era verdad.

Aunque, de todas formas, habría dicho lo mismo. Honoria era maravillosamente leal.

—Sí que lo es —insistió Sarah—, y no me molesta. Bueno, no demasiado. Desde luego, no me molesta viniendo de lord Hugh, dado que el sentimiento es mutuo.

Honoria se tomó unos momentos para asimilar esas palabras y después puso los ojos en blanco. No demasiado, pero Sarah la conocía bien y el gesto no le pasó desapercibido. Era lo más parecido a chillar que hacía su amable y dulce prima.

—Creo que deberías darle una oportunidad —le aconsejó Honoria—. Nunca has tenido una conversación apropiada con él.

Nunca había habido nada apropiado en él, pensó Sarah con tristeza. Casi habían llegado a las manos. Y, desde luego, ella no había sabido qué decirle. Se sentía enferma cada vez que recordaba su encuentro en la fiesta de compromiso de Dunwoody. Ella no había hecho más que soltar frases manidas. Incluso había tenido ganas de patalear. Probablemente él pensara que era una completa imbécil, y la verdad era que incluso ella pensaba que se había comportado como tal.

Y no era que le importara lo que pensaba de ella. Eso sería atribuirle demasiada importancia a su opinión. Sin embargo, durante aquel espantoso momento en la biblioteca de los Dunwoody (y en las breves conversaciones que habían tenido desde entonces), Hugh Prentice la había reducido a algo que no le gustaba.

Y eso era imperdonable.

—No me corresponde a mí decir con quién te vas a llevar bien o no —continuó Honoria tras quedarle claro que Sarah no iba a hacer ningún comentario—, pero estoy segura de que podrás soportar la compañía de lord Hugh durante un día.

—El sarcasmo no es propio de ti —dijo Sarah con recelo—. ¿Qué ha pasado?

Honoria sonrió.

—Sabía que podía contar contigo.

—Por supuesto —murmuró Sarah.

—Él no es horrible —siguió diciendo Honoria, y le dio unas palmaditas en el brazo—. Creo que es bastante atractivo, de hecho.

—No importa si es atractivo.

Honoria se aferró a esas palabras.

—Entonces, ¿crees que lo es?

—Creo que es bastante extraño —respondió Sarah—, y si estás intentando emparejarnos...

—¡Por supuesto que no! —Honoria levantó los brazos en un gesto de rendición—. Lo juro. Sólo estaba haciendo un comentario. Creo que tiene unos ojos muy bonitos.

—Me gustaría más si tuviera un sexto dedo en el pie —musitó Sarah.

Tal vez debería escribir un libro.

—Un sexto ¿qué?

—Sí, sus ojos son bonitos —replicó Sarah obedientemente.

Y suponía que era cierto. Tenía unos ojos preciosos, verdes como la hierba, y en ellos brillaba la inteligencia. Pero unos ojos bonitos no lo eran todo en un futuro marido. Y no, no miraba a todos los hombres desde el punto de vista de la idoneidad matrimonial (bueno, no demasiado y, por supuesto, a él no), pero era evidente que, a pesar de sus protestas, los pensamientos de Honoria iban en esa dirección.

—Voy a hacer esto por ti —dijo Sarah—, porque sabes que haría cualquier cosa por ti. Lo que significa que me arrojaría bajo las ruedas de un carruaje en movimiento si fuera necesario. —Hizo una pausa para darle tiempo a Honoria a asimilarlo y continuó, dibujando un amplio gesto de barrido con el brazo—. Y si fuera capaz de lanzarme bajo un carruaje en marcha, es evidente que también consentiría en hacer algo que no requiriera que me quitara la vida.

Honoria la miró sin comprender.

—Como sentarme junto a lord Hugh Prentice en el desayuno de tu boda.

Su prima necesitó unos momentos para entenderlo.

—Qué... lógico.

—Y por cierto, debo sufrir su compañía durante dos días, no uno. —Arrugó la nariz—. Que quede claro.

Honoria sonrió con amabilidad.

—Entonces, ¿entretendrás a lord Hugh esta noche antes de la cena?

—Entretener —repitió Sarah con sarcasmo—. ¿Tengo que bailar? Porque ya sabes que no voy a tocar el piano.

Honoria se rió y se dirigió a la puerta.

—Simplemente, muestra tu encanto habitual —dijo, y se volvió hacia el salón por última vez—. Le encantarás.

—Dios no lo quiera.

—Dios tiene extraños métodos...

—No tan extraños.

—La dama protesta demasiado, creo yo.*

—No digas eso —la reprendió Sarah.

Honoria arqueó las cejas.

* Es una cita de *Hamlet*, Acto 3. La frase se emplea de forma habitual como un equivalente de «Quien se pica, ajos come». *(N. de la T.)*

—Shakespeare sabía lo que decía.

Sarah le lanzó un cojín.

Pero falló. Era uno de esos días.

Ese mismo día, algo más tarde

Chatteris había organizado una sesión de tiro al blanco para esa tarde y, como era uno de los pocos deportes en los que Hugh todavía podía participar, decidió dirigirse a la pradera situada al sur a la hora convenida. O, mejor dicho, treinta minutos antes. Seguía teniendo la pierna irritantemente rígida, y era consciente de que, aun ayudándose del bastón, caminaba más lentamente que de costumbre. Había remedios para aliviar el dolor, pero el ungüento que le había recetado el médico olía a muerto. En cuanto al láudano, no podía tolerar la opacidad de mente que le provocaba.

Lo único que le quedaba era la bebida, y era cierto que una copa o dos de brandy parecían aflojarle el músculo y suprimir el dolor. Pero raramente se permitía beber demasiado; sólo había que pensar en lo que había ocurrido la última vez que se había emborrachado. También hacía todo lo posible por evitar las bebidas alcohólicas por lo menos hasta la noche. En las pocas ocasiones en que había caído en la tentación y había bebido, había estado disgustado consigo mismo durante días.

Aguantar hasta el atardecer con sólo su fuerza de voluntad para luchar contra el dolor se había convertido en una cuestión de honor.

Las escaleras siempre eran lo más difícil, y se detuvo en el rellano para flexionar y estirar la pierna. Tal vez no debería molestarse en acudir. Ni siquiera llevaba la mitad de camino y la palpitación sorda ya le estaba atenazando el muslo. Nadie se enteraría si se daba la vuelta y regresaba a su habitación.

Pero maldita fuera, quería disparar. Deseaba sentir el peso de un arma en la mano y levantar el brazo con firmeza. Quería apretar el gatillo y sentir el retroceso contra el hombro. Y, sobre todo, quería dar en la diana.

Era competitivo. Era un hombre, era lo que se esperaba de él.

Habría susurros y miradas furtivas, estaba seguro. El hecho de que Hugh Prentice empuñara un arma cerca de Daniel Smythe-Smith no pasaría desapercibido. Pero Hugh deseaba hacerlo. Y Daniel también. Eso había dicho cuando habían hablado de ello durante el desayuno.

—Diez libras si conseguimos que alguien se desmaye —lo había retado Daniel.

Justo antes había hecho una imitación bastante buena en falsete de una de las mecenas de Almack's, llevándose una mano al corazón y completándola con una excelente colección de todas las expresiones femeninas de indignación conocidas por los hombres.

—¿Diez libras? —había murmurado Hugh, mirándolo por encima de su taza de café—. ¿Para ti o para mí?

—Para los dos —contestó Daniel, y esbozó una amplia sonrisa—. Marcus es bueno para eso.

Marcus lo miró sólo un instante antes de seguir dando buena cuenta de su plato.

—Se está volviendo muy estirado con la edad —le había dicho Daniel a Hugh.

Marcus se había limitado a poner los ojos en blanco.

Pero Hugh había sonreído. Y se había dado cuenta de que se lo estaba pasando mucho mejor de lo que recordaba haber hecho en mucho tiempo. Si los caballeros iban a disparar, él se uniría a ellos.

Tardó por los menos cinco minutos en llegar a la planta baja y, una vez allí, decidió que sería mejor acortar atravesando uno de los muchos salones de Fensmore en vez de rodear la propiedad hasta la pradera del sur.

Durante los últimos tres años y medio se había vuelto un experto en descubrir cualquier posible atajo.

La tercera puerta a la derecha, entrar, girar a la izquierda, atravesar la estancia y salir por la cristalera. Además, podría descansar unos momentos en algún sofá. La mayor parte de las damas se había ido al pueblo, así que no era probable que hubiera nadie. Calculaba que disponía de un cuarto de hora antes de que empezara la sesión de tiro.

El salón no era muy grande, sólo disponía de algunos lugares para sentarse. Había una butaca azul que parecía bastante cómoda. No podía ver por encima del respaldo del sofá situado frente a la butaca, pero probablemente habría una mesa baja entre ambos muebles. Podría poner la pierna en alto durante unos momentos y nadie se enteraría.

Comenzó a caminar, pero no debió de prestar la atención debida, porque el bastón golpeó ligeramente el borde de la mesa, lo que hizo que su espinilla la golpeara también, provocando que soltara una sarta de maldiciones mientras se volvió para sentarse.

Entonces fue cuando vio a Sarah Pleinsworth, dormida en el sofá.

Oh, cielo santo.

A pesar del dolor en la pierna, estaba teniendo un día mejor de lo habitual. Lo último que necesitaba era mantener una audiencia privada con la dramática lady Sarah. Probablemente lo acusaría de algo ruin, seguiría con una declaración manida de odio y terminaría con algo de esos catorce hombres que se habían comprometido durante la temporada de 1821.

Todavía no sabía qué significaba eso.

O por qué lo recordaba.

Siempre había tenido una buena memoria, pero ¿no podía su cerebro olvidar las cosas banales?

Tenía que atravesar la habitación sin despertarla. No era fácil caminar de puntillas con un bastón, pero por Dios que eso haría si era lo que hacía falta para salir de allí sin que lo viera.

Adiós a sus esperanzas de descansar la pierna.

Con mucho cuidado, se apartó de la mesita baja de madera, poniendo toda su atención en no tocar nada que no fuera la alfombra o el aire. Pero, como sabía cualquiera que hubiera salido alguna vez a dar un paseo, el aire se podía mover, y por lo que parecía, él estaba respirando demasiado fuerte, porque antes de que pudiera alejarse del sofá, lady Sarah salió de su duermevela con un chillido que lo asustó tanto que tropezó de espaldas con otra butaca, pasó por encima del brazo tapizado y aterrizó torpemente en el asiento.

—¿Qué? ¿Qué? ¿Qué está haciendo? —Ella parpadeó rápidamente y después lo fulminó con la mirada—. Usted.

Era una acusación. No cabía duda.

—Oh, me ha dado un susto de muerte —se lamentó lady Sarah, frotándose los ojos.

—Eso parece. —Él maldijo en silencio al intentar pasar las piernas a la parte frontal de la butaca—. ¡Ay!

—¿Qué? —preguntó ella con impaciencia.

—He golpeado la mesa.

—¿Por qué?

Lord Hugh frunció el ceño.

—No lo he hecho a propósito.

Fue entonces cuando ella se dio cuenta de que estaba recostada de cualquier modo en el sofá y, moviéndose nerviosamente, adoptó una postura erguida, mucho más adecuada.

—Discúlpeme —le pidió, todavía aturullada.

Tenía el cabello oscuro despeinado; él pensó que era mejor no comentárselo.

—Por favor, acepte mis disculpas —dijo lord Hugh con rigidez—. No pretendía sobresaltarla.

—Estaba leyendo. He debido de quedarme dormida. Yo... —Parpadeó unas cuantas veces más y después por fin pareció enfocar la mirada—. ¿Me estaba observando a hurtadillas?

—No —contestó, tal vez demasiado rápido y con demasiada vehemencia. Señaló la salida al exterior—. Sólo estaba tomando un atajo. Lord Chatteris ha organizado una sesión de tiro al blanco.

—Oh. —Pareció recelosa durante unos instantes más y, después, claramente avergonzada—. Por supuesto. No tiene ninguna razón para estar mirándome... Quiero decir... —Se aclaró la garganta—. Bien.

—Bien.

Lady Sarah esperó unos segundos y después preguntó con educación:

—¿Tiene intención de seguir hacia la pradera? —Él la miró—. Para el tiro al blanco —le aclaró.

Él se encogió de hombros.

—Llego pronto.

A ella no pareció importarle la respuesta.

—Hace un tiempo muy agradable fuera.

Él miró por la ventana.

—Eso parece.

Lady Sarah estaba intentando librarse de él y Hugh supuso que merecía cierto respeto por ni siquiera intentar ocultarlo. Por otra parte, ahora que estaba despierta (y él sentado en una butaca, descansando la pierna), no parecía haber ninguna razón para tener prisa.

Podría soportar cualquier cosa durante diez minutos, incluso a Sarah Pleinsworth.

—¿Tiene pensado disparar? —le preguntó ella.

—Así es.

—¿Con un arma?

—Así es como suele hacerse.

Ella se puso tensa.

—¿Y cree que es prudente?

—¿Se refiere a porque su primo va a estar allí? Le aseguro que él también tendrá un arma. —Sus labios se curvaron en una sonrisa carente de emoción—. Será casi como un duelo.

—¿Por qué bromea con esas cosas? —le espetó.

Él la miró fijamente a los ojos.

—Cuando la alternativa es la desesperación, suelo preferir el humor. Aunque sea humor negro.

Algo brilló en los ojos de lady Sarah. Tal vez un destello de comprensión, pero desapareció tan rápido que él no pudo estar seguro. Después frunció los labios, una expresión tan remilgada que a él le quedó claro que se había imaginado ese breve atisbo de compasión.

—Deseo que quede claro que no lo apruebo —dijo ella.

—Tomo debida nota.

—Y —levantó la barbilla y se apartó ligeramente— que creo que es una mala idea.

—¿En qué se diferencia eso de desaprobarlo? —Ella frunció el ceño y a él se le ocurrió algo—: ¿Lo encuentra tan malo como para desmayarse?

Eso consiguió captar de nuevo su atención.

—¿Qué?

—Si se desvaneciera en la pradera, Chatteris nos tendría que dar a Daniel y a mí diez libras a cada uno.

Los labios de Sarah formaron una O y se quedaron en esa posición.

Él se inclinó hacia delante y sonrió perezosamente.

—Usted me podría convencer para que le ofreciera el veinte por ciento.

La expresión de ella cambió, pero siguió sin palabras.

Diablos, era muy divertido provocarla.

—No importa —añadió Hugh—. Nunca lo lograríamos.

Ella por fin cerró la boca. Luego la volvió a abrir. Por supuesto. Hugh debería haber sabido que su silencio sería algo fugaz.

—A usted no le gusto —dijo ella.

—La verdad es que no.

Aunque podría haber mentido, de alguna manera le parecía que hacerlo sería aún más insultante.

—Y usted no me gusta a mí.

—No —convino él con voz suave—. Eso pensaba.

—Entonces, ¿por qué está aquí?

—¿En la boda?

—En esta habitación. Caray, qué obtuso es.

Eso último lo dijo para sí, pero el oído de Hugh siempre había sido muy fino.

Aunque él no solía recurrir a la herida como excusa, le pareció una buena oportunidad para hacerlo.

—La pierna —respondió con deliberada lentitud—. Me duele.

Hubo un momento de delicioso silencio. Delicioso para él, claro. Supuso que para ella sería terrible.

—Lo siento —farfulló ella, y bajó la mirada antes de que él pudiera saber cuánto se había ruborizado—. Ha sido muy grosero por mi parte.

—No se preocupe. Ha dicho usted cosas peores.

Lady Sarah echó chispas por los ojos.

Él juntó las yemas de los dedos y formó con las manos un triángulo hueco.

—Recuerdo nuestro anterior encuentro con desagradable precisión.

Ella se inclinó hacia delante, furiosa.

—Ahuyentó a mi prima y a mi tía de una fiesta.

—Huyeron. Es diferente. Y yo ni siquiera sabía que estaban allí.

—Pues debería haberlo sabido.

—La clarividencia nunca se ha contado entre mis talentos.

Lord Hugh se dio cuenta de que ella se estaba esforzando por controlarse y, cuando habló, lo hizo sin apenas mover la mandíbula.

—Sé que el primo Daniel y usted han arreglado las cosas, pero lo siento, no puedo perdonarlo por lo que hizo.

—¿Aunque él sí lo haya hecho? —preguntó Hugh en voz baja.

Ella se removió incómoda en el sofá y sus labios adquirieron varias expresiones diferentes antes de que dijera finalmente:

—Él puede permitirse ser benévolo. Ha recuperado su vida y su felicidad.

—Y usted no.

No fue una pregunta, sino una afirmación, y nada compasiva.

Ella apretó los labios.

—Dígame —le pidió él porque, maldita fuera, ya era hora de que llegaran al fondo del asunto—, ¿qué le he hecho yo exactamente? No a su primo, ni a su prima, sino a usted, lady Sarah Pleinsworth.

Ella le lanzó una mirada cargada de rebeldía y se puso en pie.

—Me marcho.

—Cobarde —murmuró él, pero también se levantó.

Incluso ella merecía el respeto de un caballero.

—Muy bien —dijo Sarah, cuyas mejillas se encendieron por la furia apenas contenida—. Se suponía que iba a hacer mi debut en 1821.

—El año de los catorce caballeros solteros.

Así era. Él casi nunca olvidaba nada.

Ella lo ignoró.

—Cuando usted echó a Daniel del país, mi familia tuvo que recluirse.

—Fue mi padre —puntualizó Hugh con aspereza.

—¿Qué?

—Fue mi padre quien echó a lord Winstead del país. Yo no tuve nada que ver.

—No importa.

Él entornó los ojos y le dijo con intencionada lentitud:

—A mí sí me importa.

Ella tragó saliva, incómoda, y se puso rígida.

—A causa del duelo —contó para que la culpa volviera a caer enteramente en él— no pudimos regresar a la ciudad en un año entero.

Hugh reprimió la risa. Por fin comprendía su pequeña mente estúpida. Lo estaba culpando por haberse perdido la temporada social londinense.

—Y ahora ha perdido a esos catorce caballeros.

—No hay ninguna razón para ser tan sarcástico.

—No puede saber si alguno de ellos le habría propuesto matrimonio —señaló.

Le gustaba que las cosas fueran lógicas, y aquello no lo era.

—No puedo saber si alguno no lo habría hecho —replicó ella.

Se llevó una mano al pecho y dio un errático paso hacia atrás, como si su propia reacción la hubiera sorprendido.

Pero Hugh no sintió piedad. Y no pudo contener la desagradable risita que salió de su garganta.

—Nunca deja de sorprenderme, lady Sarah. Durante todo este tiempo, me ha estado culpando por su soltería. ¿No se le ocurrió mirar más cerca de usted?

Ella ahogó un grito y se llevó la mano a la boca, no tanto para taparse la como para evitar decir algo.

—Perdóneme —se disculpó él, pero ambos sabían que lo que acababa de decir era imperdonable.

—Creí que usted no me gustaba por lo que le había hecho a mi familia —dijo ella, abrazándose con tanta fuerza que estaba temblando—, pero no es por eso en absoluto. Es usted una persona horrible.

Él se quedó muy quieto, como le habían enseñado prácticamente desde su nacimiento. Un caballero siempre controlaba su cuerpo. No le quedaban muchas cosas en la vida, pero tenía eso: el orgullo, los modales.

—Me esforzaré por no obligarla a soportar mi compañía —afirmó de forma envarada.

—Es demasiado tarde para eso —repuso.

—¿Perdone?

Ella lo miró a los ojos.

—Si no lo recuerda, mi prima ha solicitado que nos sentemos juntos en el desayuno de la boda.

Por lo que parecía, sí que olvidaba algunas cosas. Santo cielo. Se lo había prometido a lady Honoria. No había manera de escapar de aquello.

—Puedo ser civilizado si usted puede.

Entonces ella lo sorprendió al tenderle la mano para sellar el acuerdo. Él la tomó y, en ese momento, con la mano de lady Sarah en la suya, sintió la extraña urgencia de llevarse sus dedos a los labios.

—Entonces, ¿hacemos una tregua? —dijo ella.

Lord Hugh levantó la mirada.

Y fue un error.

Porque lady Sarah lo estaba observando con una expresión de rara y (estaba seguro de ello) poco usual transparencia. Sus ojos, que siempre habían sido duros y a la vez frágiles cuando lo miraban, ahora se habían suavizado. Y se dio cuenta de que sus labios, ahora que no le estaban arrojando insultos, eran la perfección absoluta, carnosos y rosados, con una forma insuperable. Parecían decirle a un hombre que ella sabía cosas, que sabía cómo reír, y que si él le entregaba el alma, ella iluminaría su mundo con una sola sonrisa.

Sarah Pleinsworth.

Santo Dios, ¿se había vuelto loco?

Capítulo 5

Por la noche

Cuando Sarah bajó a cenar, se sentía un poco mejor sobre el hecho de tener que pasar la noche con Hugh Prentice. La discusión que habían tenido por la tarde había sido horrible, y no creía que nunca llegaran a ser amigos, pero por lo menos lo habían dejado todo claro. Si ella se veía obligada a permanecer a su lado durante la boda, él no pensaría que lo hacía porque deseaba su compañía.

Y él también se comportaría adecuadamente. Habían hecho un pacto y, a pesar de sus defectos, lord Hugh no parecía un hombre que faltara a su palabra. Sería educado y fingiría por el bien de Honoria y Marcus y, una vez que acabara ese ridículo mes de bodas, nunca tendrían que hablar de nuevo.

Sin embargo, tras pasar cinco minutos en el salón, le quedó deliciosamente claro que lord Hugh todavía no estaba presente. Y Sarah lo había buscado. Nadie podría acusarla de eludir sus responsabilidades.

Nunca le había gustado estar sola en las reuniones, así que se unió a su madre y a sus tías junto a la chimenea. Como era de esperar, estaban charlando sobre la boda. Sarah las escuchó a medias; tras llevar cinco días en Fensmore, no creía que hubiera ningún detalle que no hubiera escuchado sobre la inminente ceremonia.

—Es una pena que no sea la temporada de las hortensias —estaba diciendo la tía Virginia—. Las que crecen en Whipple Hill son del tono lavanda azul exacto que necesitamos para la capilla.

—Es azul lavanda —la corrigió la tía Maria—, y debes saber que las hortensias habrían sido un error terrible.

—¿Un error?

—Los colores son demasiado variables —continuó la tía Maria—, incluso en las cultivadas. Nunca se podría garantizar el tono con anticipación. ¿Y si no combinan a la perfección con el vestido de Honoria?

—Seguramente, nadie espera la perfección —contestó la tía Virginia—. No con las flores.

La tía Maria se sorbió la nariz.

—Yo siempre espero la perfección.

—Sobre todo con las flores —intervino Sarah con una risita.

La tía Maria había puesto a todas sus hijas nombre de flores: Rose, Lavender, Marigold, Iris y Daisy.* Su hijo, de quien Sarah pensaba secretamente que era el niño con más suerte de Inglaterra, se llamaba John.

Pero la tía Maria, a pesar de ser amable por lo general, nunca había tenido mucho sentido del humor. Parpadeó unas cuantas veces mirando a Sarah, después sonrió levemente y dijo:

—Oh, sí, por supuesto.

La joven no estaba segura de que la tía Maria hubiera comprendido la broma, pero decidió no insistir en el tema.

—¡Oh, mirad! ¡Ahí está Iris! —exclamó, aliviada al ver a su prima entrar en la estancia.

Sarah nunca se había sentido tan unida a Iris como a Honoria, pero las tres eran casi de la misma edad y siempre le había gustado el humor de Iris. Suponía que las dos pasarían más tiempo juntas ahora que Honoria se iba a casar, sobre todo porque compartían un profundo odio por el concierto familiar.

—Ve —le dijo su madre, haciendo un gesto con la cabeza hacia Iris—. Seguro que no quieres quedarte aquí con las madres.

La verdad era que no, así que sonriéndole agradecida, se marchó al encuentro de Iris, que se había quedado cerca de la puerta, evidentemente buscando a alguien.

* Rosa, Lavanda, Caléndula, Lirio y Margarita. *(N. de la T.)*

—¿Has visto a lady Edith? —le preguntó Iris sin preámbulo.

—¿A quién?

—A lady Edith Gilchrist —le aclaró Iris, refiriéndose a una joven dama a la que ninguna de las dos conocía muy bien.

—¿No se ha prometido hace poco con el duque de Kinross?

Iris sacudió la mano con indiferencia, como si la reciente pérdida de un duque soltero careciera de importancia.

—¿Ha bajado Daisy? —quiso saber.

Sarah parpadeó ante el súbito cambio de tema.

—Yo no la he visto.

—Gracias a Dios.

Sarah abrió mucho los ojos, sorprendida por el uso que había hecho Iris del nombre del Señor, pero no pensaba criticarla. No en lo referente a Daisy.

Daisy se llevaba mejor en dosis pequeñas. Eso no se podía discutir.

—Si consigo superar las bodas sin asesinarla, será un pequeño milagro —dijo Iris de manera amenazante—. O un gran... algo.

—Le dije a la tía Virginia que no os pusiera juntas en el mismo dormitorio —afirmó Sarah.

Iris desestimó ese comentario con un movimiento rápido de la cabeza y siguió paseando la mirada por el salón.

—No se podía hacer nada al respecto. A las hermanas siempre las alojan juntas. Necesitan las habitaciones. Y estoy acostumbrada a ello.

—Entonces, ¿qué ocurre?

Iris se volvió para mirarla. Sus enormes ojos claros brillaban furiosos en su rostro, también de piel clara. En una ocasión, Sarah había oído a un caballero decir que Iris era incolora; tenía ojos azules muy claros, cabello rubio rojizo muy claro y una piel que era prácticamente translúcida. Sus cejas eran blanquecinas, sus pestañas eran blanquecinas, todo en ella era pálido... hasta que se la conocía.

Iris era brava como ella sola.

—Quiere tocar —anunció.

Durante un momento, Sarah no la comprendió. Y cuando por fin lo hizo, sintió terror.

—¡No! —exclamó.

—Se ha traído su violín de Londres —le confirmó Iris.

—Pero...

—Y Honoria ya ha traído su violín a Fensmore. Y, por supuesto, en toda gran casa hay un piano.

Iris apretó la mandíbula. Obviamente, estaba repitiendo las palabras de Daisy.

—Pero ¡tu violonchelo...! —protestó Sarah.

—Eso sería lo normal, ¿verdad? —Iris estaba furiosa—. Pero no, ella ha pensado en todo. Lady Edith Gilchrist está aquí, y ha traído su violonchelo. Daisy quiere que se lo pida prestado.

Instintivamente, Sarah volvió la cabeza, buscando a lady Edith.

—Todavía no ha llegado —afirmó Iris muy seria—, pero debo encontrarla en cuanto lo haga.

—¿Por qué iba lady Edith a traer un violonchelo?

—Bueno, ella lo toca —respondió Iris, como si Sarah no hubiera pensado en ello.

Sarah resistió el impulso de poner los ojos en blanco. Bueno, casi.

—Pero ¿por qué lo iba a traer aquí?

—Por lo que parece, es bastante buena.

—¿Y eso qué tiene que ver?

Iris se encogió de hombros.

—Supongo que le gusta practicar todos los días. Muchos grandes músicos lo hacen.

—No sabría decirte... —comentó Sarah.

Iris le lanzó una mirada compasiva y afirmó:

—Tengo que encontrarla antes de que lo haga Daisy. Bajo ninguna circunstancia debe permitir que Daisy tome prestado su violonchelo en mi nombre.

—Si es tan buena, probablemente no querrá prestárselo a nadie. Al menos, no a una de nosotras.

Sarah hizo una mueca. Lady Edith era relativamente nueva en Londres, pero seguramente estaba al tanto del concierto de los Smythe-Smith.

—Me disculpo de antemano por abandonarte —dijo Iris, sin dejar de mirar hacia la puerta—. Probablemente me iré en mitad de una frase en cuanto la vea.

—A lo mejor tengo que irme antes yo —contestó Sarah—. Esta noche me han asignado algunas tareas.

En su tono debió de reflejarse el disgusto, porque Iris se volvió hacia ella con renovado interés.

—Debo ser la niñera de Hugh Prentice —declaró Sarah, y parecía bastante agobiada cuando sus palabras salieron de sus labios.

Si iba a tener una noche espantosa, por lo menos iba a quejarse antes.

—Niñera de... Oh, Dios mío.

—No te rías —le advirtió Sarah.

—No iba a hacerlo —mintió Iris.

—Honoria ha insistido. Cree que no se sentirá bienvenido si una de nosotras no se ocupa de su felicidad e inclusión.

—¿Y te ha pedido a ti que lo cuides?

Iris la miró con recelo, con su expresión permanentemente inquietante. Había algo en los ojos de esa chica, en ese azul claro acuoso y en las pestañas tan finas que eran casi invisibles... Podía ser muy perturbador.

—Bueno, no —admitió Sarah—, no con esas palabras.

Ni con ningunas, a decir verdad y, de hecho, Honoria había negado expresamente esas palabras, pero atribuirse las tareas de niñera hacía que la historia fuera mejor.

En actividades como ésa, una debía tener algo bueno sobre lo que quejarse. Era como los muchachos de Cambridge que había conocido la primavera anterior: sólo parecían felices cuando podían lamentarse del mucho trabajo que tenían que hacer.

—¿Qué quiere Honoria que hagas? —le preguntó Iris.

—Oh, esto y lo otro. Tengo que sentarme con él mañana en el desayuno de la boda. Rupert se ha puesto enfermo —añadió en un aparte.

—Al menos, eso es bueno —murmuró Iris.

Sarah lo reconoció con un breve asentimiento de cabeza y continuó:

—Y, concretamente, me pidió que entretuviera a lord Hugh antes de la cena.

Iris miró por encima de su hombro.

—¿Ha llegado ya?

—No —respondió Sarah, y suspiró feliz.

—No estés demasiado satisfecha —le advirtió Iris—. Bajará. Si Honoria te ha pedido que estés atenta a él, le habrá pedido a él que venga a cenar.

Sarah miró a Iris horrorizada. Honoria había dicho que no estaba intentando emparejarlos…

—No estarás pensando…

—No, no —negó Iris, y resopló—. No se atrevería a hacer de casamentera. No contigo.

Sarah estuvo a punto de preguntar qué quería decir con eso, pero antes de que pudiera pronunciar una sola palabra, Iris añadió:

—Ya conoces a Honoria. Le gusta que todo encaje. Si quiere que cuides de lord Hugh, se asegurará de que él esté aquí para que necesite que lo cuiden.

Sarah pensó en ello durante un momento y después asintió con la cabeza. Honoria era así.

—Bueno —declaró, porque siempre le gustaba decir un «bueno» declarativo—, van a ser dos días horribles, pero se lo prometí a Honoria y yo siempre cumplo con mis obligaciones.

Si Iris hubiera estado bebiendo, habría rociado el líquido por toda la habitación, escupiéndolo sorprendida.

—¿Tú?

—¿Qué quieres decir con ese «tú»? —preguntó Sarah.

Iris parecía a punto de estallar en carcajadas.

—Oh, por favor —dijo Iris con ese tono despreciativo que uno sólo podía adoptar con la familia y tener la esperanza de seguir dirigiéndose la palabra al día siguiente—. Tú eres la última persona que puede presumir de hacerse cargo de sus obligaciones.

Sarah retrocedió un paso, profundamente agraviada.

—¿Perdona?

Pero si Iris percibió la alteración de su prima, no lo mostró. O no le importó.

—¿Es que ya no te acuerdas del pasado abril? —apuntó—. El catorce de abril, para ser exactos.

El concierto. Esa tarde, Sarah había eludido la actuación.

—Estaba enferma —protestó—. No podría haber tocado de ninguna de las maneras.

Iris no dijo nada. No tenía que hacerlo. Sarah estaba mintiendo, y ambas lo sabían.

—Muy bien, no estaba enferma —admitió—. Al menos, no demasiado.

—Qué amable por tu parte reconocerlo por fin —dijo Iris con un irritante tono de superioridad.

Sarah, incómoda, cambió el peso de su cuerpo de un pie a otro. Aquella primavera habían estado las dos, además de Honoria y Daisy. Honoria había estado contenta de tocar mientras fuera para la familia, y Daisy estaba convencida de que iba camino de convertirse en una virtuosa. Iris y Sarah, por otra parte, habían tenido muchas conversaciones en las que discutían sobre los diversos métodos de morir provocados por un instrumento musical. Humor negro. Sólo así habían podido superarlo.

—Lo hice por ti —le dijo finalmente a Iris.

—Sí, claro.

—Pensé que se cancelaría el concierto.

Iris no estaba nada convencida.

—¡De verdad! —insistió Sarah—. ¿Quién habría pensado que mamá arrastraría a la pobre señorita Wynter para que formara parte del cuarteto? Aunque salió ganando con ello ¿verdad?

La señorita Wynter (la señorita Anne Wynter, que iba a casarse con el primo Daniel en dos semanas y se convertiría en la condesa de Winstead) había cometido el error de decirle en una ocasión a la madre de Sarah que sabía tocar el piano. Por lo que parecía, lady Pleinsworth no lo había olvidado.

—Daniel se habría enamorado de la señorita Wynter de todas formas —replicó Iris—, así que no intentes aliviar tu conciencia con eso.

—No lo hacía. Solamente estaba señalando que yo nunca podría haber adivinado… —Dejó escapar el aire con impaciencia. Nada de aquello sonaba como ella lo imaginaba en su mente—. Iris, debes saber que estaba intentando salvarte.

—Estabas intentando salvarte a ti misma.

—Estaba intentando salvarnos a las dos. Sólo que… no salió como lo había planeado.

Iris la miró fríamente. Sarah esperó a que respondiera, pero no lo hizo. Se quedó allí de pie, prolongando el momento como se estira un pegajoso hilo de caramelo de melaza. Al fin, Sarah no pudo soportarlo más y se rindió.

—Dilo.

Iris enarcó una ceja.

—Di eso que tienes tantas ganas de decirme. Obviamente, quieres decir algo.

Iris separó los labios y los volvió a unir, como si se estuviera tomando su tiempo para elegir las palabras adecuadas. Por fin, dijo:

—Sabes que te quiero.

No era lo que Sarah había esperado. Por desgracia, tampoco lo era lo que vino después.

—Siempre te querré —continuó Iris—. De hecho, es muy probable que siempre me gustes, y ya sabes que no puedo decir lo mismo de la mayor parte de tu familia. Pero puedes ser terriblemente egoísta. Y lo peor de todo es que ni siquiera te das cuenta.

Sarah pensó que aquello estaba fuera de lugar. Quería decir algo. Tenía que decir algo, porque eso era lo que hacía cuando se encontraba con algo que no le gustaba. Iris no podía llamarla egoísta y esperar que se quedara quieta, escuchando.

Y, sin embargo, eso era lo que parecía estar haciendo.

Tragó saliva y se humedeció los labios con la lengua, pero no pudo pronunciar ninguna palabra. Lo único que podía hacer era pensar *No*. No era verdad. Ella quería a su familia. Haría cualquier cosa por ellos. El hecho de que Iris estuviera allí llamándola egoísta…

Le dolía.

Sarah observó el rostro de su prima y se dio cuenta del momento exacto en el que Iris pasó a otra cosa, cuando el hecho de que la hubiera llamado egoísta ya no era lo más relevante del mundo.

Como si hubiera algo que pudiera ser más relevante.

—Ahí está —anunció Iris de repente—. Lady Edith. Tengo que alcanzarla antes de que lo haga Daisy. —Dio un paso y después se giró y dijo—: Podemos hablar de esto más tarde. Si quieres.

—Preferiría no hacerlo, gracias —replicó Sarah firmemente, sacando por fin el carácter del agujero en el que parecía haber caído.

Pero Iris no la oyó. Ya le había dado la espalda y se estaba dirigiendo hacia lady Edith. Sarah se quedó sola en un rincón, tan incómoda como una novia a la que hubieran dejado plantada en el altar.

Y entonces, por supuesto, fue cuando llegó lord Hugh.

Capítulo 6

*L*o extraño era que Sarah pensaba que estaba furiosa.

Pensaba que estaba furiosa con Iris, que su prima debía haber sido más delicada con los sentimientos de los demás. Si Iris había sentido la necesidad de llamarla egoísta, por lo menos podría haberlo hecho en un escenario más privado.

¡Y después la había abandonado!

Sarah entendía la necesidad de interceptar a lady Edith antes de que Daisy la encontrara, pero aun así, Iris debería haberse disculpado.

Pero entonces, mientras estaba en el rincón, preguntándose durante cuánto tiempo podría fingir que no se había dado cuenta de la llegada de lord Hugh, inspiró repentinamente.

Y dejó escapar un gemido.

Por lo que parecía, sentía algo más que enfado, y corría el riesgo de echarse a llorar allí mismo, en el salón atestado de Fensmore.

Se giró rápidamente, decidida a examinar el gran retrato lúgubre que le había estado haciendo compañía. Parecía representar a un antipático caballero de Flandes, del siglo XVII, si el ojo de Sarah para la moda era correcto. No sabía cómo conseguía parecer tan orgulloso con esa gorguera, pero la miraba con una prepotencia que decía claramente que ninguna de sus primas se atrevería a llamarlo egoísta a la cara y, si lo hacían, desde luego que no lloraría.

Sarah frunció los labios y lo fulminó con la mirada. Probablemente se debiera a la habilidad del artista el hecho de que pareciera devolverle la mirada furiosa.

—¿El caballero la ha ofendido de alguna manera?

Era Hugh Prentice. Sarah ya conocía bien su voz. Honoria debió de haberlo enviado hacia ella. No imaginaba que hubiera otra razón para que él buscara su compañía.

Habían prometido comportarse civilizadamente, así que se giró hacia él. Se encontraba a algo más de medio metro de ella, impecablemente vestido para la cena. A excepción del bastón. Estaba pelado y lleno de arañazos, y la veta de madera había perdido el brillo por el uso excesivo. No estaba segura de por qué aquello le resultaba tan interesante. Seguramente, lord Hugh viajaba con un ayuda de cámara. Tenía las botas pulidas hasta brillar y, el pañuelo de cuello, anudado con mano experta. ¿Por qué se le negaba al bastón el mismo cuidado?

—Lord Hugh —dijo, aliviada al ver que su voz sonaba casi normal, y le ofreció una breve reverencia.

Él no respondió de inmediato. Volvió a centrarse en el retrato, elevando la barbilla mientras lo recorría con la mirada. Sarah se alegró de que no la mirara a ella con tanto detenimiento; no estaba segura de poder soportar otro análisis minucioso de sus defectos tan pronto.

—Ese cuello parece muy incómodo —dijo lord Hugh.

—Eso fue lo primero que pensé yo también —contestó Sarah.

Entonces recordó que él no le gustaba y, lo que era más, que se trataba de su carga para aquella velada.

—Supongo que deberíamos agradecer que vivimos tiempos modernos.

Ella no respondió; no era el tipo de comentario que requería contestación. Lord Hugh siguió escudriñando la pintura y se inclinó hacia delante, posiblemente para examinar las pinceladas. Sarah no sabía si él se había dado cuenta de que necesitaba algo de tiempo para recuperar la compostura. No podía imaginarse que así fuera; no parecía ser el tipo de hombre que se percataba de tales cosas. De cualquier manera, estaba agradecida. Cuando por fin se volvió hacia ella, la opresión que sentía en el pecho se había reducido y ya no corría el riesgo de avergonzarse delante de varias docenas de los invitados más importantes a la boda de su prima.

—Me han dicho que el vino es muy bueno esta noche —comentó ella.

Se trataba de un comienzo un poco brusco de una conversación, pero era educado e inocuo y, lo más importante, era lo primero que le había pasado por la cabeza.

—¿Se lo han dicho? —repitió lord Hugh.

—Yo no lo he probado —puntualizó Sara. Hubo una pausa incómoda y continuó—: En realidad, no me lo ha dicho nadie. Pero lord Chatteris es famoso por sus bodegas. No me imagino que el vino no pueda ser bueno.

Cielo santo, era una conversación forzada. Pero no importaba; Sarah perseveraría. No eludiría sus obligaciones esa noche. Si Honoria miraba en su dirección, si Iris miraba en su dirección...

Nadie podría decir que no había mantenido su promesa.

—Intento no beber en compañía de los Smythe-Smith —afirmó lord Hugh despreocupadamente—. No suele terminar bien para mí.

Sarah ahogó un grito.

—Estoy bromeando —dijo él.

—Por supuesto —contestó rápidamente, avergonzada porque había quedado claro que no lo había captado.

Debería haber comprendido la broma. Y lo habría hecho si no estuviera tan alterada por lo de Iris.

Querido Dios, dijo para sí (y para Quienquiera que estuviera escuchando), *por favor, haz que esta velada transcurra a una velocidad asombrosa.*

—¿No le parece interesante —preguntó lord Hugh despacio— todo lo que implican las convenciones sociales?

Sarah se volvió hacia él, a pesar de que sabía que, por su expresión, jamás sería capaz de adivinar lo que quería decir. Él inclinó la cabeza a un lado y el movimiento hizo que la luz incidiera más directamente en su rostro impasible.

Era atractivo; Sarah se dio cuenta de ello de repente, sorprendida. No se trataba sólo del color de sus ojos. Era la forma en que miraba a la gente, con firmeza y a veces de manera perturbadora. Le daba un aire de intensidad que era difícil de ignorar. Y su boca... casi nunca sonreía, o al menos casi nunca le sonreía a ella, pero había algo bastante irónico en ella. Suponía que algunas personas no lo encontraban atractivo, pero ella...

Ella sí.

Querido Dios, lo intentó de nuevo, *olvida lo de asombroso. Sólo lo sobrenatural sería suficientemente rápido.*

—Aquí estamos —continuó él, haciendo un movimiento elegante con la mano hacia el resto de los invitados—, atrapados en una habitación con... oh, ¿cuántas personas más, cree usted?

Sarah no tenía ni idea de adónde quería llegar con eso, pero aventuró:

—¿Cuarenta?

—Claro —convino, aunque ella vio, por el barrido rápido que hicieron sus ojos de la habitación, que no estaba de acuerdo con su estimación—. Y su presencia colectiva significa que usted —se inclinó hacia ella, sólo unos centímetros—, quien ya hemos establecido que me encuentra aborrecible, está siendo bastante amable.

—No estoy siendo amable porque haya otras cuarenta personas en la sala —repuso ella arqueando las cejas—. Lo estoy siendo porque mi prima me lo ha pedido.

Él elevó levemente la comisura de los labios. Podría haberlo hecho porque se estaba divirtiendo.

—¿Y ella se ha dado cuenta del reto que eso supone?

—No lo ha hecho —respondió Sarah severamente.

Honoria sabía que no le gustaba la compañía de lord Hugh, pero no parecía comprender el alcance de su disgusto.

—Entonces, debo elogiarla por guardarse sus protestas para sí —dijo con un irónico asentimiento de cabeza.

Algo agradable y familiar pareció volver a su lugar, y Sarah por fin comenzó a sentirse ella misma. Levantó la barbilla con orgullo un centímetro.

—No lo he hecho.

Para su sorpresa, lord Hugh hizo un sonido que podría haber sido una risa ahogada.

—Y, aun así, ella la ha cargado conmigo.

—Le preocupa que usted no se sienta bienvenido en Fensmore —contó Sarah con un tono que dejaba claro que ella no compartía esa preocupación.

Él arqueó las cejas y, de nuevo, casi sonrió.

—¿Y ella cree que usted es la persona apropiada para hacer que me sienta a gusto?

—Nunca le hablé de nuestro anterior encuentro —admitió Sarah.

—Ah. —Inclinó la cabeza con condescendencia—. Ahora todo empieza a tener sentido.

Sarah apretó los dientes en un intento infructuoso por no resoplar. ¡Cómo odiaba ese tono de voz! Ese tono de «Ah, ya entiendo cómo funciona su pequeña mente femenina». Hugh Prentice no era el único hombre de Inglaterra que lo empleaba, ni mucho menos, pero parecía haber perfeccionado la habilidad en extremo. Sarah no podía imaginar cómo era posible que alguien tolerara su compañía durante más de cinco minutos. Sí, era agradable a la vista, y sí, era excepcionalmente inteligente (según le habían contado), pero por Dios, la irritaba hasta límites insospechados.

—El hecho de que no haya encontrado la manera de envenenar sus polvos dentífricos dice mucho del amor que siento por mi prima.

Él se inclinó hacia delante.

—El vino podría haber sido un sustituto muy efectivo —le dijo—, si yo bebiera. Por eso lo sugirió, ¿no es así?

Ella se negó a dar su brazo a torcer.

—Está loco.

Él se encogió de hombros y retrocedió unos pasos, como si aquel momento tan embarazoso nunca hubiera ocurrido.

—No he sido yo quien ha sacado el tema del veneno.

Ella abrió mucho la boca. Su tono era justo el que ella emplearía si estuviera hablando del tiempo.

—¿Está enfadada? —murmuró él con educación.

No tan enfadada como perpleja.

—Usted hace que sea muy difícil tratarlo con amabilidad —le recriminó.

Él parpadeó.

—¿Debería ofrecerle mis polvos dentífricos?

Santo Dios, ese hombre era frustrante. Y lo peor de todo era que ella no estaba segura de que estuviera bromeando. Sin embargo, se aclaró la garganta y le reprochó:

—Usted debía tener una conversación normal.

—No estoy seguro de que nosotros tengamos conversaciones normales.

—Le puedo asegurar que yo sí.

—No conmigo.

Esa vez sí que sonrió. Estaba segura.

Sarah enderezó los hombros. Seguramente, el mayordomo los llamaría pronto para cenar. Tal vez debería empezar a rezarle a él, ya que el Otro no parecía estar escuchando.

—Oh, vamos, lady Sara —dijo lord Hugh—. Debe admitir que nuestro primer encuentro fue de todo menos normal.

Ella apretó los labios. Odiaba decir que tenía razón en eso... en cualquier cosa, pero la tenía.

—Y desde entonces —añadió él— nos hemos encontrado algunas veces, y siempre de manera superficial.

—No me había fijado —contestó ella, tensa.

—¿En que era superficial?

—En que nos habíamos encontrado —mintió.

—En cualquier caso —continuó él—, ésta es la segunda vez que hemos intercambiado más de dos frases. En la primera ocasión creo que pidió que librara al mundo de mi presencia.

Sarah hizo una mueca. No había sido su mejor momento.

—Y esta noche... —Los labios de lord Hugh se curvaron en una seductora sonrisa—. Bueno, ha mencionado el veneno.

Ella lo miró impasible.

—Debería vigilar sus polvos dentífricos.

Él se rió con disimulo, y ella sintió cierta excitación eléctrica recorriéndole las venas. Tal vez no consiguiera sacar lo mejor de él, pero debía reconocer que aquel punto había sido para ella. A decir verdad, estaba empezando a disfrutar. Aunque él seguía disgustándola, admitía que estaba sintiendo cierta diversión.

Él era un digno adversario.

Ni siquiera se había dado cuenta de que quería un adversario digno.

Lo que no significaba (Dios santo, si se estaba ruborizando por culpa de esos pensamientos, iba a tener que tirarse por la ventana) que lo quisiera a él. Cualquier adversario digno le valdría.

Incluso uno que no tuviera unos ojos tan bonitos.

—¿Ocurre algo, lady Sarah? —preguntó lord Hugh.

—No —contestó. Demasiado rápido.

—Parece alterada.

—No lo estoy.

—Por supuesto —murmuró él.

—Estoy... —Se interrumpió y después dijo, contrariada—: Bueno, ahora lo estoy.

—Y eso que ni siquiera lo he intentado —comentó él.

Sarah tenía unas cuantas réplicas a aquello, pero ninguna que no dejara a lord Hugh por encima de ella. Tal vez lo que quisiera realmente fuera sólo un adversario algo menos digno. Con el suficiente cerebro para que fuera interesante, pero no tanto para que ella no ganara siempre.

Hugh Prentice nunca sería ese hombre.

Gracias a Dios.

—Bueno, esto parece una conversación incómoda —oyeron una voz.

Sarah volvió la cabeza, aunque no necesitaba ver a la persona para reconocer su identidad. Se trataba de la condesa de Danbury, la arpía más espantosa de la alta sociedad. Una vez incluso había destrozado un violín sólo con un bastón (y con, Sarah estaba convencida, la habilidad de sus manos). Pero su mejor arma, como todo el mundo sabía, era su ingenio devastador.

—Incómoda, sí —convino lord Hugh, y le hizo una reverencia respetuosa—. Pero lo es menos con cada segundo que usted pasa aquí.

—Es una pena —replicó la anciana, agarrando mejor su bastón—. Las conversaciones incómodas son muy divertidas.

—Lady Danbury —dijo Sarah, e hizo una gran reverencia—, qué agradable sorpresa verla aquí esta noche.

—¿De qué está hablando? —preguntó lady Danbury—. No debería ser ninguna sorpresa. Chatteris es mi sobrino bisnieto. ¿En qué otra parte iba a estar?

—Ejem —fue lo único que Sarah consiguió decir antes de que la condesa preguntara:

—¿Saben por qué he atravesado todo el salón, especialmente para unirme a ustedes?

—No me lo puedo imaginar —contestó lord Hugh.

Lady Danbury le dirigió una rápida mirada a Sarah, que se apresuró a añadir:

—Yo tampoco.

—He descubierto que las personas felices son aburridas. Ustedes dos, sin embargo, parecen dispuestos a sacar las uñas. Así que, por supuesto, he venido hasta aquí. —Pasó la mirada de Hugh a Sarah y dijo sencillamente—: Entreténganme.

Ambos se quedaron en silencio, estupefactos. Sarah miró de reojo a lord Hugh y se sintió aliviada al ver que su usual expresión apática se había transformado en sorpresa.

Lady Danbury se inclinó hacia delante y aseveró en un susurro bien audible:

—He decidido que usted me gusta, lady Sarah.

Sarah no estaba segura de que aquello fuera algo bueno.

—¿De verdad?

—Por supuesto. Y por eso le voy a dar un consejo. —Le hizo un asentimiento con la cabeza, como si estuviera concediendo audiencia a un esclavo—. Puede sentirse libre de compartirlo cuando quiera.

Sarah miró rápidamente a lord Hugh, aunque no supo a ciencia cierta por qué pensaba que él acudiría en su ayuda.

—A pesar de nuestra anterior conversación —continuó lady Danbury—, he observado que es usted una joven dama con cierta inteligencia.

«¿Cierta?» Sarah arrugó la nariz, intentando comprenderlo.

—¿Gracias?

—Era un cumplido —le confirmó lady Danbury.

—¿Incluso lo de «cierta»?

Lady Danbury resopló.

—No la conozco tan bien.

—Bueno, entonces, gracias —repitió Sarah, que decidió que aquél era un buen momento para ser cortés o, por lo menos, algo obtusa.

Miró a lord Hugh, que parecía ligeramente divertido, y luego a lady Danbury de nuevo, que la miraba como esperando a que dijera algo.

Sarah se aclaró la garganta.

—Ehh... ¿hay alguna razón por la que deseaba que yo escuchara su consejo?

—¿Qué? Oh, sí —Lady Danbury golpeó el bastón contra el suelo—. A pesar de mi avanzada edad, no olvido nada. —Hizo una pausa—. Excepto, en ocasiones, lo que acabo de decir.

Sarah fijó en su cara una sonrisa inexpresiva e intentó aplacar la creciente sensación de temor.

La dama dejó escapar un dramático suspiro.

—Supongo que no se puede llegar a los setenta años sin hacer algunas concesiones.

Sarah sospechaba que los setenta estaban una década por debajo de su edad real, pero de ninguna manera iba a comentarlo.

—Lo que iba a decir —continuó lady Danbury, con ese tono de sufrimiento de los que se veían constantemente interrumpidos (a pesar de que ella era la única que estaba hablando)— es que cuando usted expresó sorpresa ante mi presencia, lo que ambas sabemos que era sólo un débil intento por entablar conversación, y yo dije «¿En qué otra parte iba a estar?», usted debería haber dicho «Según parece, usted no encuentra divertidas las conversaciones educadas».

Sarah separó los labios y éstos se quedaron así, formando un óvalo de asombro durante dos segundos hasta que dijo:

—Me temo que no la sigo.

Lady Danbury la miró ligeramente exasperada y se explicó:

—Les he dicho que me parece que las conversaciones incómodas son muy divertidas, y usted ha dicho esa tontería sobre estar sorprendida por verme, así que yo la he llamado necia.

—No creo que la haya llamado necia —murmuró lord Hugh.

—¿No lo he hecho? Bueno, creía que sí. —Lady Dunbury golpeó el suelo con el bastón y se volvió hacia Sarah—. En cualquier caso, sólo estaba intentando ser de ayuda. Nunca tiene sentido decir tópicos inútiles. La hacen parecer un poste de madera, y usted no desea eso, ¿verdad?

—En realidad, depende de la ubicación del poste de madera —replicó Sarah, preguntándose cuántos postes se podrían encontrar, por ejemplo, en Bombay.

—Bien hecho, lady Sarah —la aplaudió lady Danbury—. Siga afilando esa lengua. Espero que continúe siendo ingeniosa toda la velada.

—Normalmente me gusta ser ingeniosa todas las veladas.

Lady Danbury asintió con la cabeza con un gesto de aprobación.

—Y usted —se volvió hacia lord Hugh, para deleite de Sarah—, no crea que lo he olvidado.

—Creí que había dicho que no olvidaba nada —repuso él.

—Eso he dicho —admitió lady Danbury—. Como su padre en ese aspecto, espero.

Sarah jadeó. Incluso para lady Danbury, aquello era muy atrevido.

Pero lord Hugh demostró estar a su altura. Su expresión no cambió un ápice al decir:

—Ah, pero ése no es el caso en absoluto. La memoria de mi padre es implacablemente selectiva.

—Pero tenaz.

—También implacablemente tenaz.

—Bien —declaró lady Danbury, volviendo a golpear el suelo con el bastón—, espero que ya sea hora de hacerlo parar.

—Ejerzo muy poco control sobre mi padre, lady Danbury.

—No existe ningún hombre sin recursos.

Él inclinó levemente la cabeza, concediéndoselo.

—No he dicho que yo no los tenga.

Sarah pasaba la mirada tan rápidamente de uno a otro que se estaba empezando a marear.

—Esta tontería ya se ha alargado demasiado —anunció lady Danbury.

—Oh, en eso estamos de acuerdo —concedió lord Hugh.

Sin embargo, a Sarah le parecía que aún estaban discutiendo.

—Es agradable verlo en esta boda —dijo la anciana condesa—. Espero que eso augure tiempos de paz.

—Como lord Chatteris no es mi sobrino bisnieto, sólo puedo suponer que me han invitado por amistad.

—O para mantenerlo vigilado.

—Ah —exclamó lord Hugh, curvando ligeramente los labios en una mueca irónica—, pero eso sería contraproducente. Se podría suponer que el único hecho cobarde por el que me tienen que tener controlado tendría que ver con lord Winstead, y ambos sabemos que está aquí, en la boda.

Su rostro recuperó su habitual máscara inescrutable y observó a lady Danbury parpadear, hasta que ésta dijo:

—Creo que es la frase más larga que le he oído pronunciar jamás.

—¿Le ha oído pronunciar muchas frases? —quiso saber Sarah.

Lady Danbury se volvió hacia ella con asombro.

—Casi había olvidado que estaba usted aquí.

—He estado inusitadamente callada.

—Lo que me lleva a mi tema de conversación original —declaró lady Danbury.

—¿Que estamos manteniendo una conversación incómoda? —murmuró lord Hugh.

—¡Sí!

Aquello, como era de esperar, provocó un silencio embarazoso.

—Usted, lord Hugh —declaró lady Danbury—, ha estado extrañamente taciturno desde el día que nació.

—¿Estaba usted allí? —inquirió él.

Lady Danbury frunció el ceño, pero era evidente que apreciaba una réplica excelente, aunque fuera dirigida contra ella.

—¿Cómo puede usted tolerarlo? —le preguntó a Sarah.

—Raras veces tengo que hacerlo —contestó Sarah, y se encogió de hombros.

—Hum.

—Le han asignado la tarea de entretenerme —le explicó lord Hugh.

Lady Danbury entornó los ojos.

—Para ser alguien tan poco comunicativo, está siendo usted muy hablador esta noche.

—Debe de ser la compañía.

—Tiendo a sacar lo mejor de la gente. —Lady Danbury sonrió astutamente y se dio la vuelta para mirar a Sarah—. ¿Qué piensa usted?

—Sin duda, usted saca a la luz lo mejor de mí —proclamó ella.

Siempre había sabido cuándo debía decir lo que los demás querían escuchar.

—Debo decir —dijo lord Hugh con tono mordaz— que encuentro esta conversación divertida.

—Bueno, no podría ser de otra manera, ¿verdad? —replicó lady Danbury—. No tiene que estrujarse el cerebro para seguirme.

Sarah separó los labios mientras intentaba asimilar aquello. ¿Lady Danbury acababa de decirle que era inteligente? ¿O lo estaba insultando diciéndole que no había añadido nada interesante a la conversación?

¿Y significaba eso que ella misma tenía que estrujarse el cerebro para seguir a lady Danbury?

—Parece usted perpleja, lady Sarah —observó lady Danbury.

—Deseo fervientemente que nos llamen pronto para comenzar la cena —admitió Sarah.

Lady Danbury resopló, divertida.

Animada, Sarah le dijo a lord Hugh:

—Creo que he empezado a rezarle al mayordomo.

—Si hay respuestas, seguramente obtendrá la suya antes que la de ningún otro —apuntó él.

—Mírense. Ahora los dos están bromeando —anunció lady Danbury.

—Bromeando —repitió lord Hugh, como si se le escapara el significado de la palabra.

—No me parece tan entretenido como una conversación incómoda, aunque imagino que ustedes lo prefieren. —Lady Danbury apretó los labios y paseó la mirada por la estancia—. Supongo que ahora tendré que encontrar a alguien más que me entretenga. Encontrar conversaciones incómodas sin estupidez es un asunto delicado, ya saben.

Golpeó el suelo con el bastón, hizo un sonido de indignación y se marchó.

Sarah se volvió hacia lord Hugh.

—Está loca.

—Podría señalar que, recientemente, usted dijo lo mismo de mí.

Sarah estaba segura de que había mil respuestas diferentes a aquello, pero no tuvo que pensar en ninguna porque, en ese preciso momento, apareció Iris. Sarah apretó los dientes. Todavía estaba muy molesta con ella.

—La he encontrado —anunció Iris, que todavía estaba seria y con aspecto muy decidido—. Estamos salvadas.

Sarah no pudo sentirse lo suficientemente caritativa como para decir algo alegre y congratulatorio. Sin embargo, asintió con la cabeza.

Iris le dirigió una mirada interrogativa, a la vez que se encogía ligeramente de hombros.

—Lord Hugh —dijo Sarah, con quizá algo más de énfasis de lo que era estrictamente necesario—, ¿me permite presentarle a mi prima, la señorita Smythe-Smith? La señorita Iris Smythe-Smith —añadió, por ninguna otra razón aparte de su propia sensación de molestia—. Su hermana mayor se ha casado recientemente.

Iris se sobresaltó; se acababa de dar cuenta de que él estaba al lado de su prima. Aquello no sorprendió a Sarah; cuando Iris estaba concentrada en algo, no solía prestar atención a cualquier cosa que considerara irrelevante.

—Lord Hugh —repitió Iris, recuperando rápidamente la compostura.

—Me alegra saber que están salvadas —contestó lord Hugh.

Sarah sintió cierta satisfacción al percatarse de que Iris no parecía saber cómo responder.

—¿De una plaga? —preguntó lord Hugh—. ¿De la peste?

Sarah se limitó a mirarlo fijamente.

—Oh, ya sé —dijo él con el tono más alegre que ella le había oído nunca—. De las langostas. No hay nada peor que una invasión de langostas.

Iris parpadeó varias veces y después levantó un dedo, como si acabara de recordar algo.

—Entonces, me marcho.

—Por supuesto —murmuró Sarah.

Iris sonrió con suficiencia y se fue, serpenteando hábilmente entre la multitud.

—Debo confesar mi curiosidad —comentó lord Hugh cuando Iris hubo desaparecido de su vista.

Sarah se limitó a mirar hacia delante. Sin embargo, él no era del tipo de hombres que se dejaban amilanar por el silencio, así que insistió:

—¿De qué destino horrible las ha salvado su prima?

—No de usted, al parecer —murmuró Sarah, sin poder contenerse.

Él se rió por lo bajo y Sarah decidió que no había razón para no contarle la verdad.

—Mi prima Daisy, la hermana pequeña de Iris, estaba intentando organizar un concierto especial del cuarteto Smythe-Smith.

—¿Por qué iba a ser eso un problema?

Sarah se tomó un momento para contestar.

—No ha asistido usted a ninguna de nuestras veladas musicales, ¿verdad?

—No he tenido ese placer.

—Placer —repitió Sarah, y bajó la barbilla hacia el pecho, luchando por aplacar su incredulidad.

—¿Ocurre algo? —preguntó lord Hugh.

Ella abrió la boca para explicárselo, pero en ese momento entró el mayordomo y los llamó para disfrutar de la cena.

—Sus plegarias han sido escuchadas —anunció lord Hugh con ironía.

—No todas —musitó ella.

Él le ofreció el brazo.

—No, todavía está atada a mí, ¿verdad?

Así era.

Capítulo 7

La tarde siguiente

El conde de Chatteris y lady Honoria Smythe-Smith se unieron en santo matrimonio. El sol brillaba, el vino corría y, a juzgar por las risas y las sonrisas de los invitados al desayuno de la boda (que se había convertido en un almuerzo nupcial), todos estaban disfrutando enormemente.

Incluso lady Sarah Pleinsworth.

Desde donde Hugh estaba sentado a la mesa principal (más bien solo; todos los demás se habían levantado para bailar), ella era la personificación de la feminidad inglesa despreocupada. Hablaba sin problemas con los otros invitados, se reía a menudo (aunque nunca demasiado fuerte) y, cuando bailaba, parecía tan condenadamente feliz que casi iluminaba toda la estancia.

A Hugh antes le gustaba bailar.

Y era un buen bailarín. La música no era muy distinta de las matemáticas. Todo se reducía a patrones y secuencias. La única diferencia era que se quedaba flotando en el aire en lugar de estar plasmada en un trozo de papel.

Bailar era una gran ecuación. Una parte era el sonido y, otra, el movimiento. El bailarín debía equilibrarlas.

Tal vez Hugh no había sentido la música como el director del coro de Eton insistía que debía hacerlo, pero desde luego que la comprendía.

—Hola, lord Hugh. ¿Le apetece un poco de tarta?

Él levantó la mirada y sonrió. Era la pequeña lady Frances

Pleinsworth, y llevaba dos platos. Uno contenía una porción gigantesca de tarta y, el otro, una enorme. Ambas estaban cubiertas generosamente de un glaseado de color lavanda y de diminutas violetas de caramelo. Hugh había visto la tarta en toda su gloria antes de que la cortaran; inmediatamente se había preguntado cuántos huevos se habrían necesitado para confeccionarla. Cuando se había dado cuenta de que era un cálculo imposible, había empezado a pensar en cuánto tiempo habría llevado su elaboración. Después había pasado a...

—¿Lord Hugh? —dijo lady Frances, interrumpiendo sus pensamientos.

Levantó uno de los platos unos centímetros, recordándole por qué había ido a verlo.

—Me gusta la tarta —confesó él.

Frances se sentó a su lado y dejó los platos en la mesa.

—Parece muy solitario.

Hugh volvió a sonreír. Era el tipo de comentario que un adulto nunca haría en voz alta. Y precisamente la razón por la que prefería estar charlando con ella en lugar de con cualquier otra persona.

—Estaba solo, no solitario.

Frances frunció el ceño mientras pensaba en ello. Hugh estaba a punto de explicarle la diferencia cuando ella ladeó la cabeza y preguntó:

—¿Está seguro?

—Estar solo es simplemente una condición, mientras que solitario es...

—Ya lo sé —lo interrumpió.

Él la miró.

—Entonces, me temo que no entiendo su pregunta.

Ella inclinó la cabeza a un lado.

—Me preguntaba si una persona siempre sabe cuándo está solitaria.

Era una pequeña filósofa en ciernes.

—¿Cuántos años tiene? —le preguntó él, y decidió que no se sorprendería si le decía que, en realidad, tenía cuarenta y dos.

—Once. —Pinchó la tarta con el tenedor y separó con habilidad el glaseado del bizcocho—. Pero soy muy precoz.

—Eso es evidente.

Frances no dijo nada, pero él la vio sonreír mientras se llevaba el tenedor a la boca.

—¿Le gusta la tarta? —le preguntó, y se limpió con delicadeza la comisura de los labios con una servilleta.

—¿No le gusta a todo el mundo? —murmuró él, sin comentar que era algo que ya había dicho.

Ella bajó la vista al plato de Hugh, que estaba intacto.

—Entonces, ¿por qué no come?

—Estoy pensando —contestó.

Paseó la mirada por la habitación y la detuvo en la hermana mayor de la muchacha, que en esos momentos se reía.

—¿No puede pensar y comer al mismo tiempo? —preguntó Frances.

Aquello era un desafío en toda regla, así que volvió a fijar su atención en la porción de tarta que tenía delante, tomó un gran trozo, masticó, tragó y dijo:

—Ochenta y siete veces quinientos cuarenta y uno es cuarenta y siete mil sesenta y siete.

—Se lo está inventando —replicó Frances al instante.

Él se encogió de hombros.

—Compruebe la respuesta usted misma.

—No puedo hacerlo aquí.

—Entonces, tendrá que fiarse de mi palabra, ¿no cree?

—Siempre y cuando se dé cuenta de que podría comprobar la respuesta si contara con lo necesario —replicó Frances con coquetería. Después frunció el ceño—. ¿De verdad lo ha calculado mentalmente?

—Así es —le confirmó.

Tomó otro trozo de tarta. Estaba realmente deliciosa. Parecía que habían aromatizado el glaseado con lavanda de verdad. Recordó que a Marcus siempre le habían gustado los dulces.

—Es brillante. Ojalá pudiera hacerlo yo.

—A veces es muy útil. —Comió más tarta—. Y, otras veces, no.

—Se me dan muy bien las matemáticas —afirmó Frances con cierta indiferencia—, pero no puedo hacerlo mentalmente. Tengo que escribirlo todo.

—No hay nada de malo en eso.

—No, por supuesto que no. Soy mucho mejor que Elizabeth. —Sonrió ampliamente—. Ella odia que lo sea, pero sabe que es verdad.

—¿Cuál de ellas es Elizabeth?

Probablemente debería haber recordado cuál era cada hermana, pero la memoria que captaba cada palabra escrita en una página no era siempre tan fiable con los nombres y las caras.

—La siguiente a mí. En ocasiones es antipática, pero la mayor parte del tiempo nos llevamos bien.

—Todo el mundo es antipático a veces —le dijo él.

Aquello hizo que se detuviera en seco.

—¿Incluso usted?

—Oh, sobre todo yo.

Ella parpadeó unas cuantas veces y pareció decidir que prefería el anterior tema de conversación, porque cuando volvió a abrir la boca, fue para preguntar:

—¿Tiene usted hermanos o hermanas?

—Tengo un hermano.

—¿Cómo se llama?

—Frederick. Yo lo llamo Freddie.

—¿Le gusta?

Hugh sonrió.

—Mucho. Pero no lo veo muy a menudo.

—¿Por qué no?

Hugh no quería pensar en todas las razones por las que no lo veía, así que se limitó a contarle la única que era adecuada para sus oídos.

—Él no vive en Londres, y yo sí.

—Eso está muy mal. —Frances hundió el tenedor en la tarta y cogió perezosamente un poco de glaseado—. A lo mejor lo ve en Navidad.

—A lo mejor —mintió Hugh.

—Oh, se me había olvidado preguntárselo —dijo ella—. ¿Se le da a usted mejor la aritmética que a él?

—Así es —le confirmó él—. Pero no le importa.

—A Harriet tampoco. Es cinco años mayor que yo y, aun así, yo soy mejor que ella.

Hugh se limitó a asentir con la cabeza. No tenía otra respuesta.

—A Harriet le gusta escribir obras —continuó Frances—. No le interesan los números.

—Deberían —contestó Hugh, y se dedicó a observar la celebración.

En esos momentos lady Sarah estaba bailando con uno de los hermanos Bridgerton. Desde donde se encontraba Hugh no podía distinguir de qué hermano se trataba. Recordó que tres estaban casados, pero uno no.

—Se le da muy bien —dijo Frances.

Ya lo creo, pensó Hugh sin dejar de mirar a Sarah. Bailaba excelentemente. Uno casi podía olvidar sus palabras mordaces cuando bailaba así.

—Incluso va a poner un unicornio en la siguiente.

Un uni...

—¿Qué?

Se volvió hacia Frances parpadeando.

—Un unicornio. —Lo miró alarmada—. ¿Sabe lo que son?

Santo Dios, ¿se estaba burlando de él? Se habría sentido impresionado si la situación no hubiera sido tan ridícula.

—Por supuesto.

—Me encantan los unicornios —confeso Frances, y suspiró feliz—. Creo que son magníficos.

—Inexistentemente magníficos.

—Eso dicen —respondió con dramatismo.

—Lady Frances —le advirtioHugh empleando su tono de voz más didáctico—, debe ser consciente de que los unicornios son criaturas míticas.

—Los mitos tienen que venir de alguna parte.

—Provienen de la imaginación de los bardos.

Ella se encogió de hombros y comió más tarta.

Hugh se quedó perplejo. ¿De verdad estaba discutiendo sobre la existencia de los unicornios con una muchacha de once años?

Intentó dejar el tema. Pero no pudo. Por lo que parecía, sí que estaba discutiendo la existencia de los unicornios con una muchacha de once años.

—Nunca se ha registrado un avistamiento de un unicornio —dijo él.

Se dio cuenta, irritado, de que sonaba tan remilgado y estirado como Sarah Pleinsworth cuando se había mostrado tan cortante con sus planes de disparar al blanco con su primo.

Frances levantó la barbilla.

—Nunca he visto un león, pero eso no significa que no existan.

—Puede que usted no lo haya visto, pero cientos de personas sí lo han hecho.

—Usted no puede demostrar que algo no existe —replicó.

Hugh se calló. Ella tenía razón.

—Es así —dijo ella con suficiencia, dándose cuenta del preciso instante en que él se había visto obligado a capitular.

—Muy bien —cedió Hugh, asintiendo con la cabeza—. No puedo demostrar que los unicornios no existen, pero usted no puede demostrar que existen.

—Cierto —convino ella gentilmente. Frunció los labios y después los curvó en una sonrisa—. Me gusta usted, lord Hugh.

Durante un segundo, le pareció que hablaba igual que lady Danbury. Hugh se preguntó si debía temerla.

—No me habla como si fuera una niña —admitió ella.

—Es una niña —señaló Hugh.

Ella había usado el subjuntivo «fuera», lo que implicaba que realmente no era una niña.

—Bueno, sí, pero usted no me habla como si fuera idiota.

—No es idiota —afirmó él.

En esa ocasión había usado el subjuntivo correctamente. Pero él no lo mencionó.

—Lo sé.

Frances parecía empezar a estar exasperada. Él la miró unos segundos.

—Entonces, ¿cuál es su propósito?

—Simplemente que... Oh, hola, Sarah.

Frances sonrió por encima del hombro de Hugh, presumiblemente a la que en esos momentos era la desgracia de su existencia.

—Frances. —Hugh oyó la voz familiar de lady Sarah Pleinsworth—. Lord Hugh.

Él se levantó, aunque era un poco complicado con su pierna.

—Oh, no tiene que... —empezó a decir Sarah.

—Por supuesto que sí —la interrumpió Hugh con aspereza.

El día en que no pudiera levantarse en presencia de una dama sería... Bueno, sinceramente, no quería pensar en ello.

Ella le sonrió forzada (y posiblemente avergonzada) y lo rodeó para sentarse en la silla que había al otro lado de Frances.

—¿De qué estabais hablando?

—De unicornios —respondió Frances enseguida.

Sarah apretó los labios en un intento de mantenerse inexpresiva.

—¿De verdad?

—De verdad —convino Hugh.

Ella se aclaró la garganta.

—¿Habéis llegado a alguna conclusión?

—Sólo a que estamos en desacuerdo —contestó él, y sonrió serenamente—. Como ocurre con frecuencia en la vida.

Sarah entornó los ojos.

—Sarah tampoco cree en los unicornios —comentó Frances—. Ninguna de mis hermanas cree. —Suspiró con tristeza—. Me encuentro sola en mis sueños y esperanzas.

Hugh vio que Sarah ponía los ojos en blanco y dijo:

—Tengo la sensación, lady Frances, de que lo único en lo que está sola es en recibir amor y devoción de su familia a raudales.

—Oh, no estoy sola en eso —repuso Frances con alegría— aunque, como soy la más joven, disfruto de ciertos beneficios.

Sarah bufó.

—Entonces, ¿es cierto? —murmuró Hugh, mirándola.

—Frances sería espantosa si no fuera tan maravillosa por naturaleza —declaró Sarah, y sonrió a su hermana con evidente afecto—. Mi padre la mima de manera terrible.

—Es verdad —admitió Frances alegremente.

—¿Su padre está aquí? —preguntó Hugh con curiosidad.

Nunca había pensado que conocería a lord Pleinsworth.

—No —respondió Sarah—. Para él, viajar desde Devon es demasiado. Casi nunca sale de casa.

—No le gusta viajar —afirmó Frances.

Sarah asintió.

—Sin embargo, asistirá a la boda de Daniel.

—¿Va a traer a los perros? —preguntó Frances.

—No lo sé —admitió Sarah.

—Mamá…

—… lo matará, lo sé, pero…

—¿Perros? —las interrumpió Hugh.

Porque, realmente, tenía que preguntarlo.

Las hermanas Pleinsworth lo miraron como si casi hubieran olvidado que estaba allí.

—¿Perros? —repitió él.

—Mi padre —contó Sarah, escogiendo con cuidado las palabras— les tiene mucho afecto a sus perros de caza.

Hugh miró a Frances, que asintió.

—¿Cuántos perros? —quiso saber él.

Le parecía una pregunta lógica.

Lady Sarah parecía reacia a darle un número, pero su hermana pequeña no tuvo problema en contestar.

—La última vez que los conté eran cincuenta y tres —dijo Frances—. Probablemente, ahora haya más. Siempre están teniendo cachorros.

Hugh no consiguió dar con una respuesta adecuada.

—Por supuesto, no puede acomodarlos a todos en un solo carruaje —añadió Frances.

—No —logró responder Hugh—. No creo que pueda.

—Con frecuencia dice que la compañía de los animales es mejor que la de los humanos —expuso Sarah.

—No puedo decir que no esté de acuerdo —respondió Hugh. Vio que Frances abría la boca para hablar y la silenció rápidamente levantando un dedo—. Los unicornios no cuentan.

—Iba a decir —repuso ella, fingiéndose desairada— que espero que traiga a los perros.

—¿Estás loca? —exclamó Sarah, y Hugh murmuró:

—¿A los cincuenta y tres?

—Probablemente, los traería a todos —contestó Frances a Hugh, y se volvió hacia Sarah para añadir—: Y no, no estoy loca. Si trajera a los perros, yo tendría a alguien con quien jugar. Aquí no hay más niños.

—Me tiene a mí —se encontró de pronto diciendo Hugh.

Las dos hermanas Pleinsworth se quedaron en completo silencio. Hugh tuvo la sensación de que no había sido una idea muy normal.

—Sospecho que le resultaría difícil reclutarme para jugar a *Naranjas y limones* —bromeó, y se encogió de hombros—. Sin embargo, me alegra hacer algo para lo que no necesite usar la pierna.

—Oh —exclamó Frances, y parpadeó varias veces—. Gracias.

—Ésta ha sido la conversación más entretenida que he tenido en Fensmore —afirmó él.

—¿De verdad? —preguntó Frances—. Pero ¿no le habían asignado a Sarah la tarea de hacerle compañía?

Se hizo un silencio bastante incómodo.

Hugh se aclaró la garganta, pero Sarah habló primero.

—Gracias, Frances —dijo con gran dignidad—. Te agradezco que ocuparas mi lugar en la mesa principal mientras bailaba.

—Parecía muy solo —contestó Frances.

Hugh tosió. No porque se sintiera avergonzado, sino porque estaba... Santo cielo, no sabía lo que estaba sintiendo en ese preciso instante. Era condenadamente desconcertante.

—No se sentía solo —añadió Frances rápidamente, tranquilizándolo con una mirada cómplice—, pero lo parecía. —Pasó la mirada de su hermana a Hugh y viceversa, y sólo en ese instante pareció darse cuenta de que se encontraban en un momento incómodo—. Y necesitaba tarta.

—Bueno, todos necesitamos tarta —intervino Hugh.

No le importaba nada si lady Sarah estaba contrariada, pero no había necesidad de que lady Frances se sintiera cohibida.

—Necesito tarta —anunció Sarah.

Era el tema adecuado para cambiar el rumbo de la conversación.

—¿No la has probado? —preguntó Frances, asombrada—. Oh, debes hacerlo. Es absolutamente magnífica. El lacayo me dio una porción con extra de flores.

Hugh sonrió para sí. Por supuesto que tenía extra de flores. La decoración había hecho que la lengua de lady Frances adquiriera un tono púrpura.

—Estaba bailando —le recordó Sarah.

—Oh, sí, por supuesto. —Frances hizo una mueca y se volvió hacia Hugh—. Es otro inconveniente de ser la única niña de la boda. Nadie baila conmigo.

—Le aseguro que yo lo haría —contestó él con gran seriedad—. Pero ya ve...

Señaló su bastón.

Frances asintió, comprensiva.

—Bueno, entonces, me alegro mucho de haberme podido sentar con usted. No es nada divertido estar sentada sola mientras todos los demás bailan. —Se levantó y se dirigió a su hermana—. ¿Te traigo un poco de tarta?

—Oh, no será necesario.

—Pero has dicho que querías un poco.

—Ha dicho que necesitaba un poco —puntualizó Hugh.

Sarah lo miró como si de repente le hubieran salido tentáculos.

—Recuerdo las cosas —se limitó a decir.

—Te traeré la tarta —decidió Frances, y se alejó.

Hugh se entretuvo en contar para ver cuánto tiempo tardaba lady Sarah en romper el silencio y hablarle tras la marcha de su hermana. Cuando llegó a cuarenta y tres segundos (segundo arriba, segundo abajo; no tenía un reloj para medir el tiempo con exactitud), se dio cuenta de que iba a tener que ser él el adulto, así que dijo:

—Le gusta bailar.

Sarah se sobresaltó y, cuando se volvió hacia él, Hugh se percató gracias a su expresión de que, mientras él había estado midiendo la duración de una pausa embarazosa en la conversación, ella se había limitado a permanecer sentada en cómodo silencio.

A él le resultó extraño. Y tal vez incluso perturbador.

—Así es —convino ella, todavía parpadeando por la sorpresa—. La música es deliciosa. Consigue que uno se levante y... Lo siento.

Se ruborizó, como hacía todo el mundo que decía algo que de alguna manera podía referirse a su pierna lesionada.

—A mí solía gustarme bailar —contestó él.

—Yo... Ah... —Sarah se aclaró la garganta—. Ejem.

—Ahora es difícil, por supuesto.

En los ojos de Sarah apareció cierta expresión de alarma, así que él sonrió plácidamente y tomó un sorbo de vino.

—Creí que no bebía en presencia de los Smythe-Smith —dijo ella.

Él dio otro sorbo (el vino era bastante bueno, tal como ella le había prometido la noche anterior) y se volvió hacia Sarah con la intención de responder con una broma ácida. No obstante, cuando la vio allí sentada, con la piel todavía sonrosada y perlada de sudor por el reciente esfuerzo, algo cambió en su interior y la rabia que tanto se esforzaba por mantener a raya estalló y comenzó a fluir por sus venas.

Nunca más volvería a bailar.

Nunca más volvería a cabalgar, a subirse a un árbol o a atravesar una habitación a grandes zancadas para tomar en brazos a una dama. Había miles de cosas que no haría de nuevo, y se podría pensar que sería un hombre quien se lo recordara, un hombre físicamente capaz que podía cazar, boxear y hacer todas las malditas cosas que se suponía que hacían los hombres. Pero no, había sido ella, lady Sarah Pleinsworth, con sus hermosos ojos, sus pies ágiles y todas esas condenadas sonrisas que les había dedicado a sus compañeros de baile esa mañana.

A él no le gustaba. De verdad que no, pero por Dios que habría vendido parte de su alma para bailar con ella en ese momento.

—¿Lord Hugh?

Habló con calma, pero su voz tenía cierto tono de impaciencia, lo justo para advertirle que había estado callado durante demasiado tiempo.

Tomó otro sorbo de vino, más bien un trago largo en esa ocasión, y dijo:

—Me duele la pierna.

No era verdad. No mucho, en todo caso, pero podría haberle dolido. La pierna parecía ser la razón para todo en su vida; seguramente un vaso de vino no era la excepción.

—Oh. —Se removió incómoda en la silla—. Lo siento.

—No lo sienta —replicó él, tal vez con más brusquedad de la que pretendía—. No es culpa suya.

—Ya lo sé. Aun así, puedo sentir que le duela.

Debió de mirarla con recelo, porque ella se puso a la defensiva y añadió:

—Soy humana.

Él la miró fijamente y sus ojos le recorrieron el cuello y los delicados huesos de la clavícula. Podía ver cada respiración, cada ligero movimiento de su piel. Se aclaró la garganta. Definitivamente, era humana.

—Perdóneme —se disculpó con brusquedad—. Era de la opinión de que usted creía que me merecía este sufrimiento.

Ella separó los labios y él casi pudo ver cómo su mente asimilaba esas palabras. Era evidente que se sentía incómoda, y finalmente confesó:

—Puede que lo haya pensado, y no creo que nunca sienta caridad por usted, pero estoy intentando ser menos... —Se calló y movió la cabeza mientras buscaba las palabras apropiadas—. Estoy intentando ser mejor persona —dijo por fin—. No deseo que sienta dolor.

Él arqueó las cejas. Aquélla no era la Sarah Pleinsworth que conocía.

—Pero usted no me gusta —le espetó ella de repente.

Ah. Ahí estaba. De hecho, Hugh se sentía cómodo con su grosería. Estaba inexplicablemente fatigado y no tenía la energía suficiente para descifrar a esa Sarah Pleinsworth más profunda y más moral.

A pesar de que no le gustaba la joven dama excesivamente dramática que hacía largas y vehementes declaraciones, en ese momento... la prefería.

Capítulo 8

Sarah pensó que, desde la mesa principal en la que se encontraba, podía ver toda la habitación. Aquello le daba la oportunidad de mirar descaradamente (como una hacía en eventos como aquél) a la novia. La feliz novia, vestida de seda de color lavanda pálido, y que lucía una brillante sonrisa. Una podría, tal vez, lanzarle puñales con los ojos a la feliz novia (sin intención, por supuesto, de que la feliz novia se diera cuenta de esas miradas). Pero, después de todo, era culpa de Honoria el hecho de que estuviera allí atrapada, sentada junto a lord Hugh Prentice quien, después de haber tenido aparentemente una placentera conversación con su hermana pequeña, se había vuelto desagradable y hosco.

—Saco lo peor que hay en usted, ¿no es así? —murmuró Sarah sin mirarlo.

—¿Ha dicho algo? —le preguntó él, sin mirarla tampoco.

—No —mintió Sarah.

Él se movió en la silla y Sarah miró hacia abajo el tiempo suficiente para observar que estaba cambiando la posición de la pierna. Parecía estar más cómodo con la extremidad extendida delante de él; había sido consciente de ello la noche anterior, durante la cena. Pero mientras que la otra mesa había estado llena de invitados, aquélla estaba vacía a excepción de ellos dos, y había mucho espacio para…

—No me duele —dijo él, aunque no se volvió ni un centímetro hacia Sarah.

—¿Cómo dice? —contestó ella, porque no le había estado mirando la pierna.

De hecho, desde que se había percatado de que la había extendido, había estado mirando a propósito al menos otras seis cosas diferentes.

—La pierna —repitió Hugh—. Ahora no me duele.

—Oh.

Estaba a punto de decir que no le había preguntado por la pierna, pero incluso ella sabía cuándo las buenas maneras la obligaban a contenerse.

—Imagino que es por el vino —comentó al fin.

Él no había bebido mucho, pero si decía que ayudaba con el dolor, ¿quién era ella para dudarlo?

—Me resulta difícil doblarla —afirmó Hugh. Entonces sí que la miró. Sus ojos verdes se clavaron directamente en ella—. Por si se lo estaba preguntando.

—Por supuesto que no —repuso Sarah rápidamente.

—Mentirosa —dijo él en voz baja.

Sarah ahogó un grito. Por supuesto que estaba mintiendo, pero era una mentira educada. Sin embargo, el hecho de que él se lo hiciera notar no había sido nada educado.

—Si quiere saber algo —le indicó Hugh, y partió un trozo de tarta con el tenedor—, simplemente pregúntelo.

—Muy bien —admitió Sarah con aspereza—. ¿Le faltan muchos pedazos de carne?

Él se atragantó con la tarta, lo que le provocó a ella una gran satisfacción.

—Sí —contestó Hugh.

—¿De qué tamaño?

Él pareció a punto de sonreír de nuevo, cosa que no había sido la intención de Sarah. Bajó la mirada hacia su pierna.

—Yo diría que de unos cinco centímetros cúbicos.

Ella apretó los dientes. ¿Qué clase de persona respondía en centímetros cúbicos?

—Del tamaño de una naranja muy pequeña —añadió él, condescendiente—. O de una fresa gigante.

—Sé lo que es un centímetro cúbico.

—Por supuesto.

Y lo extraño fue que no pareció nada condescendiente cuando lo dijo.

—¿Se lesionó la rodilla? —preguntó ella porque, al fin y al cabo, sentía curiosidad—. ¿Por eso no puede doblarla?

—Puedo doblarla —la contradijo—, pero no muy bien. Y no, no me lesioné la rodilla.

Sarah esperó varios segundos y después dijo, más bien entre dientes:

—Entonces, ¿por qué no puede doblarla?

—Por el músculo —contestó Hugh, y encogió un hombro—. Sospecho que no se estira como debería, ya que faltan cinco centímetros cúbicos de... ¿cómo lo ha llamado? —Su voz se volvió desagradablemente ácida—. Ah, sí, pedazos de carne.

—Usted me dijo que preguntara —gruñó ella.

—Eso hice.

Sarah frunció los labios. ¿Acaso él estaba intentando hacerla sentir como una necia? Si existían normas oficiales de sociedad sobre cómo debía comportarse una dama con un hombre parcialmente tullido, no se las habían enseñado. Sin embargo, estaba bastante segura de que debía fingir que no se había percatado de su defecto.

A menos que necesitara ayuda. En cuyo caso, se suponía que debía darse cuenta de su cojera, porque sería imperdonablemente insensible mantenerse al margen observando cómo se movía con torpeza. Pero, de cualquier forma, probablemente se suponía que no debía hacer preguntas.

Como por qué no podía doblar la pierna.

Aun así, ¿no era su deber como caballero no hacerla sentir mal cuando ella metía la pata?

Honoria le debía una por aquello. Probablemente, le debía tres.

No estaba segura de tres qué, pero algo grande. Algo muy grande.

Se quedaron sentados en silencio durante un minuto más o menos y después Hugh declaró:

—No creo que su hermana vuelva con la tarta.

Señaló ligeramente con la cabeza. Frances estaba bailando el vals con Daniel. La expresión de su cara era de puro deleite.

—Él siempre ha sido su primo favorito —comentó Sarah.

Aunque no estaba mirando a Hugh, notó que asentía.

—Daniel sabe tratar a la gente —aseveró Hugh.

—Es un don.

—Lo es. —Tomó un sorbo de vino—. Uno que usted también posee, creo entender.

—No con todo el mundo.

Él sonrió de manera burlona.

—Se refiere a mí, supongo.

Sarah estuvo a punto de decir «Por supuesto que no», pero él era demasiado inteligente para eso. Optó por quedarse en silencio, sintiéndose como una necia. Una necia grosera.

Él se rió por lo bajo.

—No debería castigarse a sí misma por su fracaso. Soy un reto incluso para la gente más amable.

Ella se giró y lo miró a la cara muy confundida. Y con incredulidad. ¿Qué tipo de hombre decía algo así?

—Parece que se lleva usted bien con Daniel —dijo finalmente.

Él enarcó una ceja, casi como un desafío.

—A pesar de que le disparé —comentó, inclinándose ligeramente hacia ella.

—Para ser justos, estaban en un duelo.

Él casi sonrió.

—¿Me está defendiendo?

—No. —¿Lo estaba haciendo? No, simplemente estaba entablando conversación. Algo en lo que, según él, ella era buena—. Dígame, ¿tenía intención de darle?

Él se quedó inmóvil y, durante un momento, Sarah pensó que había ido demasiado lejos. Cuando habló, lo hizo con cierta sorpresa.

—Es usted la primera persona que me lo pregunta.

—Eso no puede ser.

Porque, ¿no giraba todo alrededor de ese detalle?

—Creo que no me había dado cuenta hasta ahora, pero no, a nadie se le había ocurrido preguntar si tenía intención de alcanzarlo.

Sarah se mordió la lengua durante unos segundos. Pero sólo eso.

—Y bien, ¿la tenía?

—¿Intención de dispararle? Por supuesto que no.

—Debería decírselo a Daniel.

—Ya lo sabe.

—Pero...

—He dicho que nadie me lo había preguntado —la interrumpió—, pero no que yo nunca hubiera proporcionado esa información.

—Imagino que el disparo de Daniel también fue accidental.

—Aquella mañana ninguno de los dos estábamos en nuestros cabales —confesó él con un tono carente de inflexión.

Ella asintió. No supo por qué; en realidad, no estaba asintiendo a nada en concreto. Pero le parecía que debía responder. Le parecía que él merecía una respuesta.

—En cualquier caso —agregó lord Hugh, mirando hacia delante—, yo fui quien lo retó, y quien disparó primero.

Sarah bajó la mirada hacia la mesa. No sabía qué decir.

Él volvió a hablar, en voz baja, pero con decisión.

—Nunca he culpado a su primo por mis heridas.

Y entonces, antes de que ella pudiera siquiera pensar en cómo contestar, lord Hugh se levantó tan bruscamente que la pierna lesionada golpeó la mesa, derramando un poco de vino de una copa que alguien había dejado olvidada. Cuando Sarah levantó la vista, lo vio hacer una mueca de dolor.

—¿Se encuentra bien? —le preguntó con cuidado.

—Estoy bien —contestó.

—Por supuesto que sí —musitó ella.

Los hombres siempre estaban «bien».

—¿Qué se supone que significa eso? —le espetó él.

—Nada —mintió Sarah, y se levantó—. ¿Necesita ayuda?

Los ojos de Hugh llamearon con furia por el hecho de que lo hubiera preguntado, pero en el momento en el que empezaba a decir que no, se le cayó el bastón al suelo.

—Yo se lo cogeré —se ofreció Sarah rápidamente.

—Yo puedo...

—Ya lo tengo.

Santo Dios, ese hombre le estaba poniendo difícil el comportarse como un ser humano considerado.

Él soltó el aire bruscamente y después, aunque claramente odiaba hacerlo, dijo:

—Gracias.

Ella le tendió el bastón y luego, con mucho tiento, le preguntó:

—¿Lo acompaño hasta la puerta?

—No es necesario —contestó con brusquedad.

—Tal vez para usted —replicó ella.

Aquello pareció despertar su curiosidad. Enarcó una ceja en un gesto interrogativo y Sarah dijo:

—Creo que es consciente de que estoy al cargo de su bienestar.

—Debería dejar de halagarme, lady Sarah. Se me va a subir a la cabeza.

—No voy a eludir mis obligaciones.

Él la observó con intensidad y después lanzó una mirada significativa hacia los veinte invitados o más que en ese momento estaban bailando.

Sarah inspiró aire para calmarse, intentando no morder el anzuelo. Probablemente no debería haberlo abandonado en la mesa, pero se había sentido feliz, y le gustaba bailar. Seguramente Honoria no pretendía que permaneciera a su lado a todas horas. Además, había más personas en la mesa cuando ella se había levantado. Y había regresado al darse cuenta de que se había quedado solo, con Frances como única compañía.

Aunque, a decir verdad, él parecía preferir a la niña.

—Ser la obligación de una joven dama resulta extraño —murmuró él—. No puedo decir que haya tenido ese placer anteriormente.

—Le hice una promesa a mi prima —dijo Sarah con voz tensa. Por no decir nada de Iris y lo que pensaba de ella—. Como caballero, debería al menos permitirme intentar cumplir esa promesa.

—Muy bien —accedió, y no parecía enfadado.

Tampoco resignado, ni divertido, ni nada que ella pudiera discernir. Él le tendió el brazo, como haría un caballero, pero ella dudó. ¿Debía aceptarlo? ¿Le haría perder el equilibrio?

—No me va a tirar —dijo él.

Ella le tomó el brazo.

Hugh inclinó la cabeza hacia ella.

—A menos, por supuesto, que me empuje.

Sarah sintió que se ruborizaba.

—Oh, vamos, lady Sarah —dijo él, mirándola condescendiente—. Seguramente puede aceptar una broma. Sobre todo si es a mi costa.

Sarah se obligó a sonreír.

Lord Hugh se rió entre dientes y se dirigieron a la puerta, más rápido de lo que ella había esperado. Su cojera era pronunciada, pero era evidente que él había aprendido a disimularla lo mejor posible. Debió de haber tenido que aprender a caminar de nuevo, pensó ella con sorpresa. Le habría llevado meses, incluso años.

Y habría sido doloroso.

Empezó a sentir algo parecido a la admiración. Seguía siendo grosero e irritante y ella no disfrutaba en absoluto de su compañía, pero por primera vez desde aquel funesto duelo, hacía ya tres años y medio, Sarah se dio cuenta de que lo admiraba. Él era fuerte. No, no del estilo de los que alardean —«Mira con qué poco esfuerzo puedo subir a una dama a un caballo»—, aunque por lo que sabía, tampoco era muy diferente. Tenía la mano apoyada en su brazo, y estaba claro que no había nada blando en él.

Hugh Prentice era fuerte interiormente, donde contaba de verdad. Tenía que serlo para haberse recuperado de esa lesión.

Tragó saliva y fijó la mirada en algún punto al otro lado de la habitación, mientras continuaba caminando a su lado. Se sentía inestable, como si de repente el suelo se hubiera ladeado unos centímetros a la derecha, o como si se hubiera quedado sin aire. Se había pasado los últimos años detestando a ese hombre y, aunque esa rabia no la había consumido, de alguna manera la había definido.

Lord Hugh Prentice había sido su excusa. Había sido su constante. Cuando el mundo había cambiado a su alrededor, él había seguido siendo la razón de su disgusto. Era frío, despiadado, no tenía conciencia. Había arruinado la vida de su primo y nunca se había disculpado por ello. Era tan horrible que nada en la vida podía ser peor.

¿Y ahora había encontrado algo en él digno de admiración? Eso no era propio de ella. Honoria era la que veía lo bueno de la gente y, ella, la que guardaba rencor.

Y no cambiaba nunca de opinión.

Excepto, por lo visto, cuando lo hacía.

—Cuando me haya ido, ¿bailará usted para alivio de su corazón? —le preguntó lord Hugh de repente.

Sarah se sobresaltó. Había estado tan perdida en el tumulto de sus pensamientos que su voz le resonó en los oídos.

—La verdad es que no había pensado en ello —respondió.

—Debería —le dijo con calma—. Es usted una bailarina excelente.

Ella separó los labios, sorprendida.

—Sí, lady Sarah, era un cumplido.

—No sé muy bien qué hacer con él.

—Le recomiendo que lo acepte con elegancia.

—¿Lo dice basándose en su experiencia personal?

—Ciertamente no. Yo casi nunca acepto los halagos con elegancia.

Sarah levantó la mirada hacia él, esperando ver una expresión socarrona, tal vez incluso perversa, pero su rostro se mantenía impasible. Ni siquiera la estaba mirando.

—Es usted un hombre muy extraño, lord Hugh Prentice —comentó en voz baja.

—Lo sé —contestó él.

Esquivaron al enorme tío abuelo de Sarah (y a su mujer, que era altísima), para llegar a la puerta del baile. Sin embargo, antes de que pudieran escapar, los interceptó Honoria, quien todavía irradiaba tanta felicidad que Sarah pensó que le debían de doler las mejillas de tanto sonreír. Frances estaba a su lado, dándole la mano y bañándose en el resplandor nupcial.

—¡No os vais a ir tan pronto! —exclamó Honoria.

Y entonces, para demostrar que era imposible salir sin ser visto de una habitación llena de Smythe-Smiths, Iris de repente se materializó al otro lado de Honoria, sonrojada y sin aliento por el *reel* escocés que acababa de terminar.

—Sarah —dijo Iris con una risita—. Y lord Hugh. Juntos. Otra vez.

—Todavía —la corrigió Hugh, para mortificación de Sarah. Le dedicó a Iris una reverencia educada y se volvió hacia Honoria para decir—: Ha sido una boda encantadora, lady Chatteris, pero debo retirarme a mi habitación para descansar.

—Y yo debo acompañarlo —anunció Sarah.

Iris ahogó una risita.

—No a su habitación —añadió ella rápidamente. Santo Dios—. Sólo a la escalera. O tal vez... —¿Necesitaría ayuda para subir? ¿Debía ella ofrecérsela?—. También para subir, si usted...

—Tan lejos como usted desee llevarme —respondió él, aunque, claramente, con ese comentario cortés tenía intención de provocarla.

Sarah apretó los dedos en torno al brazo de lord Hugh, con la esperanza de causarle dolor.

—Pero no quiero que os vayáis todavía —se lamentó Honoria.

—Forman una pareja encantadora —comentó Iris sonriendo.

—Eres muy amable, Iris —gruñó Sarah.

—Ha sido muy agradable conocerlo, lord Hugh —dijo Iris, e hizo una reverencia demasiado rápida—. Me temo que tendrá que excusarme. Le prometí a Honoria que buscaría al primo Rupert y que bailaría con él. ¡Y hay que cumplir las promesas, ya sabe!

Hizo un garboso movimiento con la mano y se marchó rápidamente.

—Cuánto se lo agradezco a Iris —confesó Honoria—. No sé lo que ha comido Rupert esta mañana, pero nadie quiere sentarse a su lado. ¡Es tan reconfortante saber que puedo contar con mis primas...!

La daga que Iris acababa de lanzar al corazón a Sarah se retorció un poco en su interior. En el caso de que hubiera pensado que iba a poder deshacerse pronto de lord Hugh, estaba muy equivocada.

—Deberías darle las gracias más tarde —continuó diciéndole Honoria a Sarah—. Sé que el primo Rupert y tú no os lleváis... Ah...

Su voz se apagó al recordar que lord Hugh aún se encontraba frente a ella. Nunca era educado airear las desavenencias familiares en público, aunque le hubiera hecho partícipe de ello el día anterior.

—Bueno —declaró después de aclararse la garganta—. Ahora ya no tienes que bailar con él.

—Porque lo va a hacer Iris —intervino Frances amablemente, por si Sarah no lo había comprendido.

—De verdad que nos tenemos que ir —insistió Sarah.

—No, no, no podéis —repuso Honoria, y tomó a Sarah de la mano—. Quiero que estés aquí. Eres mi prima más querida.

—Pero sólo porque yo soy demasiado joven —le explicó Frances en voz baja a Hugh.

—Por favor —dijo Honoria, y se dio la vuelta para mirarlo a él—. Y usted también, lord Hugh. Significaría mucho para mí.

Sarah apretó los dientes. Si se hubiera tratado de otra persona, habría levantado los brazos al aire y se habría marchado. Pero Honoria no estaba intentando hacer de casamentera. No era tan taimada y, aunque lo fuera, jamás lo haría de manera tan evidente. Más bien, su dicha nupcial era tal que deseaba que todo el mundo fuera tan feliz como ella, y no podía imaginarse que nadie pudiera ser tan dichoso como lo eran ellos allí, en esa estancia.

—Lo siento, lady Chatteris —murmuró lord Hugh—, pero me temo que debo descansar la pierna.

—Oh, entonces debe dirigirse al salón —replicó Honoria al instante—. Estamos sirviendo tarta allí para los invitados que no desean bailar.

—¡Sarah no ha tomado tarta! —exclamó Frances—. Se suponía que yo tenía que traerle un trozo.

—No pasa nada, Frances —le aseguró Sarah—, yo...

—Oh, tienes que tomar tarta —la interrumpió Honoria—. La señora Wetherby estuvo trabajando con la cocinera semanas enteras para dar con la receta apropiada.

Sarah no lo dudaba. A Honoria le encantaban los dulces; siempre la habían vuelto loca.

—Iré contigo —decidió Frances.

—Eso sería estupendo, pero...

—¡Y lord Hugh también puede venir!

Al oír aquello, Sarah se volvió hacia Frances con recelo. Tal vez Honoria sólo estuviera intentando que todos fueran tan felices como ella, pero los motivos de Frances no podían ser tan puros.

—Muy bien —accedió Sarah, pero se dio cuenta de que, en realidad, debería haberlo hecho lord Hugh.

—Marcus y yo iremos enseguida al salón para saludar a los invitados que haya allí —anunció Honoria.

—Como desee, milady —dijo Hugh, haciéndole una breve reverencia.

A pesar de que no había nada en su voz que revelara irritación o impaciencia, a Sarah no consiguió engañarla. Era extraño el hecho de que hubiera llegado a conocerlo tan bien en un día para darse cuenta de que estaba absolutamente furioso. O, al menos, moderadamente molesto.

Y, sin embargo, su expresión era tan inmutable como siempre.

—¿Vamos? —murmuró él.

Sarah asintió y continuaron hacia la puerta. No obstante, una vez en el pasillo él se detuvo y dijo:

—No tiene que acompañarme al salón.

—Oh, claro que sí —musitó ella.

Pensó en Iris, que se pavoneaba de cumplir con sus obligaciones, y en Honoria, que no era así, e incluso en Frances, que claramente esperaba que estuviera allí cuando llegara con la tarta.

—Pero si desea marcharse, yo la excusaré.

—Se lo prometí a la novia.

—Eso hizo.

Él la miró durante unos instantes más de lo que se consideraba adecuado y comentó:

—Supongo que usted no es de esas personas que rompen sus promesas.

Tuvo suerte de que ella le hubiera soltado el brazo. Probablemente le habría partido el hueso en dos.

—No.

Él volvió a mirarla. O tal vez no fuera una mirada, pero era extraño cómo sus ojos se detenían en su rostro con tanta frecuencia antes de hablar. Lord Hugh también lo hacía con otras personas; ella se había dado cuenta la noche anterior.

—Muy bien —accedió él—. Creo que nos esperan en el salón.

Ella lo miró y luego volvió a desviar la vista al frente.

—Me gusta la tarta.

—¿Tenía planeado negársela solamente para evitarme? —le preguntó él mientras continuaban por el pasillo.

—No exactamente.

Él la miró de soslayo.

—¿No exactamente?

—Iba a regresar al baile después de acompañarlo —admitió Sarah—. O a pedir que me subieran un poco de tarta a mi habitación. —Un momento después, añadió—: Y no estaba intentando evitarlo.

—¿De verdad?

—No, yo... —Sonrió para sí—. No exactamente.

—¿No exactamente? —repitió él. Otra vez.

Ella no se lo explicó. No podía, porque ni siquiera estaba segura de lo que quería decir. Sólo que, tal vez, ya no lo detestaba. O, al menos, no tanto como para negarse un trozo de tarta.

—Tengo una pregunta —le hizo saber.

Él ladeó la cabeza, indicándole que podía hacérsela.

—Ayer, cuando estábamos en el salón, cuando usted... eh...

—¿Cuando la desperté?

—Sí —asintió, preguntándose por qué se había avergonzado al decirlo—. Bueno, después, quiero decir. Dijo algo sobre diez libras.

Él se rió para sus adentros. Fue un sonido grave y sonoro que salió de lo más profundo de su garganta.

—Quería que yo fingiera desmayarme —le recordó Sarah.

—¿Podría haberlo hecho?

—¿Fingir un desvanecimiento? Espero que sí. Es un don que toda dama debería poseer. —Le lanzó una mirada descarada y preguntó—: ¿De verdad Marcus le ofreció diez libras si yo me desmayaba en la pradera?

—No —admitió lord Hugh—. A su primo Daniel le pareció que el hecho de vernos a los dos armados con pistolas sería suficiente para hacer que una dama se desmayara.

—No yo en concreto —se sintió obligada a explicar.

—No usted en concreto. Y después Daniel anunció que lord Chatteris nos pagaría a cada uno diez libras si lo conseguíamos.

—¿Marcus accedió a eso?

A Sarah no se le ocurría nada más impropio de Marcus, excepto tal vez subirse a un escenario y bailar una giga.

—Por supuesto que no. ¿Se lo imagina?

Lord Hugh sonrió. Fue una sonrisa de verdad que curvó algo más que las comisuras de sus labios. Le llegó a los ojos y brilló en sus profundidades verdes. Y durante un momento impactante y horroroso, casi se volvió atractivo. No, eso no. Siempre había sido atractivo. Cuando sonreía, se volvía...

Adorable.

—Oh, Santo Dios —musitó, y dio un paso atrás.

Nunca había besado a un hombre; ¿iba a empezar con Hugh Prentice?

—¿Ocurre algo?

—Eh... no. Quiero decir, sí. Es decir, ¡había una araña!

Él bajó la vista al suelo.

—¿Una araña?

—Se ha ido por allí —contestó ella rápidamente, señalando a la izquierda. Y a la derecha.

Lord Hugh frunció el ceño y se inclinó sobre el bastón mientras ladeaba el cuerpo para ver mejor el pasillo.

—Me dan miedo —afirmó Sarah.

No era del todo cierto, pero casi. No le gustaban.

—Bueno, ahora no la veo.

—¿Voy a buscar a alguien? —preguntó Sarah abruptamente.

Tal vez un viajecito por la casa, quizás hacia la zona de los sirvientes, no sería mala idea. Si no veía a Hugh Prentice, aquella locura tenía que terminar... ¿no?

—Ya sabe —continuó diciendo, inventándoselo todo según hablaba—, para encontrarla. Y matarla. Cielo santo, podría haber un nido.

—Estoy seguro de que las doncellas de Fensmore jamás permitirían que ocurriera algo así.

—Aun así —replicó con un gritito, e hizo una mueca, porque el gritito había sonado horrible.

—Tal vez sería más fácil llamar a un lacayo.

Él señaló hacia el salón, que estaba a sólo unos metros.

Sarah asintió, porque, por supuesto, él tenía razón, y casi se sintió volver a la normalidad. El ritmo de su corazón se estaba normalizando y, mientras no lo mirara a la boca, no sentiría el impulso de besarlo. Casi.

Enderezó los hombros. Podía hacerlo.

—Gracias por escoltarme tan amablemente —le dijo, y entró en el salón.

Estaba vacío.

—Bueno, esto es muy raro —afirmó Sarah.

Hugh apretó los labios.

—Lo es.

—No estoy segura... —empezó a decir la joven, pero no tuvo que pensar qué decir a continuación, porque lord Hugh se había vuelto hacia ella con los ojos ligeramente entornados.

—¿Su prima —empezó a decir— no habrá...?

—¡No! —exclamó Sarah—. Quiero decir... no —dijo con un tono de voz mucho más apropiado—. Iris tal vez, pero no Hon... —se interrumpió.

Lo último que quería era que él pensara que algún Smythe-Smith estaba intentando emparejarlos.

—¡Mire! —ordenó ella en voz alta, y señaló con la mano una mesa que había a la izquierda—. Platos vacíos. Aquí ha habido gente. Se acaban de marchar.

Él no dijo nada.

—¿Nos sentamos? —preguntó Sarah con nerviosismo.

Él siguió sin decir nada, aunque volvió la cabeza para mirarla más directamente.

—¿Y esperamos? —propuso ella—. Como hemos dicho que lo haríamos...

Se sentía ridícula. E inusualmente inquieta. Pero en esos momentos se sentía como si tuviera que demostrarse algo a sí misma, que podía estar en la misma habitación que él y sentirse perfectamente normal.

—Frances esperará que estemos aquí —añadió Sarah, ya que lord Hugh parecía haberse quedado mudo.

Ella supuso que estaba pensando, pero ¿no podía pensar y darle conversación al mismo tiempo? Ella lo hacía todo el tiempo.

—Después de usted, lady Sarah —le dijo. Por fin.

Ella se acercó a un sofá azul y dorado, el mismo, cayó en la cuenta, en el que había estado durmiendo el día anterior, cuando él la había despertado. Estuvo tentada de mirar hacia atrás para asegurarse de que él no necesitaba su ayuda. Ello era ridículo, porque sabía que no la necesitaba, al menos no en una tarea tan simple como aquélla.

Pero quería hacerlo, y cuando finalmente llegó al sofá y se sentó, se sintió inexplicablemente aliviada de poder mirarlo. Lord Hugh se encontraba sólo a unos pasos detrás de ella, y un momento después se sentó en la butaca azul que había ocupado el día anterior.

Déjà vu, pensó ella, excepto que todo era diferente. Todo menos los lugares en los que estaban sentados. Solamente había pasado un día y todo se había puesto patas arriba.

Capítulo 9

Déjà vu —bromeó lady Sarah.

Hugh estaba pensando exactamente lo mismo, excepto que no era igual. La mesa no estaba donde el día anterior. Cuando se sentó, tuvo la sensación de que la habían desplazado.

—¿Ocurre algo? —preguntó ella al verlo fruncir el ceño.

—No, es sólo que...

Lord Hugh se removió en su asiento. ¿Sería muy difícil mover la mesa? Aún estaba cubierta con platos medio vacíos que los sirvientes no debían de haberse dado cuenta que tenían que ser retirados. Pero seguramente podía hacerlos a un lado...

—¡Oh! —exclamó lady Sarah de repente—. Necesita estirar la pierna. Por supuesto.

—Creo que la mesa no está donde se encontraba ayer —dijo él.

Ella bajó la mirada al mueble y, de nuevo, a él.

—Tenía sitio para estirar la pierna —explicó lord Hugh.

—Y eso hizo —convino ella rápidamente.

Sarah se levantó, y él casi gruñó. Se agarró a los brazos de la butaca, dispuesto a impulsarse para levantarse, pero lady Sarah le colocó una mano sobre la suya y dijo:

—No, por favor, no sienta que debe levantarse.

Él bajó la mirada hacia su mano; sin embargo, tan pronto como había aparecido, desapareció, y ella empezó a trasladar los platos a otra mesa.

—No lo haga —le ordenó él.

No le gustaba nada verla llevar a cabo tareas propias de sirvientes por su culpa.

Ella lo ignoró.

—Ya está —exclamó, y se llevó las manos a las caderas mientras miraba la mesa, parcialmente despejada. Levantó la vista—. ¿Se sentiría más cómodo con el pie en el suelo o sobre la mesa?

Santo Dios. Hugh no se podía creer que se lo estuviera preguntando.

—No voy a poner el pie en la mesa.

—¿Lo haría en su casa?

—Por supuesto, pero...

—Entonces, ya ha contestado a mi pregunta —replicó descaradamente, y volvió a los platos sucios.

—Lady Sarah, déjelo.

Ella siguió haciendo sitio y no se molestó en mirarlo.

—No.

—Insisto.

Todo era muy extraño. Lady Sarah Pleinsworth estaba apartando platos sucios y preparándose para mover los muebles. Y lo más asombroso era que lo estaba haciendo para ayudarlo.

—Cállese y déjeme ayudarlo —dijo ella con severidad.

Él separó los labios, sorprendido, y ella debió de sentir cierta satisfacción por su asombro, porque sonrió, y después esa sonrisa se volvió petulante.

—No soy un inútil —murmuró él.

—No pienso que lo sea.

Sus ojos oscuros brillaron y, cuando se volvió para seguir apartando los platos, de repente él se dio cuenta de algo, como si lo hubiera atravesado un viento caliente del desierto.

La deseaba.

Se quedó sin respiración.

—¿Ocurre algo? —preguntó ella.

—No —graznó Hugh.

Pero seguía deseándola.

Ella levantó la mirada.

—Ha sonado extraño. Como si... Bueno, no lo sé. —Siguió apartando platos, hablando mientras lo hacía—. Tal vez como si sintiera dolor.

Hugh se mantuvo en silencio, intentando no mirarla mientras se movía por el salón. Santo Dios, ¿qué le había ocurrido? Sí, lady Sarah era muy atractiva, y sí, el corpiño de terciopelo de su vestido estaba confeccionado de tal manera que un hombre no podía evitar ser consciente de la forma exacta, y perfecta, de sus pechos.

Pero se trataba de Sarah Pleinsworth. La había odiado hacía menos de veinticuatro horas. Tal vez aún la odiara un poco.

Y no tenía ni idea de cómo era un viento caliente del desierto. ¿De dónde demonios había salido esa imagen?

Sarah dejó a un lado el último plato y se dio la vuelta para mirarlo.

—Creo que lo que tenemos que hacer es poner su pie en la mesa, y después empujarla hacia usted para que pueda apoyar el resto de la pierna.

Durante un momento, él no se movió. No podía. Aún estaba intentando averiguar qué demonios estaba ocurriendo.

—Lord Hugh —lo llamó ella con expectación—. ¿Su pierna?

Se dio cuenta de que no había manera de detenerla, así que musitó una disculpa silenciosa hacia sus anfitriones y puso la bota en la mesa.

Se sintió mucho mejor al estirar la pierna.

—Espere —le indicó Sarah, y le dio la vuelta a la mesa hasta quedar a su lado—. Todavía no le sujeta la rodilla. —Se acercó aún más a él y tiró de la mesa, pero se quedó en diagonal—. Oh, lo siento. Un momento.

Se metió por el espacio que quedaba entre el sofá y la butaca, quedándose junto a él. Aunque no se tocaban, él podía sentir su calor, podía ver los latidos en su piel.

—Si me excusa un momento... —dijo ella en voz baja.

Él volvió la cabeza.

Y no debería haberlo hecho.

Lady Sarah se había inclinado para coger un poco de impulso, y ese vestido... el inicio del escote... tan cerca de él...

Volvió a removerse en la butaca, y esa vez no era por la lesión.

—¿Puede levantarla un poco? —preguntó Sarah.

—¿Qué?

—La pierna.

Ella no lo estaba mirando, gracias a Dios, porque él no podía dejar de hacerlo. La sombra que quedaba entre sus pechos estaba muy cerca, y su aroma lo estaba envolviendo: limón, madreselva y algo mucho más terrenal y sensual.

Había estado bailando toda la mañana. Hasta quedarse sin respiración y casi mareada por el esfuerzo. Sólo el hecho de pensarlo le hizo sentirse tan desesperado por ella que creyó que iba a dejar de respirar.

—¿Necesita ayuda? —le preguntó Sarah.

Santo Dios, sí. No había estado con una mujer desde que se lesionó, aunque la verdad era que no había querido. Tenía las mismas necesidades que cualquier hombre, pero le resultaba tan difícil imaginarse a alguien deseándolo a pesar de su pierna destrozada que no se había permitido sentir atracción por nadie.

Hasta entonces, cuando había aparecido de repente como...

Oh, maldición, no como un viento caliente del desierto. Cualquier cosa menos un viento caliente del desierto.

—Lord Hugh —dijo Sarah con impaciencia—, ¿me ha oído? Si levanta la pierna, podré tirar de la mesa con más facilidad.

—Lo siento —murmuró, y levantó la pierna un par de centímetros.

Ella tiró de la mesa, pero tropezó con el tacón de la bota, obligándola a dar un paso atrás para mantener el equilibrio.

Ahora estaba tan cerca que él podía alargar la mano y tocarla. Se aferró a los brazos de la butaca para no ceder a la tentación.

Quería tocarle la mano, sentir los dedos de lady Sarah alrededor de los suyos, y deseaba llevárselos a los labios. Le besaría el interior de la muñeca, sentiría su pulso bajo la pálida piel.

Y después... (oh, Dios, no era el momento apropiado para tener una fantasía erótica, pero no podía evitarlo), después le levantaría los brazos por encima de la cabeza, el movimiento le haría arquear la espalda y el cuerpo de lady Sarah quedaría contra el suyo. Podría sentirlo todo de ella, cada curva. Y luego metería una mano por debajo de su falda y se la deslizaría por la pierna, hasta llegar al recodo sensible de la cadera.

Quería descubrir cuál era su temperatura exacta, y después quería descubrirla de nuevo, cuando estuviera caliente y enrojecida por el deseo.

—Ya está —dijo ella, enderezándose.

Era casi imposible pensar que fuera ajena a su agonía, que no supiera que él estaba a punto de perder el control.

Ella sonrió; por fin había colocado la mesa en la posición que quería.

—¿Así está mejor?

Él asintió; no se atrevía a hablar.

—¿Se encuentra bien? Está un poco sonrojado.

Oh, cielo santo.

—¿Le traigo algo?

A usted.

—¡No! —exclamó con demasiada vehemencia.

¿Cómo demonios había ocurrido aquello? Estaba mirando a Sarah Pleinsworth como un colegial libidinoso, y sólo podía pensar en la forma de sus labios, en su color.

Quería descubrir su textura.

Ella le puso una mano en la frente.

—¿Puedo? —preguntó, pero lo tocó antes de terminar de formular la pregunta.

Él asintió. ¿Qué otra cosa podría hacer?

—No tiene buen aspecto —murmuró ella—. Tal vez, cuando Frances venga con la tarta, podemos pedirle que le traiga algo de limonada. Le refrescaría.

Él volvió a asentir y se obligó a pensar en Frances. Que tenía once años. Y a quien le gustaban los unicornios.

Y quien no debía, bajo ninguna circunstancia, entrar en el salón mientras él se encontrara en ese estado.

Sarah apartó la mano de su frente y frunció el ceño.

—Está usted un poco caliente —comentó—, pero no mucho.

Él no se podía imaginar cómo era eso posible. Hacía unos momentos había pensado que iba a arder.

—Me encuentro bien —contestó—. Sólo necesito un poco más de tarta. O limonada.

Ella lo miró como si le hubiera salido otra oreja. O como si hubiera cambiado de color.

—¿Ocurre algo? —preguntó él.

—No —contestó, aunque no parecía que fuera verdad—. Es que usted no parece usted.

Él intentó mantener un tono indiferente al decir:

—No era consciente de que nos conociéramos tanto como para afirmar algo así.

—Es extraño —se mostró de acuerdo ella, y se sentó—. Creo que es... No importa.

—No, dígamelo —la instó.

Conversar era una buena idea. Hacía que pensara en otras cosas y, lo que era más importante, aseguraba que ella estuviera sentada en el sofá, y no inclinada sobre la butaca.

—A menudo hace usted una pausa antes de hablar —observó ella.

—¿Es eso un problema?

—No, por supuesto que no. Es sólo... diferente.

—Tal vez me guste pensar las palabras antes de pronunciarlas.

—No —murmuró ella—. No es eso.

Él se rió con suavidad.

—¿Me está diciendo que no pienso antes de hablar?

—No —respondió, riéndose también—. Estoy segura de que lo hace. Es usted muy inteligente, y sé que sabe que lo sé.

Eso le hizo sonreír.

—En realidad, no sé cómo explicarlo —continuó ella—. Pero cuando mira a una persona... No, no voy a ser imprecisa innecesariamente. Cuando me mira antes de hablar, suele haber un momento de silencio, y no creo que sea porque esté escogiendo las palabras.

Él la miró atentamente. Ahora ella se había quedado en silencio, y parecía que era su turno de pensar qué decir a continuación.

—Es algo en su expresión —dijo finalmente—. No parece como si estuviera decidiendo qué decir. —Levantó la mirada repentinamente; ya no tenía una expresión reflexiva—. Lo siento, es algo bastante personal.

—No se disculpe —repuso con calma—. El mundo está lleno de conversaciones sin sentido. Es un honor participar en una que no es así.

A Sarah se le tiñeron las mejillas de rubor por el orgullo que sintió, y apartó la mirada con timidez. Hugh se dio cuenta en ese momento de que él, también, la conocía lo suficiente como para saber que esa expresión no era frecuente en ella.

—Bueno —accedió lady Sarah, y juntó las manos en el regazo. Se aclaró la garganta y luego volvió a aclarársela—. Tal vez deberíamos... ¡Frances!

La última palabra la dijo con fervor, y él creyó detectar cierto alivio.

—Siento haber tardado tanto —se disculpó Frances al entrar en la estancia—. Honoria ha lanzado el ramo y no quise perdérmelo.

Sarah se enderezó como impulsada por un resorte.

—¿Honoria ha lanzado el ramo mientras yo no estaba?

Frances parpadeó unas cuantas veces.

—Supongo que sí. Pero yo no me preocuparía. Jamás habrías corrido más rápido que Iris.

—¿Iris ha corrido?

Sarah abrió la boca sorprendida y Hugh sólo pudo describir su expresión como una mezcla de horror y regocijo.

—Ha saltado —le confirmó Frances—. Ha tirado a Harriet al suelo.

Hugh se tapó la boca.

—No reprima la risa por mí —dijo Sarah.

—No sabía que Iris había puesto los ojos en alguien —confesó Frances, y bajó la vista a la tarta—. ¿Puedo tomar un poco de la tuya, Sarah?

Ésta le hizo un gesto con la mano para que la cogiera y afirmó:

—No creo que lo haya hecho.

Frances lamió un trozo de glaseado del tenedor.

—A lo mejor piensa que el ramo nupcial hará que encuentre antes a su amor verdadero.

—Si ése fuera el caso —comentó Sarah con ironía—, yo habría saltado por delante de Iris.

—¿Saben cómo surgió la tradición de lanzar el ramo de novia? —preguntó Hugh.

Sarah negó con la cabeza.

—¿Lo está preguntando porque lo sabe, o porque quiere saberlo?

Él ignoró su sarcasmo y contestó:

—Se considera que las novias tienen buena suerte, y hace muchos siglos, las jóvenes que querían una parte de esa suerte intentaban literalmente coger un poco desgarrándole trozos del vestido.

—¡Eso es salvaje! —exclamó Frances.

Él sonrió ante ese estallido.

—Deduzco que alguien se percató de que, si la novia podía ofrecer otro símbolo de su éxito romántico, sería beneficioso para su salud y bienestar.

—Menos mal —dijo Frances—. ¿Cuántas novias habrán sido pisoteadas?

Sarah se rió entre dientes y alargó una mano para coger lo que quedaba de tarta.

Frances había hecho grandes progresos con el glaseado. Hugh empezó a decirle que cogiera la suya; ya había tomado algo mientras la observaba bailar. Pero con la pierna estirada sobre la mesa, no podía inclinarse hacia delante lo suficiente para deslizar su plato delante de ella.

Así que se limitó a observar mientras ella cogía un poco y escuchaba a Frances charlar sobre nada en particular. Se sentía notablemente contento, y podría incluso haber cerrado los ojos durante unos momentos, hasta que oyó a Frances decir:

—Tienes un poco de glaseado.

Hugh abrió los ojos.

—Justo aquí —le estaba diciendo Frances a Sarah, señalándose su propia boca.

No había servilletas; Frances no había caído en la cuenta de llevarlas. Sarah sacó rápidamente la lengua y se lamió la comisura de los labios.

Su lengua. Sus labios.

Y la perdición de él.

Hugh bajó el pie bruscamente de la mesa y se puso en pie con torpeza.

—¿Ocurre algo? —le preguntó Sarah.

—Por favor, ofrézcale mis disculpas a lady Chatteris —le pidió con rudeza—. Sé que quería que la esperara, pero necesito descansar la pierna.

Sarah parpadeó, confundida.

—¿No estaba ya…?

—Es diferente —la interrumpió, aunque en realidad, no era distinto.

—Oh —dijo ella.

Fue un «oh» muy ambiguo. Podría estar sorprendida, encantada o incluso decepcionada. Él no fue capaz de distinguirlo. Y la verdad era que no debería ser capaz de distinguirlo, porque no tenía ningún sentido desear a una mujer como lady Sarah Pleinsworth.

Ninguno en absoluto.

Capítulo 10

A la mañana siguiente

*E*l camino de entrada a Fensmore estaba lleno de carruajes mientras los invitados se preparaban para abandonar Cambridgeshire y viajar hacia el sudeste rumbo a Berkshire, y más concretamente a Whipple Hill, la casa solariega de los condes de Winstead. Sería, como Sarah había dicho en una ocasión, la Gran y Terrible Caravana de la Aristocracia Británica (Harriet había insistido, pluma en mano, que tal término requería el uso de mayúsculas).

Como Londres no estaba lejos, algunos invitados que habían sido relegados a alojarse en las posadas cercanas decidieron regresar a la ciudad. Sin embargo, la mayoría había preferido convertir la doble celebración en una fiesta de tres semanas de viaje.

—Santo cielo —había exclamado lady Danbury al recibir las invitaciones para las dos bodas—, ¿de verdad creen que voy a reabrir mi casa de la capital para diez días entre las bodas?

Nadie se había atrevido a señalar que la casa de campo de lady Danbury estaba situada en Surrey, que se encontraba más entre Fensmore y Whipple Hill que hacia Londres.

Pero el argumento de lady Danbury era válido. La alta sociedad estaba dispersa en esa época del año, con la mayoría de la gente en el norte o en el oeste o, más oportunamente, en alguna parte que no fuera Cambridgeshire o Berkshire o los puntos que había entre ellos. Casi nadie estimaba oportuno reabrir sus casas de Londres durante menos de dos semanas cuando podían disfrutar de la hospitalidad de alguien más.

Aunque había que decir que no todos compartían esa opinión.

—Recuérdame —le dijo Hugh a Daniel Smythe-Smith mientras caminaban por el vestíbulo de Fensmore— por qué no me estoy yendo a casa.

Había tres días de viaje entre Fensmore y Whipple Hill, dos si uno se esforzaba, lo que nadie hacía. Hugh suponía que, en general, era menos tiempo en carruaje que volver a Londres y dirigirse a Berkshire una semana después pero, aun así, iba a ser un viaje de locos. Alguien (Hugh no tenía claro quién; seguro que no era Daniel, porque nunca había tenido cabeza para esas cosas) había planeado la ruta, marcado todas las posadas (junto con cuántas habitaciones tenía cada una) y dispuesto dónde debía dormir cada uno.

Hugh esperaba que nadie que no planeara asistir a las bodas Chatteris-Smythe-Smith-Wynter estuviera en la carretera esa semana, porque no habría ni una habitación libre.

—No te vas a casa porque tu casa es aburrida —le contestó Daniel, y le dio una palmada en la espalda—. Y no tienes carruaje, así que, si quisieras regresar a Londres, tendrías que hacerlo con alguna amiga de mi madre.

Hugh abrió la boca para hablar, pero Daniel aún no había terminado.

—Y eso quiere decir que no podrías ir a Whipple Hill desde Londres. Tal vez habría sitio con la antigua niñera de mi madre, pero si no, podrías intentar pagarte un asiento en el carruaje del correo.

—¿Has acabado? —preguntó Hugh.

Daniel levantó un dedo como si tuviera algo más que decir, y después lo bajó.

—Sí —dijo.

—Eres un hombre cruel.

—Sólo digo la verdad —contestó Daniel—. Además, ¿por qué no querrías venir a Whipple Hill?

A Hugh se le ocurría una razón.

—Las celebraciones empezarán en cuanto lleguemos —continuó Daniel—. Será una frivolidad continua y magnífica hasta la boda.

Era difícil imaginarse a un hombre con el alma más ligera y más llena de alegría que la de Daniel Smythe-Smith. Hugh sabía que parte de aquello era debido a sus inminentes nupcias con la hermosa señorita Wynter pero, a decir verdad, Daniel siempre había hecho amigos con facilidad y se reía constantemente.

El hecho de saber que había destruido la vida de un hombre así había hecho que fuera aún más difícil cuando Daniel se había exiliado a Europa. A Hugh todavía le asombraba que Daniel hubiera regresado a su posición en Inglaterra con elegancia y buen humor. La mayoría de los hombres habría exigido venganza.

Sin embargo, Daniel le había dado las gracias. Le había agradecido que lo encontrara en Italia y le había agradecido que cancelara la caza de brujas de su padre. Y, finalmente, le había dado las gracias por su amistad.

No había nada, pensó Hugh, que no estuviera dispuesto a hacer por ese hombre.

—En cualquier caso, ¿qué harías en Londres? —le preguntó Daniel, y le hizo una seña a Hugh para que lo siguiera por el camino—. ¿Sentarte y hacer cálculos mentales?

Hugh lo miró.

—Bromeo contigo porque te admiro.

—Sí, claro.

—Es una habilidad brillante —insistió Daniel.

—¿Aunque hiciera que te disparara y que tuvieras que salir del país? —preguntó Hugh.

Era cierto lo que le había dicho a lady Sarah: a veces, el humor negro era la única opción.

Daniel se detuvo y su rostro se ensombreció.

—Ya sabes —continuó Hugh— que mi aptitud con los números es precisamente la razón por la que siempre he sobresalido con las cartas.

Los ojos de Daniel parecieron oscurecerse y, cuando parpadeó, en su rostro apareció un aire de callada resignación.

—Se ha acabado, Prentice —le dijo—. Se ha terminado, y hemos recuperado nuestras vidas.

Tú sí has recuperado la tuya, pensó Hugh, y después se odió por pensarlo.

—Los dos fuimos unos idiotas —afirmó Daniel en voz baja.

—Puede que los dos fuéramos idiotas —repuso Hugh—, pero sólo uno de nosotros requirió el duelo.

—Yo pude no aceptar.

—Por supuesto que tuviste que hacerlo. No habrías sido capaz de dar la cara si no lo hubieras hecho.

Se trataba de un estúpido código de honor instaurado entre los jóvenes caballeros de Londres, pero era sagrado. Si un hombre era acusado de hacer trampas en las cartas, tenía que defenderse.

Daniel le puso a Hugh una mano en el hombro.

—Yo te he perdonado y, tú, creo que me has perdonado a mí.

En realidad, Hugh no lo había hecho, pero sólo porque no había nada que perdonar.

—Lo que me pregunto —siguió diciendo Daniel con suavidad— es si tú te has perdonado.

Hugh no respondió y Daniel no insistió. En lugar de eso, su voz retomó el anterior tono alegre y declaró:

—Vayamos a Whipple Hill. Comeremos, algunos beberán y todos estaremos contentos.

Hugh asintió levemente. Daniel ya no tomaba alcohol. Decía que no lo había tocado desde aquella fatídica noche. Hugh pensaba a veces que debería seguir su ejemplo, pero había noches en las que necesitaba algo para paliar el dolor.

—Además —añadió Daniel—, tienes que estar allí pronto. He decidido que debes unirte a la fiesta de la boda.

Aquello hizo que Hugh se detuviera en seco.

—¿Perdón?

—Marcus será mi padrino, por supuesto, pero creo que necesitaré a algunos caballeros para que me apoyen. Anne tiene toda una flotilla de damas.

Hugh tragó saliva y deseó no sentirse tan incómodo al aceptar tal honor. Porque era un honor, y quería decir que estaba agradecido, que significaba mucho para él y que había olvidado lo bien que sentaba tener a un amigo de verdad.

Sin embargo, sólo fue capaz de asentir brevemente con la cabeza. No le había mentido a Sarah el día anterior; no sabía cómo aceptar los halagos con elegancia. Suponía que uno tenía que creer que los merecía.

—Entonces, está decidido —dijo Daniel—. Oh, y por cierto, te he encontrado un hueco en mi carruaje favorito.

—¿Qué significa eso? —preguntó Hugh con recelo.

Ya habían salido de la casa e iban a empezar a bajar los escalones que llevaban al camino.

—A ver... —dijo Daniel, ignorando su pregunta—. Está... ahí mismo.

Señaló con un movimiento de la mano un carruaje negro relativamente pequeño, el quinto en la fila que se había formado en el camino. Aunque no tenía escudo, era evidente que era de calidad y lo tenían bien cuidado. Probablemente fuera el carruaje secundario de una familia noble.

—¿De quién es? —quiso saber Hugh—. Dime que no me has puesto con lady Danbury.

—No te he puesto con lady Danbury —respondió Daniel— aunque probablemente sería una excelente compañera de viaje.

—Entonces, ¿con quién?

—Sube y lo verás.

Hugh había pasado una tarde entera y la mayor parte de la noche intentando convencerse de que ese deseo loco que había sentido por Sarah Pleinsworth había sido fruto de una locura transitoria que había sido provocada por... algo. Tal vez por más locura transitoria. Fuera como fuese que hubiera ocurrido, pasar un día entero encerrado con ella no sería buena idea.

—Winstead —se dirigió a él con un tono de advertencia—. Que no sea tu prima. Te lo aviso, ya he...

—¿Sabes cuántas primas tengo? ¿De verdad crees que puedes evitarlas a todas?

—Winstead...

—No te preocupes, te he puesto con la mejor de todas, te lo prometo.

—¿Por qué me siento como si me dirigiera al matadero?

—Bueno —admitió Daniel—, te sobrepasarán en número.

Hugh se dio la vuelta bruscamente.

—¿Qué?

—¡Ya hemos llegado!

Hugh levantó la vista mientras Daniel abría la puerta.

—Damas —dijo Daniel en tono pomposo.

Del interior se asomó una cabeza.

—¡Lord Hugh!

Era Frances.

—Lord Hugh.

—Lord Hugh.

Y sus hermanas, por lo que parecía. Aunque, por lo que podía ver, no estaba lady Sarah.

Hugh por fin dejó escapar el aire que había estado conteniendo.

—Algunas de mis mejores horas las he pasado con estas tres damas —le confesó Daniel.

—Creo que el viaje de hoy va a durar nueve horas —replicó Hugh secamente.

—Serán nueve horas fantásticas. —Daniel se inclinó hacia él—. Pero déjame que te dé un consejo —susurró—. No intentes seguir todo lo que digan. Te provocará vértigo.

Hugh se detuvo en el escalón.

—¿Qué?

—¡Arriba! —Daniel lo empujó—. Nos veremos cuando paremos a comer.

Hugh abrió la boca para protestar, pero su amigo ya había cerrado la puerta.

Paseó la mirada por el interior del carruaje. Harriet y Elizabeth estaban sentadas mirando hacia delante y había un enorme montón de libros y papeles en el asiento que quedaba entre ambas. Harriet estaba intentando mantener un escritorio portátil sobre sus rodillas y tenía una pluma detrás de la oreja.

—Ha sido muy amable por parte de Daniel ponerlo en el carruaje con nosotras —dijo Frances en cuanto Hugh se hubo sentado junto a ella.

O, mejor dicho, lo dijo un poco antes de que estuviera sentado; él estaba empezando a darse cuenta de que no era una muchacha particularmente paciente.

—En efecto —murmuró.

De hecho, suponía que estaba agradecido. Mejor lady Frances que alguna anciana estirada o un caballero fumando un puro. Y seguramente sus hermanas serían soportables.

—Se lo pedí expresamente —continuó Frances—. Me lo pasé muy

bien en la boda ayer. —Se dirigió a sus hermanas para decir—: Comimos tarta juntos.

—Ya lo vi —respondió Elizabeth.

—¿Le importa ir en sentido contrario a la marcha? —le preguntó Frances—. Harriet y Elizabeth se marean.

—¡Frances! —protestó Elizabeth.

—Es verdad. ¿Qué sería más embarazoso, decirle a lord Hugh que os mareáis yendo hacia atrás, o que de verdad os mareéis yendo hacia atrás?

—Personalmente, yo preferiría lo primero —dijo Hugh.

—¿Vas a parlotear durante todo el viaje? —inquirió Harriet.

De las tres, era la que más se parecía a Sarah. Su cabello era un poco más claro, pero la forma del rostro era la misma, y también la sonrisa. Miró a Hugh con cierta vergüenza.

—Le pido perdón. Me dirigía a mis hermanas, por supuesto. No a usted.

—No tiene importancia —la disculpó él con una leve sonrisa—. Pero, ya que lo pregunta, no pretendo parlotear durante todo el camino.

—Yo pensaba escribir —continuó Harriet, y colocó un pequeño fajo de papeles en su escritorio portátil.

—No puedes hacer eso —le advirtió Elizabeth—. Lo mancharás todo de tinta.

—No, no lo haré. Estoy desarrollando una nueva técnica.

—¿Para escribir en el carruaje?

—Supone usar menos tinta. Lo prometo. ¿Y alguien se ha acordado de coger galletas? Siempre me entra hambre antes de parar para comer.

—Frances ha traído algunas. Y sabes que a Madre le dará un ataque si manchas de tinta el...

—Cuidado con los codos, Frances,

—Lo siento mucho, lord Hugh. Espero no haberle hecho daño. Y yo no he traído galletas. Pensé que las iba a coger Elizabeth. ¿Te has sentado sobre mi muñeca?

—Oh, vaya. Sabía que tenía que haber desayunado más. Deja de mirarme así. No voy a manchar de tinta el...

—Tu muñeca está aquí. ¿Cómo se usa menos tinta?

Hugh sólo podía quedarse mirando. Parecía haber dieciséis conversaciones diferentes desarrollándose a la vez. Con sólo tres partícipes.

—Bueno, me limito a apuntar sólo las ideas principales...

—¿Las ideas principales incluyen unicornios?

Hugh había sido incapaz de seguir quién decía qué hasta aquello.

—Otra vez los unicornios no —gruñó Elizabeth. Miró a Hugh y dijo—: Por favor, perdone a mi hermana. Está obsesionada con los unicornios.

Hugh miró a Frances. Se había puesto tensa por la rabia y estaba fulminando a su hermana con la mirada. Él no la culpaba; el tono de Elizabeth había sido el propio de una hermana mayor, dos partes de desdén y una de mofa. Y, aunque no podía echárselo en cara (estaba seguro de que, a su edad, él también había sido así), sintió una repentina necesidad de ser el héroe de la muchacha.

No recordaba cuándo había sido el héroe de alguien por última vez.

—A mí me gustan los unicornios —aseveró.

Elizabeth se quedó estupefacta.

—¿De verdad?

Él se encogió de hombros.

—¿No le gustan a todo el mundo?

—Sí, pero usted no cree en ellos —replicó Elizabeth—. Frances piensa que son reales.

Con el rabillo del ojo Hugh vio que la niña lo miraba con nerviosismo.

—En realidad, no puedo demostrar que no existan —afirmó.

Frances dejó escapar un gritito.

Elizabeth tenía la expresión de alguien que hubiera estado mirando al sol durante demasiado tiempo.

—Lord Hugh —dijo Frances—, yo...

—¡Mamá!

Frances se calló a media frase y todos desviaron la mirada hacia la puerta del carruaje. Era la voz de Sarah, y no parecía muy feliz.

—¿Creéis que va a viajar con nosotros? —susurró Elizabeth.

—Bueno, ya lo hizo cuando vinimos aquí —contestó Harriet.

Lady Sarah. En el carruaje. Hugh no estaba seguro de poder imaginar una tortura más diabólica.

—O te quedas aquí con tus hermanas o vas con Arthur y con Rupert —se oyó la voz de lady Pleinsworth—. Lo siento, pero no tenemos sitio en...

—No podré sentarme con usted —le dijo Frances a Hugh como disculpándose—. Las tres no cabrán en el otro lado.

Lady Sarah se sentaría junto a él. Por lo que parecía, sí que existía una tortura más diabólica.

—No se preocupe —le dijo Harriet—, Sarah no se marea viajando hacia atrás.

—No, está bien —oyeron todos decir a Sarah—. No me importa viajar con ellas, pero esperaba...

La puerta se abrió. Sarah estaba a medio camino del escalón, dándole la espalda al carruaje mientras seguía hablando con su madre.

—Es sólo que estoy cansada, y...

—Es hora de irse —la interrumpió lady Pleinsworth con firmeza, y le dio a su hija un pequeño empujón—. No pienso ser yo quien retrase a todo el mundo.

Sarah dejó escapar un suspiro de impaciencia mientras entraba de espaldas al carruaje. Se volvió y...

Lo vio.

—Buenos días —saludó Hugh.

Ella abrió mucho la boca, sorprendida.

—Me cambiaré de sitio —refunfuñó Frances.

Se levantó y se pasó enfrente, intentando quitarle el asiento de la ventanilla a Elizabeth, pero terminó en el centro, con los brazos cruzados.

—Lord Hugh —exclamó Sarah, claramente desconcertada—. Yo... eh... ¿Qué está haciendo aquí?

—No seas grosera —la reprendió Frances.

—No estoy siendo grosera. Sólo estoy sorprendida. —Se sentó en el lugar que había dejado libre Frances—. Y siento curiosidad.

Hugh se recordó que ella no tenía ni idea de lo que había ocurrido el día anterior. Porque no había ocurrido nada. Todo había estado en su cabeza. Y tal vez en algunas otras partes de su cuerpo. Pero lo importante era que ella no lo sabía, y no lo sabría nunca, porque iba a desaparecer.

La locura transitoria, por definición, era transitoria.

Sin embargo, le costó no darse cuenta de que la cadera de Sarah estaba a sólo unos centímetros de la suya.

—¿A qué debemos el placer de su compañía, lord Hugh? —preguntó Sarah mientras se quitaba el sombrero.

Definitivamente, no tenía ni idea. Si no fuera así, jamás habría usado la palabra «placer».

—Su primo me dijo que me había guardado un sitio en el mejor carruaje del viaje —contestó él.

—De la caravana —lo corrigió Frances.

Él apartó la mirada de Sarah para fijarla en la hermana menor.

—¿Perdón?

—La Gran y Terrible Caravana de la Aristocracia Británica —aclaró Frances—. Así la llamamos.

Él sonrió y, cuando soltó el aire, sonó como una risa.

—Es... excelente —comentó tras encontrar por fin la palabra apropiada.

—Se le ocurrió a Sarah —apuntó Frances, y se encogió de hombros—. Es muy inteligente.

—Frances... —le advirtió Sarah.

—Lo es —dijo Frances con el peor intento de susurro que Hugh había oído en su vida.

Los ojos de Sarah revolotearon de un lado a otro, como hacían cuando ella se sentía incómoda, y por fin se inclinó hacia delante para mirar por la ventanilla.

—¿No se suponía que íbamos a salir pronto?

—La Gran y Terrible Caravana —murmuró él.

Sarah se volvió hacia él con una mirada desconfiada.

—Me gusta —se limitó a decir Hugh.

Ella separó los labios y pareció prepararse para pronunciar una larga frase, pero en su lugar, dijo:

—Gracias.

—¡Oh, ya salimos! —exclamó Frances alegremente.

Las ruedas del carruaje comenzaron a girar. Hugh se reclinó en el asiento y dejó que el movimiento lo arrullara. Antes de sufrir la herida, nunca le había importado viajar en carruaje. Siempre le había hecho dormir. Todavía lo hacía; el único problema era que apenas había espacio para extender la pierna, y al día siguiente le dolía muchísimo.

—¿Estará bien? —le preguntó lady Sarah en voz baja.

Él inclinó la cabeza hacia ella y murmuró:

—¿Bien?

Ella desvió la mirada hacia su pierna.

—Estaré bien.

—¿No necesitará estirarla?

—Pararemos para comer.

—Pero...

—Estaré bien, lady Sarah —la interrumpió pero, para su propia sorpresa, sus palabras no tenían un tono defensivo. Se aclaró la garganta—. Gracias por su preocupación.

Ella entornó los ojos y Hugh se dio cuenta de que estaba intentando decidir si lo creía. No quería que Sarah tuviera ninguna razón para pensar que no estaba cómodo, así que miró ociosamente a las otras tres hermanas Pleinsworth, apretujadas en el asiento de enfrente. Harriet se estaba dando golpecitos con la pluma en la frente y Elizabeth había sacado un pequeño libro. Frances se estaba inclinando por delante de ella, intentando ver por la ventana.

—Ni siquiera hemos salido todavía del camino —dijo Elizabeth, sin dejar de mirar el libro.

—Sólo quiero ver.

—No hay nada que ver.

—Lo habrá.

Elizabeth pasó una página con precisión.

—No vas a estar así todo el... ¡Oh!

—Ha sido un accidente —se disculpó Frances.

—Me ha golpeado —afirmó Harriet, a nadie en particular.

Hugh observaba el intercambio de información con humor, consciente de que lo que en ese momento era divertido se convertiría en agonía si continuaba durante la hora siguiente.

—¿Por qué no intentas mirar por la ventana de Harriet? —preguntó Elizabeth.

Frances suspiró, pero hizo lo que su hermana le había sugerido.

Sin embargo, momentos después oyeron el sonido de papeles arrugándose.

—¡Frances! —le regañó Harriet.

—Lo siento. Sólo quiero mirar por la ventana.

Harriet miró a Sarah de manera suplicante.

—No puedo —dijo Sarah—. Si crees que ahora estáis incómodas, imagina lo apretadas que estaríamos si me siento yo ahí en lugar de Frances.

—Frances, quédate quieta —dijo Harriet con brusquedad, y volvió a colocar los papeles en el escritorio portátil.

Hugh sintió que Sarah le daba suavemente con el codo y, cuando se volvió hacia ella, vio que lanzaba una mirada a su mano.

Uno... dos... tres...

Sarah estaba contando discretamente los segundos, estirando un dedo cada vez.

Cuatro... cinco...

—¡Frances!

—¡Lo siento!

Hugh miró de reojo a Sarah, que tenía una sonrisa ufana en los labios.

—Frances, no puedes echarte encima de mí de esa manera —le espetó Elizabeth.

—Entonces, ¡déjame sentarme junto a la ventana!

Todas las miradas se volvieron hacia Elizabeth, que finalmente dejó escapar un resoplido de exasperación mientras se agachaba en mitad del carruaje para permitir que Frances se deslizara junto a la ventana. Hugh observó con interés a Elizabeth, que se removió más de lo necesario para encontrar una postura cómoda, reabrió el libro y se centró en las palabras.

Miró a Sarah. Ella le devolvió la mirada con una expresión que decía: «Espere».

Frances no los decepcionó.

—Me aburro.

Capítulo 11

Sarah suspiró, dividida entre la diversión y la vergüenza por que lord Hugh estuviera a punto de presenciar una típica discusión de las hermanas Pleinsworth.

—Por el amor de... ¡Frances! —Elizabeth fulminó con la mirada a su hermana pequeña, como si le fuera a arrancar la cabeza—. ¡No han pasado ni cinco minutos desde que cambiamos de sitio!

Frances se encogió de hombros con gesto indefenso.

—Pero me aburro.

Sarah miró a Hugh a hurtadillas. Parecía estar intentando no reírse. Lo que suponía que era lo mejor que podía pasar.

—¿No podemos hacer algo? —suplicó Frances.

—Yo ya lo estoy haciendo —gruñó Elizabeth, y levantó el libro.

—Ya sabes que no me refiero a eso.

—¡Oh, no! —exclamó Harriet.

—¡Sabía que ibas a derramar la tinta! —gritó Elizabeth, y después aulló—: ¡No me manches!

—¡Deja de moverte tanto!

—¡Yo os puedo ayudar! —afirmó Frances emocionada, e intentó meterse en la refriega.

Sarah estaba a punto de intervenir cuando lord Hugh se inclinó hacia delante, agarró a Frances por el cuello del vestido, tiró de ella hasta el otro lado del carruaje y la sentó sin ninguna ceremonia en el regazo de Sarah.

Fue realmente magnífico.

Frances se quedó boquiabierta.

—Debería mantenerse alejada —le aconsejó él.

Sarah, mientras tanto, estaba luchando con un codo que se le clavaba en los pulmones.

—No puedo respirar —se quejó entrecortadamente.

Frances cambió de postura.

—¿Mejor? —preguntó alegremente.

La respuesta de Sarah fue tomar aire con ansia. De alguna manera consiguió volver la cabeza a un lado, de modo que se quedó mirando a lord Hugh.

—Lo felicitaría por lo que acaba de hacer, excepto porque he perdido la sensibilidad en las piernas.

—Bueno, por lo menos ahora puede respirar —contestó él.

Y entonces, que el cielo la ayudara, empezó a reírse. Había algo ridículo en el hecho de ser felicitada por respirar. O tal vez fuera que una tenía que reírse cuando lo mejor en la situación en que se encontraba era que todavía respiraba.

Así que lo hizo. Se rió. Se rió tanto y con tantas ganas que Frances se cayó de su regazo al suelo. Y después siguió riéndose, hasta que empezaron a correrle las lágrimas por las mejillas. Elizabeth y Harriet dejaron de discutir y la miraron, asombradas.

—¿Qué le pasa a Sarah? —preguntó la primera.

—Algo sobre tener problemas para respirar —contestó Frances desde el suelo.

Al oírlo, Sarah dejó escapar una carcajada que más parecía un aullido y se aferró el pecho jadeando.

—No respiro. Demasiada risa.

Como toda la buena risa, era contagiosa, y poco tiempo después todo el carruaje se estaba riendo, incluso lord Hugh, a quien Sarah jamás podría haberse imaginado en tales circunstancias. Por lo común sonreía con superioridad, y a veces soltaba una risa ahogada, pero entonces, mientras el carruaje de los Pleinsworth se dirigía hacia el sur, hacia Thrapstone, se rindió como el resto de sus ocupantes.

Fue un momento glorioso.

—Oh, Dios mío —consiguió decir Sarah por fin.

—Ni siquiera sé por qué nos estamos riendo —confesó Elizabeth, aún sonriendo de oreja a oreja.

Sarah terminó de enjugarse las lágrimas e intentó explicarlo.

—Es que... Él dijo... Oh, no importa, nunca sería tan gracioso si lo vuelvo a contar.

—Por lo menos, he limpiado la tinta —dijo Harriet. Su expresión se volvió tímida—. Bueno, excepto de mis manos.

Sarah la miró e hizo una mueca. Sólo parecía haberse salvado un dedo de Harriet.

—Parece que tengas la peste —comentó Elizabeth.

—No, creo que la tienes en el cuello —replicó Harriet, que no se había ofendido—. Frances, deberías levantarte del suelo.

La niña elevó la mirada hacia Elizabeth, que había vuelto a deslizarse hacia el asiento de la ventana. Ésta suspiró y se movió hacia el centro.

—Me voy a aburrir otra vez —afirmó Frances en cuanto se hubo sentado.

—No, no va a ser así —repuso Hugh con firmeza.

Sarah se volvió para mirarlo, divertida e impresionada. Hacía falta un hombre valiente para enfrentarse a las hermanas Pleinsworth.

—Encontraremos algo que hacer —anunció él.

Sarah esperó a que se diera cuenta de que eso nunca podría ser respuesta suficiente. Por lo que parecía, sus hermanas estaban haciendo lo mismo, porque tras diez segundos, Elizabeth le preguntó:

—¿Tiene alguna sugerencia?

—Es excelente con los números —dijo Frances—. Puede multiplicar sumas monstruosamente grandes con la mente. Yo lo he visto hacerlo.

—No creo que les resulte entretenido ponerme a prueba con las matemáticas durante nueve horas.

—No, pero puede ser entretenido durante los próximos diez minutos —replicó Sarah, y lo decía de verdad.

¿Cómo era posible que no supiera eso de él? Sabía que era muy inteligente; tanto Daniel como Marcus se lo habían dicho. También sabía que había sido invencible a las cartas. Después de todo lo que había ocurrido, no había manera de que no se hubiera enterado.

—¿Cómo de grandes? —preguntó, porque lo quería saber de verdad.

—Al menos, de cuatro dígitos —contestó Frances—. Eso fue lo que hizo en el desayuno de la boda. Fue brillante.

Sarah miró a Hugh. Parecía estar ruborizándose. Bueno, tal vez sólo un poco. O tal vez no. Quizá ella quisiera que se ruborizara. Había algo muy atractivo en esa idea.

Pero entonces se percató de algo más en su expresión. No sabía cómo describirlo, excepto que de pronto supo...

—Puede calcular con más de cuatro dígitos —dijo Sarah con asombro.

—Es un don —contestó él—. Que me ha dado tanto problemas como beneficios.

—¿Puedo ponerlo a prueba? —preguntó Sarah, intentando no parecer demasiado ansiosa.

Lord Hugh se inclinó hacia ella con una sonrisa de superioridad.

—Sólo si yo puedo ponerla a prueba a usted.

—Aguafiestas.

—Yo podría decirle lo mismo.

—Más tarde —dijo ella con firmeza—. Más tarde me lo va a enseñar.

Estaba fascinada con aquel don recién descubierto de lord Hugh. Seguramente no le importaría hacer un pequeño cálculo. Lo había hecho para Frances.

—Podemos leer una de mis obras —sugirió Harriet, y empezó a rebuscar entre los papeles que tenía en el regazo—. Aquí está la que empecé anoche. Ya sabéis, la de la heroína que no es demasiado rosa...

—¡Ni demasiado verde! —exclamaron emocionadas Frances y Elizabeth.

—Oh —exclamó Sarah con consternación—. Oh, oh, oh, oh. No.

Lord Hugh se giró hacia ella, divertido.

—¿Ni demasiado rosa ni demasiado verde? —murmuró.

—Me temo que es una descripción de mí.

—Ya... entiendo.

Ella lo miró.

—Ríase. Sabe que quiere hacerlo.

—Tampoco es ni demasiado gorda ni demasiado delgada —añadió Frances amablemente.

—En realidad, no es Sarah —les explicó Harriet—. Es sólo un personaje que he creado basándome en ella.

—Muy de cerca —agregó Elizabeth, y sonrió.

—Aquí tenéis —dijo Harriet, tendiéndoles a Sarah y a Hugh un pequeño montón de papeles—. Sólo cuento con una copia, así que tendréis que compartirla.

—¿Esta obra maestra tiene título? —quiso saber Hugh.

—Todavía no —contestó Harriet—. Me he dado cuenta de que con frecuencia tengo que acabar una obra para saber cómo titularla. Pero será algo terriblemente romántico. Es una historia de amor. —Hizo una pausa y torció la boca, pensando—. Aunque no estoy segura de que vaya a tener un final feliz.

—¿Es una historia romántica? —preguntó Hugh, enarcando una ceja de manera dubitativa—. ¿Y se supone que yo soy el protagonista?

—No podemos usar a Frances —respondió Harriet sin sarcasmo—. Y yo sólo tengo una copia, así que, si Sarah es la heroína, usted tiene que ser el héroe, ya que está sentado a su lado.

Él bajó la vista.

—¿Me llamo Rudolfo?

Sarah casi dejó escapar una carcajada.

—Es español —le explicó Harriet—. Pero su madre era inglesa, así que habla el idioma perfectamente.

—¿Tengo acento?

—Por supuesto.

—No sé por qué lo he preguntado —murmuró lord Hugh, y después le dijo a Sarah—: Oh, mire, su nombre es Mujer.

—Otra vez encasillada —bromeó Sarah.

—Todavía no he pensado en un nombre adecuado —les explicó Harriet—, pero no quería dejar abandonado el manuscrito. Podría llevarme días pensar en el nombre correcto. Y, para entonces, podría haber olvidado todas las ideas.

—El proceso creativo es algo peculiar, desde luego —musitó lord Hugh.

Sarah había estado leyendo mientras Harriet hablaba, y le habían surgido serias dudas.

—No estoy segura de que esto sea una buena idea —declaró, y cogió la segunda página del montón para leer algo más.

No, definitivamente, no era una buena idea.

—Leer en un carruaje en marcha siempre es arriesgado —afirmó Sarah rápidamente—. Sobre todo viajando en el sentido contrario a la marcha.

—Tú nunca te mareas —le recordó Elizabeth.

Sarah siguió con la tercera página.

—Puede que sí.

—No tienes que hacer lo que hay en la obra —le indicó Harriet—. Esto no es una representación de verdad, sólo se trata de una lectura.

—¿Debería leer más? —le preguntó lord Hugh a Sarah.

Sin decir nada, ella le tendió la segunda página.

—Oh.

Y la tercera.

—Oh.

—Harriet, no podemos hacer esto —se quejó Sarah con firmeza.

—Oh, por favor —le rogó Harriet—. Me sería de mucha ayuda. Ése es el problema al escribir obras. El autor necesita escuchar las palabras pronunciadas en voz alta.

—Ya sabes que nunca se me ha dado bien representar tus obras —le recordó Sarah.

Lord Hugh la miró socarronamente.

—¿De verdad?

Hubo algo en su expresión que a ella no le sentó bien.

—¿Qué significa eso?

Él se encogió ligeramente de hombros.

—Sólo que usted es muy dramática.

—¿Dramática?

No le gustaba cómo había sonado eso.

—Oh, vamos —dijo él con más condescendencia de la que era adecuada en un carruaje cerrado—. Seguramente usted misma no se describiría como tranquila y tímida.

—No, pero no sabía que se me veía como dramática.

Él la miró un momento y luego sentenció:

—Disfruta haciendo grandes declaraciones.

—Es verdad, Sarah —señaló Harriet—. Lo haces.

Sarah volvió la cabeza y le echó tal mirada a su hermana que fue un milagro que ésta no se quedara muerta en el sitio.

—No voy a leer esto —dijo, y cerró la boca con fuerza.

—¡Sólo es un beso! —exclamó Harriet.

¿Sólo un beso?

Frances abrió los ojos casi tanto como la boca.

—¿Quieres que Sarah bese a lord Hugh?

Sólo un beso. Nunca podría ser sólo un beso. No con él.

—No estarían haciendo el beso de verdad —Harriet.

—¿Una hace un beso? —preguntó Elizabeth.

—No —replicó Sarah—. No se hace.

—No se lo diremos a nadie —intentó convencerla Harriet.

—Esto es tremendamente inapropiado —les advirtió Sarah con voz tensa. Se dio la vuelta hacia lord Hugh, que llevaba un rato sin decir nada—. Seguramente, estará de acuerdo conmigo.

—Por supuesto —contestó él de manera un poco entrecortada.

—Eso es. Ya ves, no lo vamos a leer.

Sarah le tendió las hojas a Harriet, que las recogió de mala gana.

—¿Lo harías si Frances leyera la parte de Rudolfo? —preguntó Harriet en voz baja.

—Acabas de decir…

—Lo sé, pero de verdad quiero oírlo.

Sarah se cruzó de brazos.

—No vamos a leer la obra, y punto.

—Pero…

—He dicho que no —explotó Sarah, sintiendo que lo poco que le quedaba de paciencia se partía en dos—. No voy a besar a lord Hugh. Aquí no. Ahora no. ¡Nunca!

En el carruaje se hizo un silencio ensordecedor.

—Os pido perdón —musitó Sarah.

Sintió que le subía el rubor desde la garganta hasta la coronilla. Esperó a que lord Hugh dijera algo terriblemente inteligente y punzante, pero no pronunció ni una palabra. Ni Harriet. Ni Elizabeth ni Frances.

Por fin Elizabeth hizo un sonido torpe con la garganta e informó:

—Entonces, voy a leer mi libro.

Harriet reorganizó sus papeles.

Incluso Frances se volvió hacia la ventana y miró hacia fuera en silencio, aburrida.

En cuanto a lord Hugh, no sabía lo que estaba haciendo. No se atrevía a mirarlo. Su estallido había sido desagradable y, el insulto, imperdonable. Por supuesto que no se iban a besar en el carruaje. Ni siquiera se habrían besado si estuvieran representando la obra en un salón. Como Harriet había dicho, habría sido una especie de narración, o tal vez se hubieran acercado (pero manteniendo una respetable distancia de quince centímetros) y habrían besado el aire.

Pero era demasiado consciente de él, de una manera que la confundía y, a la vez, la exasperaba. Leer que sus personajes se besaban...

Habría sido demasiado.

El viaje continuó en silencio. Frances terminó durmiéndose. Harriet se dedicó a mirar al vacío. Elizabeth siguió leyendo, aunque de vez en cuando levantaba la vista y pasaba la mirada de Sarah a Hugh, y viceversa. Después de una hora, Sarah pensó que el caballero también se había quedado dormido; no se había movido ni una sola vez desde que se habían quedado en silencio, y pensaba que no estaría cómodo con la pierna en la misma posición durante tanto tiempo.

Pero cuando se atrevió a mirarlo de reojo, vio que estaba despierto. La única señal de que él la vio mirarlo fue un mínimo cambio en sus ojos.

No dijo nada.

Ella tampoco.

Por fin sintieron que el carruaje disminuía la velocidad y, cuando Sarah miró por la ventana, vio que se estaban aproximando a una posada con un alegre cartel que decía *The Rose and Crown, fundada en 1612.*

—Frances —dijo, contenta de tener una buena razón para hablar—. Frances, es hora de levantarse. Ya hemos llegado.

La joven parpadeó atontada y se reclinó sobre Elizabeth, que no se quejó.

—Frances, ¿tienes hambre? —insistió Sarah.

Se inclinó hacia delante y le dio un ligero empujón en la rodilla. El carruaje se había detenido por completo, y lo único en lo que Sarah podía pensar era en escapar de allí. Se había esforzado en mantenerse quieta y callada. Se sentía como si no hubiera podido respirar en horas.

—Oh —exclamó Frances por fin, bostezando—. ¿Me he quedado dormida?

Sarah asintió.

—Tengo hambre —afirmó Frances.

—Deberías haberte acordado de coger las galletas —le echó en cara Harriet.

Sarah la habría reprendido por hacer un comentario tan baladí, pero era un alivio escuchar algo tan normal.

—No sabía que tenía que cogerlas yo —gimoteó Frances, y se levantó.

Era pequeña para su edad y podía permanecer en pie en el interior sin necesidad de agacharse.

La puerta del vehículo se abrió, lord Hugh cogió su bastón y salió sin decir nada.

—Sí que lo sabías —replicó Elizabeth—. Yo te lo dije.

Sarah se acercó a la puerta.

—¡Me estás pisando la capa! —gritó Frances.

Sarah miró hacia fuera. Lord Hugh le estaba tendiendo la mano para ayudarla a bajar.

—No estoy pisando nada.

Sarah tomó su mano. No sabía qué otra cosa podía hacer.

—No pises mi… ¡Oh!

Se oyó un chillido y entonces alguien empujó con fuerza a Sarah. Ésta se tambaleó hacia delante y manoteó incontroladamente con la mano libre para recuperar el equilibrio, pero fue en vano. Se cayó, primero al escalón, y después al duro suelo, arrastrando con ella a lord Hugh.

Gritó cuando un aguijonazo de dolor le atravesó el tobillo. *Tranquilízate*, se dijo, *sólo es la sorpresa*. Era como cuando se daba un golpe en un dedo del pie. Dolía muchísimo durante un segundo, y después una se daba cuenta de que, sobre todo, había sido la sorpresa.

Así que contuvo la respiración y esperó a que el dolor se amortiguara.

No lo hizo.

Capítulo 12

Durante un momento, Hugh se había sentido completo de nuevo.

No estaba del todo seguro de lo que había pasado en el interior del carruaje, pero instantes después Sarah depositó una mano cálida en la suya, dejó escapar un grito y se derrumbó sobre él.

Él alargó los brazos para cogerla. Era lo más normal del mundo, excepto que él era un hombre con una pierna lesionada, y los hombres así jamás debían olvidar lo que eran.

La cogió o, al menos, pensó que lo había hecho, pero la pierna no pudo soportar el peso de los dos, no cuando estaba multiplicado por la fuerza de la caída. No tuvo tiempo de sentir dolor; el músculo simplemente se contracturó y la pierna cedió.

Así que, en realidad, no importó si llegó a agarrarla o no. Ambos cayeron al suelo y, durante unos segundos, Hugh sólo pudo resollar. El impacto lo había dejado sin respiración, y la pierna…

Se mordió el interior de la mejilla. Con fuerza. Era extraño cómo un dolor podía reducir la intensidad de otro. O, al menos, solía hacerlo. En esa ocasión, no fue así. Sintió el sabor a sangre y como si le atravesaran la pierna con miles de agujas.

Maldiciendo entre dientes, se obligó a incorporarse con ayuda de las manos y las rodillas para llegar hasta Sarah, que estaba tendida en el suelo, cerca de él.

—¿Se encuentra bien? —le preguntó de inmediato.

Ella asintió, pero fue un asentimiento errático y poco definido que en realidad decía que no, no se encontraba bien.

—¿Es la pierna?

—El tobillo —gimoteó ella.

Hugh se arrodilló a su lado. La pierna gritó agónica al verse excesivamente doblada. Tendría que llevar a Sarah a la posada, pero antes debería comprobar si se había roto algún hueso.

—¿Puedo? —preguntó, y acercó las manos a su pie.

Ella asintió, pero antes de que Hugh tuviera tiempo de tocarla, se encontraron rodeados. Harriet había bajado del carruaje, lady Pleinsworth había salido de la posada y Dios sabía quién más se estaba acercando, apartándolo a él. Hugh terminó poniéndose en pie con esfuerzo y retrocedió, apoyándose pesadamente en el bastón.

Sentía como si alguien le estuviera atravesando el músculo del muslo con un cuchillo ardiendo, pero se trataba de un dolor conocido. No le había hecho nada nuevo a la pierna, parecía decirle; simplemente, la había llevado al límite.

Aparecieron dos caballeros en escena, primos de Sarah, pensó él, y también llegó Daniel, que los hizo a un lado.

Y se hizo cargo de la situación.

Hugh lo observó mientras comprobaba el tobillo de Sarah, y también después, mientras Sarah le rodeaba el cuello con los brazos.

Y siguió observando cuando Daniel se abrió paso entre la multitud y la llevó al interior de la posada.

Hugh nunca sería capaz de hacer eso. Debía olvidarse de montar a caballo, de bailar, de cazar y de todas las cosas que tanto echaba de menos desde que una bala le había destrozado el muslo. Nada de eso parecía importar ya.

Jamás cogería a una mujer en brazos.

Nunca se había sentido menos hombre.

Posada The Rose and Crown, una hora después

—¿Cuántas?

Hugh levantó la mirada cuando Daniel se instaló en el taburete que había junto a él, en la taberna de la posada.

—¿Cuántas bebidas? —le aclaró Daniel.

Hugh tomó un buen sorbo de su cerveza, y después otro, porque era lo que le quedaba para terminar la jarra.

—No las suficientes.

—¿Estás borracho?

—Desafortunadamente, no.

Le hizo un gesto al posadero para que le pusiera otra.

—¿Otra para usted también, milord? —preguntó el hombre.

Daniel negó con la cabeza.

—Té, por favor. Todavía es pronto.

Hugh sonrió con suficiencia.

—Todos están en el comedor —le informó Daniel.

Casi doscientas personas, estuvo a punto de decir él, pero entonces recordó que se habían dividido entre varias posadas para comer. Supuso que debía estar agradecido por esos pequeños favores. Sólo una quinta parte de los viajeros habrían sido testigos de su humillación.

—¿Quieres unirte a nosotros? —quiso saber Daniel.

Hugh lo miró.

—Creo que no.

El tabernero dejó otra jarra de cerveza frente a Hugh.

—Enseguida llega el té, milord.

Hugh se llevó la jarra a los labios y bebió un tercio de una sola vez. Apenas había alcohol en esa bebida. Le estaba llevando demasiado tiempo reducir su cerebro a la nada.

—¿Se lo ha roto? —preguntó.

No tenía pensado hacer preguntas, pero aquello tenía que saberlo.

—No —contestó Daniel—, aunque es un esguince feo. Lo tiene hinchado y le duele bastante.

Hugh asintió. Sobre eso lo sabía todo.

—¿Puede viajar?

—Eso creo. Tendremos que ponerla en otro carruaje. Tendrá que llevar la pierna en alto.

Hugh tomó otro largo trago.

—No vi lo que ocurrió —dijo Daniel.

Hugh se quedó helado. Muy despacio, se volvió hacia su amigo.

—¿Qué me estás preguntando?

—Sólo qué ocurrió —contestó Daniel, y frunció los labios, incrédulo, ante la reacción excesiva de Hugh.

—Se cayó del carruaje. Y yo no pude sujetarla.

Daniel lo miró fijamente varios segundos y después exclamó:

—Oh, por el amor de Dios, no te estás culpando, ¿verdad?

Hugh no respondió.

Daniel agitó una mano en el aire con gesto interrogativo.

—¿Cómo podrías haberla sujetado?

Hugh se aferró con fuerza al borde de la barra.

—Maldición —musitó Daniel—. No todo gira en torno a tu pierna. Probablemente yo tampoco podría haberla agarrado.

—No —le espetó Hugh—. Tú no habrías fallado.

Daniel se quedó callado unos instantes y después contó:

—Sus hermanas estaban riñendo. Parece que una de ellas la golpeó sin querer dentro del vehículo. Por eso se cayó.

En realidad, no importaba por qué se había caído, pensó Hugh, y dio otro trago.

—Así que, más bien la empujaron.

Hugh desvió la atención de su mirada el tiempo suficiente para gruñir:

—¿Tienes una teoría?

—Debió de haber caído del carruaje con considerable fuerza —dijo Daniel.

Hugh supuso que estaba hablando con tono paciente. Pero no estaba de humor para valorar la paciencia. Estaba de humor para beber, y para compadecerse a sí mismo, y para arrancarle la cabeza a quien fuera lo suficientemente estúpido como para acercarse.

Se terminó la cerveza, dejó la jarra en la barra con un golpe seco e hizo una seña para pedir otra. El posadero se apresuró a obedecer.

—¿Estás seguro de que quieres beberte eso? —le preguntó Daniel.

—Bastante.

—Me parece recordar —dijo Daniel en voz terriblemente baja— que una vez me dijiste que no bebías hasta el anochecer.

¿Acaso Daniel creía que lo había olvidado? ¿Acaso pensaba que se sentaría allí y tragaría pinta tras pinta de mala cerveza si hubiera otra manera de aliviar el dolor? En esa ocasión, no se trataba sólo de su pierna. Maldición, ¿cómo se suponía que iba a ser un hombre de verdad cuando la maldita pierna no podía sostenerlo?

Sintió que el corazón se le aceleraba con furia y escuchó cómo su respiración se convertía en resoplidos cortos y rabiosos. Había cien cosas diferentes que podría haberle dicho a Daniel en ese momento, pero sólo una reflejaba lo que sentía.

—Lárgate.

Se hizo un largo silencio y después Daniel bajó del taburete.

—Tu estado no es apropiado para viajar el resto del día en un carruaje con mis primas pequeñas.

Hugh frunció los labios.

—¿Por qué demonios crees que estoy bebiendo?

—Voy a fingir que no has dicho eso —dijo Daniel con calma—, y te sugiero que, cuando estés sobrio, tú hagas lo mismo. —Se dirigió a la puerta—. Partimos dentro de una hora. Mandaré a alguien para informarte de en qué carruaje puedes viajar.

—Déjame en paz —soltó Hugh.

¿Por qué no? No tenía ninguna necesidad de estar en Whipple Hill. Bien podía quedarse bebiendo en la posada toda la semana.

Daniel sonrió sin gracia.

—Eso te gustaría, ¿verdad?

Hugh se encogió de hombros, intentando ser insolente. Pero lo único que consiguió fue perder el equilibrio, y casi se cayó del taburete.

—Una hora —le recordó Daniel, y se marchó.

Hugh se desplomó sobre su bebida pero sabía que, en una hora, estaría fuera de la posada, preparándose para el siguiente tramo del viaje. Si cualquier otra persona se hubiera presentado ante él y le hubiera ordenado que estuviera preparado en una hora, se habría largado de allí y no habría regresado jamás.

Pero no con Daniel Smythe-Smith. Y sospechaba que Daniel lo sabía.

Whipple Hill, cerca de Thatcham, Berkshire. Seis días después

El viaje a Whipple Hill había sido espantoso, pero ahora que estaba allí, Sarah pensó que tal vez hubiera tenido suerte de pasar los tres primeros días con un tobillo hinchado atrapada en el carruaje de los

Pleinsworth. El camino había estado lleno de baches, pero ella había tenido una razón lógica para estar prácticamente tumbada. Todos los demás habían tenido que soportarlos sobre sus traseros.

Pero el sufrimiento había acabado.

Daniel estaba decidido a que la semana anterior a su boda hiciera leyenda, y había planeado todo tipo imaginable de diversión y entretenimiento. Habría excursiones, charadas, bailes, cacerías y por lo menos otros doce asombrosos pasatiempos que se revelarían en el momento oportuno. Sarah lo creía capaz de ofrecer lecciones de malabarismo en la pradera. Algo que, por cierto, sabía que podía hacer. Había aprendido cuando tenía doce años y una feria ambulante había visitado la ciudad.

Sarah pasó el primer día entero encerrada en la habitación que compartía con Harriet, con el pie apoyado en almohadones. Sus otras hermanas habían ido a visitarla, al igual que Iris y Daisy, pero Honoria todavía estaba en Fensmore, disfrutando de unos días de intimidad con su marido antes de emprender el viaje. Y aunque Sarah agradecía que sus familiares fueran a verla para entretenerla, no le gustaban tanto sus narraciones emocionantes de todos los eventos sorprendentemente fabulosos que estaban teniendo lugar al otro lado de la puerta de su dormitorio.

Su segundo día en Whipple Hill transcurrió más o menos igual, excepto que Harriet se apiadó de ella y prometió leerle los cinco actos de *Henry VIII y el unicornio de la fatalidad,* obra a la que recientemente había cambiado el título por *La pastora, el unicornio y Henry VIII.* Sarah no entendía por qué; en ninguna parte se mencionaba a una pastora. Sólo había cabeceado unos minutos. Seguramente no se habría perdido un personaje tan esencial como para merecer una mención en el título de la obra.

El tercer día fue el peor. Daisy llevó su violín.

Y Daisy no se sabía piezas cortas.

Por eso, cuando Sarah se despertó el cuarto día en Whipple Hill, se juró que bajaría la gran escalera y que se uniría al resto de la humanidad o moriría en el intento.

Lo juró de verdad, y debió de hacerlo con gran convicción, porque la doncella palideció y se santiguó.

Pero bajó, sólo para descubrir que la mitad de las damas se había ido al pueblo. Y la otra mitad estaba a punto de hacerlo.

Los hombres tenían planeado cazar.

Había sido muy humillante llegar al desayuno en brazos de un lacayo (no había especificado cómo bajaría la enorme escalera), así que, en cuanto los otros invitados se hubieron marchado, se puso en pie y dio un paso vacilante. Podía poner un poco de peso en el tobillo mientras lo hiciera con cuidado.

Y se apoyara en una pared.

Tal vez fuera a la biblioteca. Podría buscar un libro, sentarse y leer. No tendría que usar el pie para nada. La biblioteca no estaba tan lejos.

Dio otro paso.

No llegaba a estar al otro lado de la casa.

Dejó escapar un gemido. ¿A quién quería engañar? A esa velocidad, iba a tardar medio día en llegar a la biblioteca. Lo que necesitaba era un bastón.

Se detuvo. Aquello le hizo pensar en lord Hugh. No lo había visto en casi una semana. Supuso que no debería extrañarle; sólo eran dos personas de más de cien que habían viajado desde Fensmore a Whipple Hill. No tenía por qué decirle que la visitaría mientras estaba convaleciente en su habitación.

Aun así, había estado pensando en él. Mientras se encontraba tumbada en la cama con el pie sobre los almohadones, se había preguntado cuánto tiempo habría pasado él haciendo lo mismo. Cuando se había levantado en mitad de la noche y se había arrastrado hasta el orinal, había empezado a preguntarse... Y entonces había maldecido la injusticia biológica de todo aquello. Un hombre no habría necesitado arrastrarse hacia la bacinilla, ¿verdad? Probablemente podría usar ese maldito recipiente en la cama.

No era que se estuviera imaginando a lord Hugh en la cama.

Ni mucho menos usando un orinal.

Aun así, ¿cómo lo había hecho? ¿Cómo seguía haciéndolo? ¿Cómo se las arreglaba para llevar a cabo las tareas cotidianas sin desear tirarse de los pelos y poner el grito en el cielo? Sarah odiaba ser tan dependiente de los demás. Esa misma mañana había tenido que pedirle a una doncella que buscara a su madre, quien entonces había decidido que un lacayo era la persona apropiada para llevarla abajo, a desayunar.

Lo único que ella quería era ir a alguna parte por su propio pie. Sin informar a nadie de sus planes. Y si tenía que sufrir un dolor punzante cada vez que ponía peso sobre el pie, que así fuera. Merecía la pena por salir de su habitación.

Pero volviendo a lord Hugh. Ella sabía que la pierna le molestaba si no le daba descanso, pero ¿sentía dolor cada vez que daba un paso? ¿Cómo era posible que no se lo hubiera preguntado? Habían caminado juntos, no largas distancias, pero aun así, ella debería haber sabido si sufría dolor. Debería haberlo preguntado.

Cojeó un poco más por el vestíbulo, y finalmente se rindió y se sentó en una silla. Alguien terminaría pasando por allí. Una doncella... un lacayo... Era una casa con mucho movimiento.

Se puso a tamborilear una melodía en la pierna. A su madre le daría un ataque si la viera hacer eso. Una dama debía permanecer quieta. Una dama debía hablar con voz suave, reírse musicalmente y hacer todo tipo de cosas que a ella nunca le habían salido de manera natural. Era extraordinario que, aun así, quisiera tanto a su madre. Era de esperar que desearan matarse la una a la otra.

Tras unos minutos, Sarah oyó que alguien se acercaba. ¿Debería llamar? Necesitaba ayuda, pero...

—¿Lady Sarah?

Era él. No supo por qué estaba tan sorprendida. O contenta. Pero lo estaba. A pesar de que su última conversación había sido horrible, cuando vio a lord Hugh Prentice avanzando hacia ella por el recibidor, se sintió tan feliz que casi le pareció increíble.

Él llegó a su lado y miró a un lado y a otro del vestíbulo.

—¿Qué está haciendo aquí?

—Descansando, me temo. —Movió el pie unos centímetros—. Mi ambición ha superado mis habilidades.

—No debería estar caminando.

—Acabo de pasar tres días prácticamente atada a la cama.

¿Fue su imaginación o de repente él pareció algo incómodo?

Ella siguió hablando.

—Y, antes, tres más atrapada en un carruaje...

—Como todos los demás.

Ella apretó los labios, malhumorada.

—Sí, pero los demás pudieron salir y caminar.

—O renquear —apuntó él con sequedad.

Ella le observó el rostro, pero no pudo interpretar las emociones que se ocultaban en sus ojos.

—Le debo una disculpa —afirmó Hugh con rigidez.

Ella parpadeó.

—¿Por qué?

—La dejé caer.

Lo miró unos instantes, completamente asombrada por que él se culpara de lo que obviamente había sido un accidente.

—No sea ridículo. Me habría caído de todas formas. Elizabeth le estaba pisando el dobladillo a Frances, ésta estaba tirando, entonces Elizabeth movió el pie y... —Sacudió una mano—. Bueno, no importa. De alguna manera, fue Harriet quien cayó encima de mí. Si hubiera sido sólo Frances, tal vez habría podido recuperar el equilibrio.

Él no dijo nada y ella siguió sin ser capaz de descifrar su expresión.

—Fue en el escalón, ¿sabe? Cuando me hice daño en el tobillo. No cuando me caí.

No sabía si aquello marcaba alguna diferencia, pero nunca se le había dado bien escoger las palabras cuando estaba nerviosa.

—Yo también le debo una disculpa —añadió con la voz entrecortada.

Él la miró de manera interrogativa.

Sarah tragó saliva.

—Fui muy desagradable con usted en el carruaje.

Él empezó a decir algo, probablemente «No sea absurda», pero ella lo interrumpió.

—Reaccioné de manera exagerada. La obra de Harriet era muy... embarazosa. Y quiero que sepa que estoy segura de que habría actuado de la misma forma con cualquier otra persona. Así que no debería sentirse insultado, de verdad. Al menos, no se lo tome como algo personal.

Santo Dios, estaba barbotando. Nunca se le habían dado bien las disculpas. La mayoría de las veces, se negaba a darlas.

—¿Va a salir a cazar con los demás caballeros? —preguntó de repente.

Él hizo una mueca y arqueó las cejas de forma irónica antes de decir:

—No puedo.

—Oh. Oh. —Necia estúpida, ¿en qué estaba pensando?—. Lo siento mucho. Ha sido tremendamente insensible por mi parte.

—No hace falta que dé tantos rodeos, lady Sarah. Soy un tullido. Es un hecho. Y, desde luego, no es culpa suya.

Ella asintió.

—Aun así, lo siento.

Durante una milésima de segundo, pareció que él no sabía qué decir y después, en voz baja, respondió:

—Disculpa aceptada.

—Aunque no me gusta esa palabra —confesó ella.

Él enarcó las cejas.

—«Tullido.» —Arrugó la nariz—. Le hace parecer un caballo.

—¿Tiene una alternativa?

—No. Pero no es mi responsabilidad solucionar los problemas del mundo, sólo exponerlos.

Hugh la miró fijamente.

—Estoy bromeando.

Y entonces, por fin, él sonrió.

—Bueno —dijo ella—, supongo que sólo bromeo un poco. No tengo una palabra mejor, y probablemente no pueda solucionar los problemas del mundo aunque, para ser sincera, nunca se me ha dado la oportunidad de hacerlo.

Levantó la mirada hacia él sutilmente, casi como retándolo a que hiciera algún comentario. Para su sorpresa, él se limitó a reírse.

—Dígame, lady Sarah, ¿qué planea hacer esta mañana? Dudo que su intención sea quedarse sentada en el vestíbulo todo el día.

—Pensé que podría leer en la biblioteca —admitió—. Es una tontería, lo sé, porque es lo que he estado haciendo en mi habitación los últimos días, pero estoy desesperada por estar en cualquier parte que no sea ese dormitorio. Creo que me metería a leer en un ropero sólo por el cambio de ambiente.

—Sería un cambio de ambiente interesante —dijo él.

—Oscuro —afirmó Sarah.

—Lanudo.

Ella apretó los labios en un intento fallido de controlar la risa.

—¿Lanudo? —repitió.

—Eso es lo que encontraría en mi ropero.

—Me asustan las ovejas. —Hizo una pausa y una mueca—. Y lo que Harriet haría con una escena así en alguna de sus obras.

Él levantó una mano.

—Cambiemos de tema.

Sarah inclinó la cabeza a un lado y se dio cuenta de que estaba sonriendo con coquetería. Así que dejó de sonreír. Pero se sentía inexplicablemente coqueta.

Por eso sonrió de nuevo, porque le gustaba sonreír, y le gustaba sentirse coqueta, y sobre todo porque sabía que él sabría que en realidad no estaba coqueteando con él. Porque no lo estaba haciendo. Simplemente, se sentía coqueta. Era el resultado de haber estado enjaulada en esa habitación durante tanto tiempo, sólo con la compañía de sus hermanas y primas.

—Iba usted camino de la biblioteca —dijo él.

—Así es.

—Y empezó en...

—El comedor del desayuno.

—No ha llegado muy lejos.

—No —admitió Sarah—, no lo he hecho.

—¿Se le ha ocurrido tal vez —preguntó con prudencia— que no debería estar caminando con ese pie?

—La verdad es que sí.

Él arqueó una ceja.

—¿Orgullo?

Sarah asintió melancólicamente para confirmárselo.

—Demasiado.

—¿Qué podemos hacer ahora?

Ella bajó la mirada hacia su tobillo traidor.

—Supongo que debo encontrar a alguien que me lleve hasta allí.

Se hizo el silencio, lo suficientemente largo como para que ella levantara la mirada. Sin embargo, él se había vuelto, así que solamente le pudo ver el perfil. Por fin, Hugh se aclaró la garganta y preguntó:

—¿Quiere tomar prestado mi bastón?

Ella separó los labios, sorprendida.

—Pero ¿no lo necesita?

—No para distancias cortas. Me ayuda —continuó, antes de que ella pudiera señalar que nunca lo había visto sin él—, pero no es estrictamente necesario.

Ella estuvo a punto de aceptar su sugerencia; incluso alargó la mano hacia el bastón, pero se detuvo, porque él era el tipo de hombre capaz de hacer algo estúpido en nombre de la caballerosidad.

—Puede caminar sin él —dijo Sarah, mirándolo directamente a los ojos—, pero ¿significa eso que más tarde la pierna le dolerá más?

Él se quedó callado y después contestó:

—Probablemente.

—Gracias por no mentirme.

—Casi lo hago —admitió.

Ella esbozó una tímida sonrisa.

—Lo sé.

—Ahora tiene que aceptarlo, ya lo sabe. —Cogió el bastón por el centro y se lo tendió de manera que la empuñadura le quedara al alcance de la mano—. Mi honestidad no debería quedarse sin recompensa.

Sarah sabía que no debía permitirle hacer aquello. Aunque ahora quisiera ayudarla, más tarde la pierna le dolería. Innecesariamente.

Sin embargo, de alguna manera sabía que el hecho de rechazar el bastón le causaría más dolor del que podría causarle la pierna. Lord Hugh necesitaba ayudarla.

Necesitaba ayudarla más de lo que ella necesitaba ayuda.

Durante un momento, apenas pudo hablar.

—¿Lady Sarah?

Ella levantó la mirada. Hugh la estaba mirando con una expresión curiosa, y sus ojos... ¿Cómo era posible que sus ojos fueran más bonitos cada vez que los veía? No sonreía; la verdad era que no sonreía con frecuencia. Pero lo vio en sus ojos. Un destello de calidez, de felicidad.

No había estado allí ese primer día en Fensmore.

Y se quedó anonadada al darse cuenta de que no quería que desapareciera nunca.

—Gracias —dijo con decisión pero, en lugar de alargar el brazo hacia el bastón, lo hizo hacia su mano—. ¿Me ayuda a levantarme?

Ninguno de los dos llevaba guantes, y el repentino estallido de calidez que sintió en la piel la hizo temblar. Él le envolvió la mano con los dedos firmemente y, tras un pequeño tirón, Sarah se encontró de pie. Sobre un pie, en realidad. Estaba manteniendo el equilibrio sobre el bueno.

—Gracias —volvió a decir, y se alarmó un poco al oír su propia voz entrecortada.

Sin decir nada, él le tendió el bastón y Sarah lo tomó, curvando los dedos sobre la empuñadura lisa. Coger ese objeto que prácticamente se había convertido en una extensión de su cuerpo era algo casi íntimo.

—Es un poco alto para usted —observó él.

—Puedo arreglármelas.

Probó a dar un paso.

—No, no —dijo él—, tiene que apoyarse en él un poco más. Así.

Se situó detrás de ella y colocó una mano sobre la que Sarah tenía en la empuñadura.

Sarah dejó de respirar. Él estaba tan cerca que podía sentir su aliento, cálido, haciéndole cosquillas en la oreja.

—¿Sarah? —murmuró él.

Ella asintió. Necesitaba unos instantes para recuperar la voz.

—Cre-creo que ya lo tengo.

Hugh se apartó y por un segundo ella sintió la pérdida de su presencia. Sintió alarma, desconcierto y...

Y frío.

—¿Sarah?

Ella sacudió la cabeza para salir de aquel ensimismamiento.

—Lo siento —musitó—. Una ensoñación.

Él hizo una mueca. O tal vez fue una sonrisa de suficiencia. Una amable, pero de suficiencia al fin y al cabo.

—¿Qué ocurre? —preguntó ella.

Nunca lo había visto sonreír así.

—Me estaba preguntando dónde estaría el ropero.

A Sarah le llevó un momento comprenderlo* (estaba segura de que lo habría cogido al instante si no hubiera estado tan aturdida) y le devolvió la sonrisa. Después señaló:

—Me ha llamado Sarah.

Él hizo una pausa.

—Es cierto. Le pido disculpas. Lo hice inconscientemente.

—No —repuso ella rápidamente—. Está bien. Me gusta, creo.

—¿Cree?

—Me gusta —respondió con firmeza—. Ahora somos amigos, creo.

—Cree.

En esa ocasión, definitivamente estaba sonriendo con superioridad. Ella le lanzó una mirada sarcástica.

—No podía resistirse, ¿verdad?

—No —murmuró Hugh—, creo que no.

—Ha sido tan espantoso que casi ha sido bueno —le dijo ella.

—Y eso ha sido tal insulto que casi me siento halagado.

Ella curvó los labios en una sonrisa. Estaba intentando no reírse; era una batalla de ingenios y, de alguna manera, sabía que, si se reía, perdía. Pero al mismo tiempo, perder no era una perspectiva tan horrible. No en aquello.

—Sigamos —indicó él fingiendo severidad—. Veamos cómo camina hasta la biblioteca.

Y ella lo hizo. No fue fácil, y le dolió (la verdad era que no debería estar andando todavía), pero lo hizo.

—Lo está haciendo muy bien —la felicitó él cuando se acercaban a su destino.

—Gracias —contestó, ridículamente complacida por su alabanza—. Es maravillosa esta independencia. Era espantoso tener que depender de alguien que me llevara a todas partes. —Miró hacia él por encima del hombro—. ¿Así es como se siente usted?

* La palabra «ensoñación», *woolgathering*, comparte raíz con «lanudo», *woolly*. (N. de la T.)

Él curvó los labios en una expresión irónica.

—No exactamente.

—¿De verdad? Porque... —Casi se le cerró la garganta—. No importa.

Qué idiota era. Por supuesto que para él no había sido lo mismo. Ella estaba usando el bastón un día. Él no podía vivir sin él.

Desde ese momento ya no se preguntó por qué no sonreía más a menudo. En lugar de eso, se maravilló de que lo hiciera alguna vez.

Capítulo *13*

El salón azul, Whipple Hill, ocho en punto de la tarde

Cuando se trataba de compromisos sociales, Hugh nunca sabía lo que era peor: llegar pronto y quedarse agotado de levantarse cada vez que aparecía una dama, o llegar tarde para ser el centro de atención cuando cojeaba hasta la habitación. Esa tarde, sin embargo, la herida había tomado la decisión por él.

No le había mentido a Sarah al decirle que, probablemente, la pierna le dolería aquella noche. Pero se alegraba de que hubiera cogido el bastón. Era, pensó con sorprendente falta de amargura, lo más cerca que estaría nunca de cogerla en brazos y llevarla a algún lugar seguro.

Era patético, pero un hombre debía aprovechar sus triunfos a la menor oportunidad.

Cuando entró al gran salón de Whipple Hill, la mayoría de los invitados ya estaba presente. Unas setenta personas, si sus cálculos eran correctos. Más de la mitad de la caravana se alojaba en posadas cercanas; se unían a los juegos en la casa durante el día, pero se marchaban por la noche.

No se molestó en fingir que estaba buscando a otra persona que no fuera Sarah cuando entró. Habían pasado gran parte del día en agradable compañía en la biblioteca, charlando de vez en cuando, pero sobre todo leyendo. Ella le había pedido que le demostrara su genialidad matemática (en palabras de Sarah, no suyas) y él había accedido. Siempre había odiado «actuar» a pedido, pero Sarah lo había observado y escuchado con un asombro y placer tan evidentes que él no había sentido su usual incomodidad.

Se dio cuenta de que la había juzgado erróneamente. Sí, era excesivamente dramática y dada a los grandes dictámenes, pero no era la debutante superficial que al principio había pensado que era. También se estaba empezando a percatar de que la antipatía que ella sentía al principio por él no había sido totalmente injustificada. Él la había tratado injustamente... de manera involuntaria, pero lo había hecho. Era una realidad que ella habría tenido su primera temporada social en Londres de no haber sido por el duelo con Daniel.

No se atrevería a decir que le había arruinado la vida; sin embargo, ahora que la conocía mejor, no parecía improbable que lady Sarah Pleinsworth pudiera haberle echado el guante a alguno de los ya legendarios catorce caballeros.

Aun así, no conseguía arrepentirse.

Cuando la encontró (en realidad, fue su risa la que lo guió hasta ella), estaba sentada en una butaca en el centro de la habitación con el pie apoyado en una pequeña otomana. Con ella se encontraba una de sus primas, la pálida. Iris era su nombre. Sarah y ella parecían tener una relación extraña, algo competitiva. Hugh jamás osaría pensar que comprendía más de tres cosas sobre las mujeres (probablemente, menos todavía), pero le parecía evidente que esas dos tenían conversaciones enteras simplemente entornando los ojos e inclinando la cabeza.

No obstante, en ese momento parecían alegres, así que se acercó e hizo una reverencia.

—Lady Sarah —dijo—. Señorita Smythe-Smith.

Las dos damas sonrieron y le devolvieron el saludo.

—¿Se une a nosotras? —preguntó Sarah.

Hugh se sentó en la butaca que había a la izquierda de ella, aprovechando la oportunidad para extender la pierna frente a él. Por lo general, intentaba no llamar la atención sobre sí mismo haciendo eso en público, pero ella sabía que se encontraría más cómodo así y, lo que era más, él sabía que ella no vacilaría en decirle cómo debía sentarse.

—¿Cómo tiene el tobillo esta tarde? —se interesó.

—Muy bien —contestó Sarah, y después arrugó la nariz—. No, es mentira. Está fatal.

Iris se rió por lo bajo.

—Es verdad —afirmó Sarah, y suspiró—. Creo que hice un esfuerzo excesivo esta mañana.

—Pensé que habías pasado la mañana en la biblioteca —dijo Iris.

—Y así fue. Pero lord Hugh, muy amablemente, me dejó su bastón. Hice todo el camino andando yo sola. —Frunció el ceño, mirándose el pie—. Aunque, después de eso, no hice absolutamente nada. No sé muy bien por qué me duele tanto.

—Ese tipo de lesiones llevan su tiempo —comentó Hugh—. Tal vez haya sido algo más que un esguince.

—Hizo un sonido desagradable cuando me lo torcí en el escalón. Como si algo se rasgara.

—Oh, eso es horrible —exclamó Iris, estremeciéndose—. ¿Por qué no dijiste nada?

Sarah se limitó a encogerse de hombros y Hugh afirmó:

—Eso no es una buena señal, me temo. No es nada permanente, eso seguro, pero indica que la lesión puede ser más grave de lo que se pensó al principio.

Sarah dejó escapar un suspiro dramático.

—Supongo que tendré que aprender a conceder audiencias en mis aposentos, como una reina francesa.

Iris miró a Hugh.

—Le advierto que lo dice de verdad.

Él no lo dudaba.

—Oh —continuó diciendo Sarah, y en sus ojos apareció un brillo peligroso—, podría hacer que me llevaran en litera a todas partes.

Hugh se rió por lo bajo ante esa extravagancia. Era el tipo de comentario que, una semana atrás, le habría hecho rechinar los dientes. Sin embargo, ahora que la conocía un poco más, no podía evitar reírse. Sarah tenía una forma especial de conseguir que la gente se sintiera a gusto. Él lo había dicho de verdad al principio: era un don.

—¿Tendremos que darte uvas de una copa dorada? —bromeó Iris.

—Por supuesto —contestó Sarah, y mantuvo la actitud arrogante durante un par de segundos antes de sonreír.

Todos se rieron, y probablemente por eso no se dieron cuenta de que Daisy Smythe-Smith se había acercado, hasta que estuvo prácticamente sobre ellos.

—Sarah —dijo bastante oficiosamente—, ¿puedo hablar contigo?

Hugh se puso en pie. Todavía no había tenido oportunidad de hablar con aquella Smythe-Smith en particular. Parecía joven, una estudiante todavía, pero lo suficientemente mayor como para bajar a cenar a un evento familiar.

—Daisy —la saludó Sarah—. Buenas tardes. ¿Te han presentado a lord Hugh Prentice? Lord Hugh, ella es la señorita Daisy Smythe-Smith, la hermana de Iris.

Por supuesto. Había oído hablar de esa familia. El Ramo Smythe-Smith, según las había llamado alguien en una ocasión. No podía recordar todos sus nombres. Daisy, Iris, probablemente Rosehip y Marigold. Esperaba que no hubiera ninguna llamada Crocus.

Daisy hizo una rápida reverencia, pero era evidente que no tenía interés en él, porque enseguida volvió la cabeza, coronada de rizos rubios, hacia Sarah.

—Ya que no puedes bailar esta noche —le comunicó sin rodeos—, mi madre ha decidido que tenemos que tocar.

Sarah palideció y Hugh recordó esa primera noche en Fensmore, cuando había empezado a contarle algo de los conciertos de su familia. Se había interrumpido antes de terminar, y él nunca había llegado a saber lo que iba a decirle.

—Iris no podrá unirse a nosotras —continuó Sarah, ajena a la reacción de Sarah—. No tenemos violonchelo, y lady Edith no ha sido invitada a esta boda... aunque eso tampoco nos habría solucionado nada —dijo sorbiéndose la nariz, agraviada—. Fue muy desagradable por su parte no dejarnos su violonchelo en Fensmore.

Hugh se dio cuenta de que Sarah le lanzaba a Iris una mirada desesperada. Iris pareció compadecerse de ella. Y horrorizarse.

—Pero el piano está perfectamente afinado —apuntó Daisy— y, por supuesto, yo he traído mi violín, así que podemos hacer un dúo.

Iris correspondió a la expresión de Sarah con otra parecida. Por lo que se veía, estaban teniendo una de esas conversaciones silenciosas, pensó Hugh, intraducible para cualquier miembro del sexo masculino.

Daisy insistió.

—Lo único que hay que decidir es qué tocar. Propongo el Cuarteto número uno de Mozart, ya que no tenemos tiempo para practicar. —Se volvió hacia Hugh—. Ya lo hemos interpretado este mismo año.

Sarah dejó escapar un sonido ahogado.

—Pero...

Sin embargo, Daisy no se dejó interrumpir.

—Imagino que recuerdas tu parte...

—¡No! No la recuerdo. Daisy, yo...

—Me doy cuenta —siguió diciendo Daisy— de que sólo somos dos, pero no creo que eso cambie nada.

—¿Ah, no? —preguntó Iris, que parecía levemente mareada.

Daisy le dedicó a su hermana una mirada fugaz. Una mirada fugaz que, Hugh se dio cuenta, estaba cargada de un grado sorprendente de desdén y enojo.

—Podemos interpretarlo sin el violonchelo y sin el segundo violín —anunció.

—Tú tocas el segundo violín —repuso Sara.

—No cuando únicamente hay un solo violinista —replicó Daisy.

—Eso no tiene ningún sentido —intervino Iris.

Daisy dejó escapar el aire, exasperada.

—Aunque yo sea el segundo violín, como la primavera pasada, seguiré siendo la única violinista. —Esperó a que se lo confirmaran y después siguió—: Y eso, por tanto, me convierte en el primer violín.

Incluso Hugh sabía que no funcionaba así.

—No puede haber un segundo violín sin un primero —objetó Daisy con impaciencia—. Es numéricamente imposible.

Oh, no, pensó Hugh, *que no meta los números en esto.*

—No puedo tocar esta noche —afirmó Sarah, y sacudió la cabeza lentamente.

Daisy apretó los labios.

—Tu madre ha dicho que lo harías.

—Mi madre...

—Lo que lady Sarah quiere decir —la interrumpió Hugh con suavidad— es que ya me había prometido pasar la velada conmigo.

Parecía que le estaba cogiendo el gusto a ser el héroe. Incluso con damas que no tenían once años y que no estaban obsesionadas con los unicornios.

Daisy lo miró como si estuviera hablando en otro idioma.

—No lo entiendo.

Y Sarah tampoco, a juzgar por la expresión de su rostro. Hugh sonrió de manera insulsa y dijo:

—Yo tampoco puedo bailar. Lady Sarah se ha ofrecido a hacerme compañía durante la velada.

—Pero...

—Estoy seguro de que lord Winstead habrá hecho los arreglos oportunos para contar con música esta noche —continuó diciendo Hugh.

—Pero...

—Y yo casi nunca tengo compañía en noches como ésta.

—Pero...

Santo Dios, la chica era insistente.

—Me temo que no puedo dejar que lady Sarah rompa la promesa que me ha hecho —manifestó Hugh.

—Oh, jamás lo haría —afirmó Sarah, que por fin se había metido en su papel. Miró a Daisy y se encogió de hombros con gesto indefenso—. Es una promesa.

Daisy por fin pareció someterse. Crispó el rostro al darse cuenta de que sus planes habían quedado desbaratados.

—Iris... —empezó a decir.

—No voy a tocar el piano —casi gritó Iris.

—¿Cómo sabías lo que iba a pedirte? —preguntó Daisy, y frunció el ceño, irritada.

—Has sido mi hermana desde el día que naciste —contestó Iris con impaciencia y malhumorada—. Por supuesto que sabía lo que ibas a pedirme.

—Todas tuvimos que aprender a tocar —se quejó Daisy.

—Y después dejamos de recibir clases, cuando nos decantamos por la cuerda.

—Lo que Iris intenta decir —intervino Sarah, que le lanzó una rápida mirada a Hugh antes de dirigirse a Daisy— es que su habilidad con el piano jamás podría equipararse a la tuya con el violín.

Iris hizo un ruido que sonó sospechosamente como una risita ahogada, pero cuando Hugh la miró, ya estaba diciendo:

—Es verdad, Daisy. Sabes que es cierto. Solo conseguiría avergonzarme.

—Muy bien —se rindió por fin Daisy—. Supongo que podría interpretar algo yo sola.

—¡No! —gritaron Sarah e Iris a la vez.

Y ciertamente fue un grito. Las suficientes personas se volvieron en su dirección para que Sarah se viera obligada a emplastar en su cara una sonrisa cohibida y se disculpara:

—Lo siento mucho.

—¿Por qué no? —preguntó Daisy—. Me gusta hacerlo, y no hay escasez de solos de violín entre los que escoger.

—Es muy difícil bailar con la música de un solo violín —contestó Iris rápidamente.

Hugh no tenía ni idea de si era cierto, pero desde luego, no iba a preguntarlo.

—Supongo que tienes razón —admitió Daisy—. Es una verdadera pena. Esto es una boda familiar, después de todo, y sería mucho más especial si la familia tocara la música.

No se trataba de que fuera lo único generoso que había dicho; fue algo completamente altruista, y cuando Hugh lanzó una mirada a Sarah y a Iris, vio que ambas tenían expresiones avergonzadas.

—Habrá otras oportunidades —afirmó Sarah, aunque no quiso especificar cuándo.

—Tal vez mañana —dijo Daisy, y suspiró levemente.

Ni Sarah ni Iris dijeron una palabra. Hugh ni siquiera sabía si estaban respirando.

Sonó la campanilla para acudir a cenar y Daisy se marchó. Mientras Hugh se ponía en pie, Sarah le indicó:

—Debería usted entrar con Iris. Daniel me dijo que él me llevaría. Debo decir que le estoy agradecida. —Arrugó la nariz—. Me resulta muy raro que lo haga un lacayo.

Hugh empezó a decir que esperarían hasta que Daniel llegara, pero éste hizo una vez más honor a su puntualidad y a Hugh apenas le había dado tiempo a ofrecerle el brazo a Iris cuando el joven ya estaba levantando a Sarah para llevarla al comedor.

—Si no fueran primos —dijo Iris con ese tono seco que Hugh estaba empezando a percatarse de que era característico suyo—, eso habría sido muy romántico.

Hugh la miró.

—He dicho si no fueran primos —protestó ella—. De todas formas, está tan enamorado de la señorita Wynter que ni siquiera se daría cuenta si un harén desnudo cayera del cielo.

—Oh, sí que se daría cuenta —respondió Hugh—. Pero no haría nada al respecto.

Mientras entraba en el comedor con la mujer equivocada del brazo, se le ocurrió pensar que a lo mejor él tampoco haría nada.

Si un harén desnudo cayera del cielo.

Esa misma noche, después de la cena

—¿Es consciente —le dijo Sarah a Hugh— de que está obligado a permanecer conmigo durante toda la velada?

Estaban sentados en la hierba, bajo antorchas que conseguían caldear el ambiente lo suficiente como para poder quedarse en el exterior, mientras uno tuviera un abrigo. Y una manta.

No eran los únicos que estaban aprovechando esa noche tan hermosa. Habían dispuesto una docena de sillas y butacas en el césped, fuera del salón de baile, y la mitad de ellas estaban ocupadas. Sin embargo, Sarah y Hugh eran los únicos que habían permanecido allí todo el tiempo.

—Si usted se aparta de mí —continuó Sarah—, Daisy me encontrará y me arrastrará hasta el piano.

—¿Y eso sería tan horrible?

Ella lo miró fijamente y le confesó:

—Me aseguraré de que reciba una invitación para nuestro próximo musical.

—Lo estoy deseando.

—No —replicó ella—, no lo está.

—Parece muy misterioso —comentó él, y se reclinó cómodamente en su butaca—. Según mi experiencia, todas las jóvenes damas están ansiosas de demostrar sus habilidades con el piano.

—Nosotras —contó Sarah, e hizo una pausa para darle al pronombre el énfasis justo— somos extraordinariamente espantosas.

—No pueden ser tan malas —insistió Hugh—. Si lo fueran, no ofrecerían conciertos cada año.

—Eso presupone la lógica. —Hizo una mueca—. Y el buen gusto.

No había razón para no contarle la verdad desnuda. Tarde o temprano lo descubriría, cuando se encontrara en Londres en el momento equivocado del año.

Hugh se rió entre dientes y Sarah levantó la cabeza hacia el cielo. No deseaba malgastar ni un pensamiento más con los infames conciertos de su familia. La noche era demasiado hermosa para eso.

—Cuántas estrellas —murmuró.

—¿Le gusta la astronomía?

—No especialmente —admitió—, pero me gusta mirar las estrellas en una noche clara.

—Ahí está Andrómeda —dijo él, y señaló hacia un grupo de estrellas que Sarah pensó que se parecía a una horca de labrador más que a cualquier otra cosa.

—¿Y ésa? —preguntó, señalando un garabato que se parecía a la letra W.

—Casiopea.

Sarah movió el dedo un poco a la izquierda.

—¿Y aquélla?

—Nada que yo conozca —reconoció él.

—¿Alguna vez las ha contado todas? —preguntó Sarah.

—¿Las estrellas?

—Usted cuenta todo lo demás —bromeó.

—Las estrellas son infinitas. Ni yo puedo contar tanto.

—Por supuesto que sí —replicó ella, que se sentía bonita y traviesa, todo a la vez—. No puede ser más fácil. Infinito menos uno, infinito, infinito más uno…

Él la miró con una expresión que decía que evidenciaba que ella sabía que estaba haciendo el ridículo. Aun así, dijo:

—No funciona así.

—Debería.

—Pero no es así. Infinito más uno sigue siendo infinito.

—Bueno, eso no tiene sentido. —Sarah suspiró, feliz, y se tapó más con la manta.

Le encantaba bailar, pero la verdad era que no sabía por qué alguien decidiría quedarse en el salón de baile cuando podían estar fuera en la hierba, admirando el cielo.

—¡Sarah! ¡Y Hugh! ¡Qué sorpresa tan agradable!

Ambos intercambiaron una mirada cuando Daniel se acercó a ellos. Su prometida lo seguía alegremente. Sarah todavía no se había acostumbrado al inminente cambio de posición de la señorita Wynter (de institutriz de sus hermanas a condesa de Winstead y su propia prima). No porque fuera ninguna esnob; al menos, pensaba que no lo era. Esperaba no serlo. Le gustaba Anne. Y le gustaba ver lo feliz que era Daniel cuando estaba con ella.

Era sólo que todo era muy extraño.

—¿Dónde está lady Danbury cuando la necesitamos? —preguntó Hugh.

Sarah se volvió hacia él con una sonrisa de curiosidad.

—¿Lady Danbury?

—Seguramente se espera que digamos algo sobre que esto no es ninguna sorpresa.

—Oh, no lo sé —confesó Sarah con una sonrisa juguetona—. Según tengo entendido, no hay nadie aquí que sea mi sobrino bisnieto.

—¿Habéis estado fuera toda la noche? —preguntó Daniel cuando Anne y él llegaron a su lado.

—Efectivamente —le confirmó Hugh.

—¿No tenéis mucho frío? —quiso saber Anne.

—Tenemos buenas mantas —respondió Sarah—. Y, la verdad, si no puedo bailar, estoy encantada de estar aquí, al aire fresco.

—Hacéis una pareja extraña esta noche —observó Daniel.

—Creo que es el rincón de los tullidos —contestó Hugh secamente.

—Deje de decir eso —lo reprendió Sarah.

—Oh, lo siento. —Hugh miró a Daniel y a Anne—. Ella se curará, por supuesto, así que no puede contarse entre nuestras filas.

Sarah se irguió en su asiento.

—No me refiero a eso. Bueno, sí, pero no del todo. —Entonces, ya que Daniel y Anne los estaban mirando confusos, les explicó—: Es la tercera… no, la cuarta vez que dice eso.

—¿El rincón de los tullidos? —repitió Hugh y, gracias a la luz de la antorcha, ella pudo ver que se estaba divirtiendo.

—Si no deja de decir eso, le juro que me voy.

Hugh enarcó una ceja.

—¿No acaba de decir que estaba obligado a permanecer con usted toda la velada?

—No debería llamarse a sí mismo tullido —le reprochó Sarah. Estaba subiendo el tono de voz, pero se sentía incapaz de moderarlo—. Es una palabra horrible.

Hugh, como era de esperar, no mostró ninguna emoción.

—Refleja lo que soy.

—No. No es así.

Él se rió para sus adentros.

—¿Va a compararme otra vez con un caballo?

—Esto es mucho más interesante que cualquier cosa que ocurra dentro —le dijo Daniel a Anne.

—No —negó ella con firmeza—. No lo es. Y, desde luego, no es asunto nuestro.

Anna tiró a Daniel del brazo, pero éste miraba a Sarah y a Hugh con anhelo.

—Podría ser asunto nuestro —repuso.

Anne suspiró y puso los ojos en blanco.

—Eres un chismoso.

Después le dijo algo a Daniel que Sarah no pudo oír, y Daniel permitió a regañadientes que Anne lo alejara de allí.

Sarah los observó marchar, algo confusa por el evidente deseo de Anne de marcharse. ¿Acaso pensaba que necesitaban intimidad? Qué extraño. De cualquier manera, aún no había terminado con aquella conversación, así que se volvió hacia Hugh y dijo:

—Si quiere, puede llamarse cojo, pero le prohíbo que se llame tullido.

Él se quedó sorprendido. Y, tal vez, divertido.

—¿Me lo prohíbe?

—Sí, así es.

Ella tragó saliva, incómoda por la oleada de emociones que estaba sintiendo. Por primera vez en toda la noche, estaban completamente solos en el césped, y sabía que, si bajaba la voz al mínimo, Hugh seguiría escuchándola.

—Tampoco me gusta «cojo», pero por lo menos es un adjetivo. Si se empeña en decir que es un tullido, es como si no fuera otra cosa.

Él se quedó mirándola unos instantes. Después se puso en pie y caminó la corta distancia que la separaba de él. Se inclinó hacia ella y, en voz tan baja que Sarah no estuvo segura de haberlo oído, le pidió:

—Lady Sarah Pleinsworth, ¿me concede este baile?

Hugh no estaba preparado para la expresión que vio en sus ojos. Sarah levantó el rostro hacia él, separó los labios y en ese momento podría haber jurado que el sol salía y se ponía en su sonrisa.

Se inclinó un poco más y susurró:

—Si no soy, como dice usted, un tullido, entonces, podré bailar.

—¿Está seguro? —murmuró ella.

—Nunca lo sabré si no lo intento.

—Me temo que no voy a ser muy elegante —dijo ella con remordimiento.

—Por eso es usted la pareja perfecta de baile.

Sarah alargó el brazo y colocó la mano en la suya.

—Lord Hugh Prentice, será un honor bailar con usted.

Con cuidado, Sarah se movió hasta el borde de la butaca y después permitió que Hugh tirara de ella hasta ponerla en pie. O, mejor dicho, sobre un solo pie. Era casi cómico; él estaba apoyado en la butaca y, ella, en él, y ninguno pudo evitar que sus sonrisas se convirtieran en risitas.

Cuando ambos se hubieron incorporado y estuvieron más o menos en equilibrio, Hugh escuchó los acordes que la brisa nocturna llevaba hasta ellos. Era una cuadrilla.

—Creo que oigo un vals —dijo.

Ella lo miró y estuvo a punto de corregirlo. Hugh le puso un dedo en los labios.

—Debe de ser un vals —le dijo, y supo el momento exacto en que ella lo comprendió.

Nunca podrían bailar un *reel*, ni un minueto, ni una cuadrilla. Incluso el vals iba a requerir bastante innovación.

Hugh alargó el brazo y recogió el bastón de donde estaba, apoyado en un lado de su butaca.

—Si pongo la mano aquí —dijo, colocándola en la empuñadura—, y usted pone la suya sobre la mía...

Ella siguió su ejemplo y él puso la otra mano en la espalda de Sarah. Sin dejar de mirarlo a los ojos, ella colocó una mano en su hombro.

—¿Así? —susurró.

Hugh asintió.

—Así.

Era el vals más extraño y desmañado imaginable. En lugar de tener las manos unidas en un elegante arco, ambos dejaban caer su peso en el bastón. No se apoyaban demasiado, no necesitaban tanta ayuda, ya que se tenían el uno al otro. Él comenzó a canturrear en un compás de tres por cuatro y la guió con una ligera presión sobre su espalda, moviendo el bastón cada vez que debían girar.

Hacía casi cuatro años que no bailaba. No había sentido la música fluir a través de su cuerpo ni saboreado la calidez de la mano de una mujer en la suya. Pero esa noche... Era mágica, casi espiritual, y sabía que jamás encontraría la manera apropiada de darle las gracias a Sarah por aquel momento, por devolverle un trozo de su alma.

—Baila usted con mucha elegancia —dijo ella, y lo miró con una sonrisa enigmática.

Era la sonrisa que usaba en Londres, él estaba seguro. Cuando bailaba, cuando levantaba la mirada hacia su pretendiente y le hacía un cumplido, seguro que era así como sonreía. Y eso lo hacía sentirse sumamente normal.

Jamás habría pensado que estaría tan agradecido por una sonrisa.

Inclinó la cabeza hacia ella y fingió estar diciéndole un secreto.

—Llevo años practicando. ¿Probamos a hacer un giro?

—Oh, sí, hagámoslo.

Juntos levantaron el bastón, lo balancearon ligeramente a la derecha y después volvieron a hundir la punta en la hierba.

Él se inclinó hacia delante.

—He estado esperando el momento adecuado para enseñarle al mundo mi talento.

Sarah enarcó las cejas.

—¿El momento adecuado?

—La pareja apropiada —se corrigió él.

—Sabía que había alguna razón para caerme del carruaje. —Sarah se rió y levantó la mirada con un brillo travieso en los ojos—. ¿No va a decir usted que sabía que había una razón para no haberme sujetado?

Con aquello, sin embargo, Hugh no podía bromear.

—No —respondió apretando los dientes—. Nunca.

Sarah estaba mirando hacia abajo, pero Hugh sabía, por la curva de sus mejillas, que estaba complacida. Tras unos instantes, ella dijo:

—Usted detuvo mi caída.

—Parece que soy bueno en algo —contestó, contento de volver a la charla alegre de antes.

Así era más seguro.

—Oh, eso no lo sé, mi señor. Sospecho que es bueno en muchas cosas.

—¿Me acaba de llamar mi señor?

En esa ocasión, cuando Sarah sonrió, él lo oyó en su respiración, justo antes de que dijera:

—Parece que sí.

—No sé qué he podido hacer para merecer ese honor.

—Oh, no es cuestión de qué ha hecho para merecerlo —señaló ella—, sino de qué creo yo que ha hecho para merecerlo.

Él paró de bailar unos segundos.

—Eso tal vez explique por qué no entiendo a las mujeres.

Sarah se rió.

—Es sólo una de muchas razones, estoy segura.

—Me ofende.

—Al contrario. No conozco a ningún hombre que desee de verdad comprender a las mujeres. ¿De qué podría quejarse si lo hiciera?

—¿De Napoleón?

—Está muerto.

—¿Del tiempo?

—Eso ya lo tiene, no creo que pueda encontrar ninguna queja esta noche.

—No —se mostró de acuerdo Hugh, y miró a las estrellas—. Es una noche extraordinariamente hermosa.

—Sí —convino ella con dulzura—. Lo es.

Hugh debería haberse dado por satisfecho con eso, pero se sentía avaricioso y no deseaba que el baile terminara, así que le apretó la cintura un poco más y dijo:

—No me ha dicho qué cree que he hecho para merecer el honor de que me llamara así.

Ella lo miró con atrevimiento.

—Bueno, para ser completamente sincera, debo admitir que, simplemente, salió de mis labios. Le da un aire de coqueteo a una frase.

—Me está destrozando.

—Ah, pero no voy a ser del todo honesta. En lugar de eso, le aconsejo que se pregunte por qué me estaba sintiendo coqueta.

—Acepto el consejo.

Ella tarareó suavemente mientras bailaban.

—Me va a hacer preguntárselo, ¿verdad? —dijo él.

—Sólo si usted quiere.

Él le sostuvo la mirada.

—Quiero.

—Muy bien. Me sentía coqueta porque...

—Espere un momento —la interrumpió, porque ella se lo merecía, después de hacerle preguntar—. Es hora de otro giro.

Lo ejecutaron a la perfección: no se cayeron.

—Estaba usted diciendo... —le dio pie.

Sarah levantó la mirada hacia él fingiendo severidad.

—Debería pretender que he perdido el hilo de mis pensamientos.

—Pero no lo hará.

Ella hizo un puchero.

—Oh, pero creo que lo he olvidado.

—Sarah...

—¿Cómo consigue que mi nombre suele como una amenaza?

—En realidad, no importa si suena como una amenaza —afirmó él—. Lo único que importa es si usted cree que suena como una amenaza.

Ella abrió mucho los ojos y rompió a reír.

—Usted gana —le dijo.

Hugh estaba bastante seguro de que Sarah habría elevado las manos con un gesto de rendición si no siguieran dependiendo el uno del otro para mantenerse de pie.

—Creo que sí —murmuró él.

Era el vals más extraño y desmañado imaginable, y era el momento más perfecto de su vida.

Capítulo 14

Varias veladas después, bien entrada la noche, en el dormitorio de invitados compartido por lady Sarah y lady Harriet Pleinsworth

Vas a leer toda la noche?

La mirada de Sarah, que había estado recorriendo las páginas de la novela con placentero abandono, se quedó helada en la palabra «forsitia».

—¿Por qué —dijo con considerable exasperación— esa pregunta ni siquiera existe en el ámbito de la actividad humana? Por supuesto que no voy a leer toda la noche. ¿Acaso ha existido alguna vez un ser humano que haya leído toda la noche?

Se arrepintió de inmediato de haber hecho esa pregunta, porque era Harriet la que estaba tumbada en la cama, junto a ella, y, si había alguien en el mundo capaz de responder «Probablemente lo haya habido», ésa era Harriet.

—Bueno, no voy a hacerlo —musitó Sarah, aunque ya lo había dicho.

Era importante tener la última palabra en una discusión entre hermanas, incluso si eso significaba repetirse.

Harriet se puso de lado, apretujando la almohada bajo la cabeza.

—¿Qué estás leyendo?

Sarah reprimió un suspiro y cerró el libro dejando el dedo índice dentro. Aquella secuencia de actividades le resultaba familiar. Cuando ella no podía dormir, leía novelas. Cuando Harriet no podía dormir, la fastidiaba a ella.

—*La señorita Butterworth y el alocado barón.*

—¿No la has leído ya?

—Sí, pero me gusta releerla. Es un poco tonta, pero me gusta.

Reabrió el libro, volvió a posar la mirada sobre «forsitia», y se preparó para seguir.

—¿Has visto a lord Hugh esta noche en la cena?

Sarah metió de nuevo el dedo índice en el libro.

—Sí, por supuesto que lo he visto. ¿Por qué?

—Por nada en especial. Pensé que estaba muy atractivo.

Harriet había cenado con los adultos esa noche, para disgusto de Elizabeth y de Frances.

Ya solamente quedaban tres días para la boda y Whipple Hill era un hervidero de actividad. Marcus y Honoria (lord y lady Chatteris, se recordó Sarah) habían llegado de Fensmore ruborizados y risueños, delirantemente felices. Habría sido suficiente para que Sarah sintiera náuseas, de no ser por que se lo estaba pasando bastante bien, riéndose y bromeando con lord Hugh.

Era de lo más extraño, pero el suyo era el primer rostro en el que pensaba cuando se despertaba. Lo buscaba en el desayuno y siempre lo encontraba allí, con el plato lleno, como un indicativo de que había llegado escasos momentos antes que ella.

Todas las mañanas se resistían a separarse. Se decían a sí mismos que era porque no podían tomar parte en las numerosas actividades que había planeadas para el día (a pesar de que, en realidad, el tobillo de Sarah había mejorado mucho y, aunque un paseo hasta el pueblo todavía era algo impensable, no había ninguna razón por la que no pudiera jugar a los bolos en la hierba).

Se resistían a separarse y ella se tomaba el té a sorbitos, porque si hubiera bebido tanto como bebería normalmente durante las horas que pasaba sentada a la mesa, se habría visto obligada a finalizar la conversación muy pronto.

Se resistían a separarse, y la mayoría de la gente no parecía darse cuenta. Los otros invitados iban y venían, cogían la comida del aparador, se bebían el café o el té y se marchaban. A veces Sarah y Hugh intervenían en las conversaciones, y otras no.

Y, por fin, cuando era más que evidente que los sirvientes debían recoger el comedor del desayuno, Sarah se levantaba y mencionaba con desinterés dónde pensaba llevar el libro por la tarde.

Él nunca contestaba que se uniría a ella, pero siempre lo hacía.

Se habían hecho amigos, y si de vez en cuando Sarah se descubría a sí misma mirando la boca de lord Hugh, pensando que todo el mundo tenía que tener un primer beso, y que sería muy agradable si el suyo fuera con él... Bueno, esas cosas se las callaba.

Sin embargo, se estaba quedando sin novelas. La biblioteca de Whipple Hill era muy amplia pero, desafortunadamente, no contaba con el tipo de libros que a Sarah le gustaba leer. A *La señorita Butterworth* la habían colocado caprichosamente entre *La Divina Comedia* y *La fierecilla domada*.

Volvió a bajar la mirada. La señorita Butterworth todavía no había conocido a su barón, y Sarah estaba deseando que el argumento avanzara.

Forsitia... forsitia...

—¿Crees que estaba atractivo?

Sarah dejó escapar un quejido de enojo.

—¿Crees que lord Hugh estaba atractivo? —insistió Harriet.

—No lo sé, estaba como siempre.

La primera parte era mentira; sí que lo sabía, y le había parecido extraordinariamente atractivo. La segunda parte era verdad, y quizá fuera la razón por la que pensaba que era tan atractivo.

—Creo que Frances se ha enamorado de él —dijo Harriet.

—Puede ser —se mostró de acuerdo Sarah.

—Es muy atento con ella.

—Sí, lo es.

—Esta tarde él le ha enseñado a jugar al piquet.

Debió de haber sido mientras ella estaba ayudando a Anne con la prueba final del vestido, pensó Sarah. No sabía en qué otro momento habría tenido él el tiempo de hacerlo.

—No la dejó ganar. Creo que ella pensó que lo haría, pero también creo que le gustó que no lo hiciera.

Sarah dejó escapar un suspiro prolongado y muy sufrido.

—Harriet, ¿de qué va todo esto?

Harriet pareció sorprendida.

—No lo sé. Solamente te estaba dando conversación.

—¿A las…? —Sarah buscó un reloj en vano—. ¿Qué hora es?

Harriet se quedó callada un minuto entero. Sarah consiguió pasar de «forsitia» a «paloma» antes de que su hermana volviera a hablar.

—Creo que tú le gustas.

—¿De qué estás hablando?

—De lord Hugh —respondió Harriet—. Creo que lo atraes.

—Yo no lo atraigo —replicó Sarah.

Y no estaba mintiendo; más bien, esperaba estar mintiendo. Porque sabía que se estaba enamorando de él y, si lord Hugh no sentía lo mismo, no sabía cómo podría soportarlo.

—Creo que te equivocas —la contradijo Harriet.

Sarah volvió con decisión a las palomas de la señorita Butterworth.

—¿A ti te gusta?

Sarah se revolvió. De ninguna manera iba a hablar con su hermana de aquello. Era demasiado nuevo, y demasiado íntimo, y cada vez que pensaba en ello se sentía como si se fuera a salir de su propia piel.

—Harriet, no pienso hablar de eso ahora.

Harriet se calló para pensar en ello.

—¿Lo harás mañana?

—¡Harriet!

—Oh, bien, ya no diré nada más.

Harriet se volvió de lado de manera exagerada, llevándose la mitad de la ropa de cama de Sarah en el proceso.

Sarah resopló, porque era evidente que se imponía una demostración de enfado, después tiró de la manta y volvió a su libro.

Pero no podía concentrarse.

Sus ojos se quedaron estancados en la página treinta y tres durante lo que parecieron horas. A su lado, Harriet por fin dejó de moverse y se quedó quieta, a la vez que su respiración se convertía en ronquidos suaves y tranquilos.

Sarah se preguntó qué estaría haciendo Hugh, y si alguna vez le costaría dormirse.

Se preguntó cuánto le dolía la pierna cuando se metía en la cama. Si le molestaba por la noche, ¿seguiría haciéndolo por la mañana? ¿Se despertaba alguna vez por el dolor?

Se preguntó cómo había conseguido ese talento con las matemáticas. En una ocasión él le había explicado, después de que ella le rogara que multiplicara unas cifras tremendamente largas, cómo veía los números en su cabeza. Sólo que, en realidad, no los veía, de alguna manera se colocaban ellos solos hasta que él sabía la respuesta. Sarah ni siquiera había pretendido que lo comprendía, pero había seguido haciéndole preguntas porque él le parecía adorable cuando estaba frustrado.

Hugh sonreía cuando estaba con ella. Y Sarah no pensaba que antes sonriera con tanta frecuencia.

¿Era posible enamorarse de alguien en tan poco tiempo? Honoria había conocido a Marcus durante toda su vida antes de enamorarse de él. Daniel había asegurado que, con la señorita Wynter, había sido amor a primera vista. De alguna manera, eso casi parecía más lógico que lo que le ocurría a ella.

Supuso que podía quedarse en la cama toda la noche, sumida en las dudas; sin embargo, se sentía demasiado inquieta, así que salió de la cama, caminó hasta la ventana y apartó las cortinas. La luna no estaba llena, pero se veía más de la mitad de ella, y la luz plateada brillaba en la hierba.

Rocío, pensó, y se dio cuenta de que ya se había puesto las zapatillas. La casa estaba en silencio y ella sabía que no debería salir de su habitación, y no era que la luna la estuviera llamando…

Era la brisa. Hacía ya tiempo que las hojas se habían caído de los árboles, pero los puntos minúsculos de los extremos de las ramas eran lo suficientemente ligeros para ondear al viento y balancearse. Un poco de aire fresco, eso era todo lo que necesitaba. Aire fresco y el viento haciéndole cosquillas en el cabello. Habían pasado años desde la última vez que le habían permitido llevarlo suelto fuera de su dormitorio, y sólo quería salir al jardín y…

Y ser.

Esa misma noche, en otra habitación

A Hugh Prentice siempre le había costado dormir. Cuando era un niño, era porque estaba escuchando. No sabía por qué el cuarto de los niños de Ramsgate no estaba situado en alguna ala alejada, como en las demás casas que conocía, pero no lo estaba, y eso significaba que cada dos por tres, y nunca cuando lo esperaban (aunque eso no era cierto; siempre lo esperaban), Freddie y él oían gritar a su madre.

La primera vez que Hugh lo oyó, saltó de la cama, pero Freddie lo detuvo con la mano.

—Pero mamá...

Freddie sacudió la cabeza.

—Y padre...

Hugh también había oído la voz de su progenitor. Parecía enfadado. Y, después, se rió.

Freddie volvió a negar con la cabeza, y su mirada fue suficiente para convencer a Hugh, que era cinco años más joven, de que volviera a su cama y se tapara los oídos.

Pero no cerró los ojos. Si se le hubiera preguntado a la mañana siguiente, habría jurado que ni siquiera había pestañeado. Tenía seis años.

Cuando vio a su madre aquella noche antes de la cena, parecía estar bien, como siempre. De verdad los gritos habían sonado como si a ella le hubieran hecho daño, pero no tenía moratones, y no parecía enferma. Hugh empezó a preguntarle por ello, pero Freddie le pisó un pie.

Como su hermano no hacía cosas así sin razón, Hugh mantuvo la boca cerrada.

Durante los siguientes meses, observó a sus padres detenidamente. Fue entonces cuando se dio cuenta de que casi nunca los veía juntos en la misma habitación. No sabía si cenaban juntos en el comedor; los niños lo hacían en su cuarto.

Cuando los vio juntos, le resultó difícil determinar cuáles podían ser sus sentimientos por el otro; no solían hablarse. Los meses pasaron, y Hugh casi llegó a creerse que todo era perfectamente normal.

Y entonces volvían a oírlo. Y sabía que no todo era perfectamente normal. Y que no podía hacer nada.

Cuando tenía diez años, su madre murió por unas fiebres provocadas por la mordedura de un perro (había sido una mordedura pequeña, pero había empeorado muy rápido). Él la lloró todo lo que podía llorar a alguien a quien veía veinte minutos cada tarde, y por fin dejó de escuchar por la noche, mientras intentaba quedarse dormido.

Sin embargo, a esas alturas, ya no importaba. Ya no podía dormir porque estaba pensando. Cuando se tumbaba en la cama, su mente zumbaba, corría y daba volteretas; por lo general hacía de todo excepto calmarse. Freddie le dijo que tenía que imaginarse una página en blanco, lo que a él le hizo reír, porque si había algo que su mente era incapaz de reproducir, era una página en blanco. Veía números y patrones durante todo el día, en los pétalos de una flor, en la cadencia del resonar de los cascos de un caballo contra el suelo. Algunos de esos patrones le llamaban la atención de inmediato, pero el resto se quedaban adormecidos en el fondo de su mente hasta que se encontraba quieto, en la cama. Entonces volvían reptando, y de repente todo empezaba a sumar, a restar y a reorganizarse. ¿Y Freddie creía que podía dormir así?

En realidad, éste no lo creía. Cuando le hubo contado lo que ocurría en su cabeza cuando intentaba quedarse dormido, su hermano ya no volvió a mencionar la página en blanco.

Ahora había muchas razones por las que el sueño no lo atrapaba con facilidad. A veces era la pierna, con la molesta contractura del músculo. En ocasiones era su naturaleza desconfiada, que le obligaba a mantener metafóricamente un ojo sobre su padre, en quien Hugh nunca había confiado por completo, a pesar de que, por entonces, le llevaba la delantera en los enfrentamientos. Y otras veces era lo de siempre, que su mente zumbaba con números y patrones, incapaz de apagarse.

Pero Hugh tenía una nueva hipótesis: no podía dormir porque, simplemente, se había acostumbrado a ese tipo especial de frustración. De alguna manera había entrenado a su cuerpo para que pensara que debía quedarse tumbado como un tronco durante horas antes de, por fin, rendirse y descansar. Había pasado muchísimas noches sin ninguna explicación racional para el insomnio. Sentía la pierna casi normal, y su padre apenas era un punto en su mente y, aun así, el sueño lo eludía.

Últimamente, no obstante, había sido diferente.

Le seguía resultando difícil dormir. Probablemente siempre sería así. Pero la razón...

Ésa era la diferencia.

En los años que habían pasado desde su lesión, había habido muchas noches en las que había permanecido despierto, deseando tener a alguna mujer. Era un hombre y, excepto por su maldito muslo izquierdo, todo lo demás funcionaba bien. No había nada antinatural en ello, sólo que era bastante incómodo.

Pero ahora que la mujer tenía un rostro, y un nombre, y aunque él se comportaba con propiedad durante el día, cuando se tumbaba en la cama por la noche, la respiración se le agitaba y el cuerpo le ardía. Por primera vez en su vida, echaba de menos los números y los patrones que solían acosarlo. En lugar de eso, lo único en lo que podía pensar era en aquel momento de hacía unos días, cuando Sarah se había tropezado con la alfombra en la biblioteca y él la había cogido antes de que se cayera. Durante un momento exultante, le había rozado con los dedos el costado del pecho. Ella vestía de terciopelo, y Dios sabía qué llevaba debajo, pero había sentido su curva, la suave ternura, y el anhelo que había estado creciendo en su interior se había descontrolado.

Por eso no se sorprendió cuando se giró torpemente en la cama, cogió su reloj de bolsillo y vio que eran las tres y media de la madrugada. Había intentado leer, porque eso a veces lo adormecía, pero no había funcionado. Había pasado una hora haciendo aburridas ecuaciones mentalmente, aunque eso tampoco había resultado. Finalmente, había admitido la derrota y se había acercado a la ventana. Si no podía dormir, por lo menos podría mirar algo que no estuviera en el interior de sus párpados.

Y allí estaba ella.

Se quedó estupefacto y, a la vez, nada sorprendido. Sarah Pleinsworth llevaba más de una semana apareciéndosele en sueños; por supuesto que tenía que estar en el jardín en mitad de la noche la primera vez que él mirara por la ventana. Había una lógica descabellada en todo ello.

Entonces parpadeó para salir de su estupor. ¿Qué demonios hacía Sarah? Eran las tres y media de la mañana y, si él podía verla desde su ventana, al menos otras dos docenas de personas también podrían hacerlo. Dejó escapar una sarta de juramentos que habrían enorgullecido a un marinero, se acercó a grandes zancadas al armario y sacó unos pantalones.

Y, sí, podía dar zancadas cuando era absolutamente necesario. No lo hacía con elegancia, y lo sentiría después, pero podía hacerlo. Momentos después estaba más o menos vestido (y las partes menos vestidas quedaban cubiertas por el abrigo) y atravesando los pasillos de Whipple Hill todo lo rápido que podía sin despertar a toda la casa.

Se detuvo unos instantes al salir por la puerta de atrás. Sentía espasmos en la pierna y sabía que, si no se paraba y la sacudía, no soportaría su peso. Aprovechó para pasear la mirada por el césped, buscándola. Había visto que llevaba un abrigo, pero éste no había cubierto por completo su camisón blanco, así que sería fácil encontrarla.

La vio. Estaba sentada en la hierba, tan quieta que podría haber pasado por una estatua. Se abrazaba las rodillas contra el pecho y estaba mirando el cielo nocturno con una expresión de serenidad que le habría dejado sin respiración de no haberse sentido ya lleno de miedo y de furia, y ahora de alivio.

Empezó de nuevo a caminar, lentamente, lo que repercutió en beneficio de su pierna. Ella debía de haber estado sumida en sus pensamientos, porque no pareció oírlo. Sin embargo, cuando Hugh estaba a unos ocho pasos, la oyó inspirar bruscamente, y ella se volvió.

—¿Hugh?

Él no dijo nada, se limitó a seguir acercándose.

—¿Qué estás haciendo aquí? —preguntó ella, y se puso en pie.

—Yo podría preguntarte lo mismo —le espetó.

Ella dio un paso atrás ante su tono cargado de furia.

—No podía dormir y...

—¿Y pensaste en salir a deambular a las tres y media de la mañana?

—Sé que parece absurdo...

—¿Absurdo? —repitió él—. ¿Absurdo? ¿Estás bromeando?

—Hugh.

Alargó la mano para colocársela en el brazo, pero él la apartó.

—¿Y si no te hubiera visto yo? —inquirió Hugh—. ¿Y si te hubiera visto alguien más?

—Habría entrado —contestó ella.

Sarah lo miró tan perpleja que él casi se encogió. No podía ser tan ingenua. Él había atravesado corriendo toda la casa. Él, que aquellos días apenas podía caminar, había corrido por aquella maldita mansión, incapaz de apartar de su mente el recuerdo de los gritos de su madre.

—¿Crees que todas las personas del mundo quieren lo mejor para ti? —preguntó Hugh.

—No, pero creo que todos los que están aquí, sí, y...

—Hay hombres que hacen daño a la gente, Sarah. Hay hombres que hacen daño a las mujeres.

Ella no dijo nada.

Y Hugh intentó con todas sus fuerzas no recordar.

—He mirado por la ventana —contó él con voz estrangulada—. He mirado por la ventana a las tres de la mañana y ahí estabas, deslizándote por la hierba como una especie de espectro erótico.

Ella abrió mucho los ojos y en ellos se reflejó la alarma, pero él estaba demasiado alterado para darse cuenta.

—¿Y si no hubiera sido yo? —Le agarró los dos brazos, hundiéndole los dedos en la piel—. ¿Y si te hubiera visto alguien más? ¿Y si otra persona hubiera bajado con otras intenciones?

Su padre nunca había sido de los que le pedían permiso a las mujeres.

—Hugh —susurró Sarah.

Le estaba mirando la boca. Santo Dios, le estaba mirando la boca, y Hugh sintió como si le hubieran prendido fuego a todo su cuerpo.

—¿Y si...? ¿Y si...?

Hugh sentía la lengua espesa y tenía la respiración agitada; ni siquiera estaba seguro de lo que estaba diciendo.

Y cuando ella se mordió el labio inferior, y él casi pudo sentir el roce en sus propios labios...

Perdió el control.

La apretó contra él y le tomó la boca con los labios de manera nada sutil, sin delicadeza, con deseo y una pasión desnuda. Enredó una mano en su cabello, deslizó la otra por su espalda y, cuando encontró la deliciosa curva de su trasero, la atrajo hacia su cuerpo.

—Sarah —gimió, y de alguna manera se dio cuenta de que ella también lo estaba tocando.

Le había colocado sus pequeñas manos en la nuca, manteniéndolo pegado a ella, había suavizado y abierto los labios y estaba emitiendo leves sonidos que lo atravesaron como un rayo.

Sin interrumpir el beso ni un solo momento, Hugh se deshizo del abrigo y lo dejó caer al suelo. Ambos se desplomaron de rodillas y de inmediato ella se encontró tumbada de espaldas, con Hugh sobre ella sin dejar de besarla con dureza y urgencia, como si pudiera mantener aquel momento para siempre, mientras sus labios no se separaran.

El camisón de Sarah era de algodón blanco, diseñado para dormir, no para tentar, pero dejaba al descubierto la parte superior de su pecho. Él no tardó en deslizarle los labios por la piel cremosa, preguntándose cuánto podría acercarse a aquellos pechos perfectos sin desgarrarle la prenda con los dientes.

Ella movió las caderas y él volvió a gemir su nombre mientras se colocaba entre sus piernas. Se sentía comprimido por los pantalones y no tenía ni idea de si ella sabía lo que eso significaba, pero no era capaz de formular preguntas prudentes. Se arqueó contra ella, bien consciente de que, incluso a través de la ropa, Sarah lo sentiría en el centro de su feminidad.

Ella ahogó un grito al sentir la presión y se aferró aún con más fuerza a Hugh, hundiendo los dedos en su cabello. Después le deslizó las manos por la espalda y las metió debajo de su camisa.

—Hugh —susurró, y él sintió un dedo a lo largo de su espina dorsal—. Hugh.

Con una fuerza que él no sabía que poseía, se echó hacia atrás, sólo lo suficiente para poder mirarla a los ojos.

—No voy a... Yo no...

Santo Dios, hasta le costaba pronunciar frases coherentes. Tenía el corazón desbocado, las entrañas se le retorcían de deseo y ni siquiera estaba seguro de respirar la mitad del tiempo.

—Sarah —empezó de nuevo—. No voy a tomarte. Ahora no, lo prometo. Pero tengo que saberlo.

No pretendía volver a besarla. Sin embargo, cuando Sarah levantó la mirada hacia él y arqueó el cuello, fue como si lo hubieran poseído. Le pasó la lengua por el hueco de la clavícula y fue entonces cuando por fin recuperó el habla.

—Tengo que saber... —repitió, y volvió a apartarse un poco de ella—. ¿Deseas esto?

Sarah lo miró confundida. Tenía el deseo escrito por todo su cuerpo, pero él necesitaba oírselo decir.

—¿Deseas esto? —le preguntó en una súplica ronca—. ¿Me deseas?

Ella separó los labios y asintió.

—Sí —susurró.

Hugh dejó escapar el aire con una exhalación irregular. De repente se dio cuenta de la magnitud del regalo de Sarah. Se estaba abriendo a él... y confiando en él. Él le había asegurado que no reclamaría su virtud, y no lo haría, al menos no esa noche. Pero deseaba a aquella mujer más de lo que había deseado nada en toda su vida, y no era lo suficientemente caballero como para volver a colocarle toda la ropa y enviarla a su habitación.

Alargó una mano hasta encontrar el borde del camisón. Ella jadeó cuando los dedos de Hugh se deslizaron por debajo, pero el sonido se perdió en el propio gemido de él mientras le pasaba la mano por la cálida piel de la pierna.

Nadie la había tocado antes ahí. Nadie le había subido la mano así, hasta quedar por encima de la rodilla. Ahí era donde estaba él en esos momentos.

—¿Te gusta? —musitó Hugh, y la apretó levemente.

Ella asintió.

Hugh se movió un poco más arriba, todavía lejos de su centro, pero cambió un poco la posición de la mano, de manera que el pulgar le acarició la tierna piel del interior de la pierna.

—¿Te gusta esto?

—Sí.

Apenas fue un susurro, pero él lo oyó.

—¿Y esto?

Con la otra mano, con la que había estado jugando con su cabello, le atrapó un pecho a través del camisón.

—Oh, Dios... Oh, Hugh.

Él la besó lenta y profundamente.

—¿Eso ha sido un sí?

—Sí.

—Quiero verte —le dijo él al oído—. Quiero ver cada centímetro de ti, y sé que no lo voy a hacer, ahora no, pero quiero algo de ti. ¿Lo entiendes?

Ella negó con la cabeza.

—¿Confías en mí?

Sarah esperó hasta que sus miradas se encontraron.

—Con todo mi corazón.

Durante un instante, Hugh ni siquiera se pudo mover. Las palabras de Sarah se le colaron en el corazón y se lo apretaron. Y cuando terminaron ahí, se dirigieron hacia abajo. Él había pensado que la deseaba antes, pero aquello no fue nada comparado con la lujuria primitiva que lo inundó con esas cuatro palabras pronunciadas tan suavemente.

Mía, pensó. *Es mía.*

Con dedos temblorosos, desató el pequeño lazo del escote, y se preguntó a qué persona tan necia se le había ocurrido poner tal cosa en un camisón que no estaba pensado para tentar. Era un lazo, y tenía que desatarlo.

Con un suave tirón abrió su regalo y, al tirar un poco más, la prenda se deslizó hacia abajo, desnudando un pecho perfecto. El escote no se le había abierto tanto como para mostrar los dos, pero había algo intensamente erótico en tener sólo uno a la vista.

Hugh se humedeció los labios con la lengua y, lentamente, volvió a mirarla a los ojos. No dijo nada, y no apartó la mirada del rostro de Sarah mientras le acariciaba con suavidad un pezón con la palma de la mano.

No le preguntó si le gustaba; no necesitó hacerlo. Ella susurró su nombre y, antes de que Hugh pudiera decir nada, asintió.

Mía, volvió a pensar, y era lo más increíble del mundo porque, hasta hacía bien poco, había asumido (no, había sabido) que no encontraría a nadie, que jamás habría una mujer de la que pudiera decir que era suya.

Le besó los labios con suavidad. Después la nariz y, luego, los ojos. Sabía con seguridad que se estaba enamorando de ella, pero nunca solía hablar de sus sentimientos, y las palabras se le atascaron en la garganta. Así que la besó una última vez, intensa y profundamente, con la esperanza de que ella reconociera el sentimiento que era, y ofreciéndole toda el alma.

Tuyo, pensó. *Soy tuyo.*

Capítulo 15

Sarah era consciente de que no debería haber salido en mitad de la noche. No se le permitía salir de su casa de Londres sin una carabina, y sabía muy bien que aquella excursión de madrugada en Berkshire estaba igualmente prohibida.

Sin embargo, se había sentido tan inquieta, tan... ansiosa. Se había sentido mal en su propio cuerpo y, cuando había salido de la cama y había tocado la alfombra con los pies, el dormitorio le había parecido demasiado pequeño. La casa le había parecido demasiado pequeña. Había sentido la necesidad de moverse, de sentir la brisa nocturna sobre la piel.

Nunca antes se había sentido así, y la verdad era que no tenía ninguna explicación para ello. O, mejor dicho, no la había tenido.

Ahora la tenía.

Lo necesitaba a él. A Hugh.

Simplemente, no lo había sabido antes.

En algún momento entre el viaje en carruaje, la tarta y aquel vals loco en la hierba, Sarah Pleinsworth se había enamorado del último hombre al que habría querido.

Y cuando la besaba...

Lo único que quería era más.

—Eres tan hermosa... —murmuró él y, por primera vez en su vida, Sarah creyó de verdad que lo era.

Le acarició la mejilla.

—Tú también.

Hugh le sonrió, una medio sonrisa tonta que le decía que no la creía.

—Lo eres —insistió ella. Intentó mantenerse seria, pero no había nada que pudiera apagar su sonrisa—. Tendrás que creerme.

Él siguió sin hablar. La recorrió con la mirada como si fuera algo precioso y la hizo sentir preciosa. Y en ese momento, todo lo que ella deseaba era que él sintiera lo mismo.

Porque Hugh no lo sentía. Sarah sabía que no.

Había dicho cosas... cosas pequeñas, en realidad, simplemente un comentario extraño aquí y allá que seguramente Hugh no esperaba que recordara nadie. Pero Sarah escuchaba. Y recordaba. Y sabía... que Hugh Prentice no era feliz. Lo que era peor, él pensaba que no merecía serlo.

No era un hombre que buscara las multitudes. No deseaba ser ningún líder. Pero Sarah también sabía que Hugh no deseaba ser un mero seguidor. Tenía un carácter intensamente independiente, y no le importaba estar solo.

Sin embargo, había estado más que solo en los últimos años. La única compañía que había tenido había sido la devastadora sensación de culpabilidad. Sarah no sabía qué había hecho Hugh para convencer a su padre de que permitiera que Daniel regresara a Inglaterra sin sufrir ningún daño, y no podía imaginarse lo difícil que habría sido para él viajar a Italia para buscar a Daniel y llevarlo de vuelta a su país.

Pero había hecho todo eso. Hugh Prentice había hecho todo lo humanamente posible para enderezar las cosas, y aún no estaba en paz.

Era un buen hombre. Defendía a las jovencitas y a los unicornios. Bailaba el vals con un bastón. No merecía que toda su vida estuviera definida por un único error.

A Sarah Pleinsworth nunca le habían gustado las medias tintas, y sabía que, si amaba a aquel hombre, eso significaba que dedicaría su vida a hacerle comprender un solo hecho: que era precioso. Y que merecía cada gota de felicidad que se cruzara en su camino.

Alargó una mano y le tocó los labios con los dedos. Eran suaves, y maravillosos, y se sintió honrada sólo por sentir su aliento sobre la piel.

—A veces, durante el desayuno —susurró—, no puedo dejar de mirarte la boca.

Él tembló al oírla. A ella le encantó ser capaz de hacerle temblar.

—Y tus ojos... —siguió diciendo Sarah—. Las mujeres matarían por unos ojos de ese color, ¿lo sabías?

Él negó con la cabeza y algo en su expresión, tan desconcertada y abrumada, la hizo sonreír de pura alegría.

—Creo que eres hermoso —susurró—, y creo... —El corazón le dio un vuelco y se mordió el labio inferior—. Espero que la mía sea la única opinión que cuente.

Hugh se inclinó hacia delante y le rozó con suavidad los labios con los suyos. Después le besó la nariz, la frente y, luego, tras un largo momento, cuando por fin se miraron a los ojos, volvió a besarla, en aquella ocasión sin guardarse nada.

Sarah gimió y el sonido ronco quedó atrapado en la boca de Hugh. Los besos de él eran ávidos, feroces y, por primera vez en su vida, Sarah comprendió la pasión.

No, aquello era más que pasión.

Era necesidad.

Él la necesitaba. Podía sentirlo en todos los movimientos de Hugh. Lo oía en su respiración entrecortada. Y con cada caricia de sus manos, con cada roce de su lengua, avivaba en ella la misma necesidad. Jamás habría imaginado que fuera posible ansiar con tanta intensidad a un ser humano.

Sus dedos encontraron el borde de la camisa de Hugh, que estaba por fuera del pantalón, y deslizó la mano por dentro, acariciándolo con suavidad. Los músculos de él parecieron saltar ante el contacto y dejó escapar el aire con brusquedad, haciendo que su aliento le acariciara a ella la mejilla como un beso.

—No sabes... —dijo Hugh con voz ronca—. No sabes lo que me haces.

Sarah podía ver la pasión reflejada en sus ojos; la hacían sentirse femenina y fuerte.

—Cuéntamelo —le susurró, y arqueó el cuello para acercarlo a sus labios y recibir un beso suave y fugaz.

Durante un momento, pensó que se lo diría. Pero Hugh negó con la cabeza y murmuró:

—Significaría mi muerte.

Después la volvió a besar, y a Sarah no le importó lo que le hacía, siempre y cuando él siguiera haciéndole lo mismo a ella.

—Sarah —musitó él, separando los labios de los suyos sólo lo necesario para susurrar su nombre.

—Hugh —susurró ella, y se podía oír la risa en su voz.

Él se apartó un poco.

—Estás sonriendo.

—No puedo parar —admitió ella.

Hugh le acarició la mejilla y la miró con tal emoción que, durante un momento, Sarah se olvidó de respirar. ¿Era amor lo que veía en los ojos de Hugh? Lo sentía como amor, a pesar de que él no hubiera pronunciado las palabras.

—Tenemos que parar —dijo él, y le colocó con suavidad el camisón en su lugar.

Sarah sabía que tenía razón, pero aun así murmuró:

—Ojalá pudiéramos quedarnos.

Hugh dejó escapar un ruidito ahogado, casi como si sintiera dolor.

—Oh, no tienes ni idea de lo mucho que yo deseo lo mismo.

—Todavía quedan horas hasta que amanezca —comentó ella en voz baja.

—No voy a arruinar tu reputación —contestó, y se llevó una mano de Sarah a los labios—. Así no.

Sarah sintió que una burbuja de júbilo flotaba en su interior.

—¿Significa eso que pretendes arruinarme de alguna otra manera?

La sonrisa de Hugh se volvió pícara, se levantó y tiró de ella para que se pusiera en pie.

—Me gustaría mucho. Pero yo no lo llamaría arruinar. La ruina es lo que le ocurre a la reputación, no lo que pasa entre un hombre y una mujer. O, por lo menos —añadió, bajando la voz de manera muy sensual—, no lo que ocurre entre nosotros.

Sarah se estremeció de placer. Todo su cuerpo estaba vivo; ella se sentía viva. No supo cómo consiguió caminar de nuevo hasta la casa. Sus pies querían correr y, sus brazos, envolver al hombre que tenía al lado. Y su voz quería reír, de corazón.

De corazón...

Estaba mareada. Mareada de amor.

Él la acompañó hasta la puerta. No había nadie por allí; mientras permanecieran en silencio, no tenían nada que temer.

—Te veré mañana —dijo Hugh, y le besó una mano.

Ella asintió sin decir nada. No sabía qué decir que pudiera reflejar todo lo que sentía.

Estaba enamorada. Lady Sarah Pleinsworth estaba enamorada.

Y era algo grande.

A la mañana siguiente

—A ti te pasa algo.

Sarah parpadeó, aún somnolienta, y miró a Harriet, que se encontraba sentada en el borde de la cama con dosel, mirándola con considerable sospecha.

—¿De qué estás hablando? —refunfuñó Sarah—. No me pasa nada.

—Estás sonriendo.

Aquello la pilló por sorpresa.

—¿No puedo sonreír?

—No si es lo primero que haces por la mañana.

Sarah decidió que no había una respuesta adecuada y continuó con su rutina matinal. Harriet, sin embargo, estaba llena de curiosidad y la siguió hasta el lavamanos con los ojos entornados, la cabeza inclinada y dejando escapar dubitativos «humms» a intervalos irregulares.

—¿Ocurre algo? —preguntó Sarah.

—¿Ocurre?

Santo Dios, y la gente la llamaba a ella dramática.

—Estoy intentando lavarme la cara —respondió Sarah.

—Por supuesto, deberías hacerlo.

Sarah hundió las manos en el agua pero, antes de que pudiera hacer nada, Harriet acercó todavía más la cara, metiéndola entre las manos de Sarah y su nariz.

—Harriet, ¿qué te pasa?

—¿Qué te pasa a ti? —replicó Harriet.

Sarah dejó escapar el agua entre los dedos.

—No sé de qué estás hablando.

—Estás sonriendo —la acusó.

—¿Qué clase de persona crees que soy que no se me permite despertarme de buen humor?

—Oh, claro que se te permite... Pero parece ir en contra de tu temperamento.

Era cierto que Sarah no era conocida por que le gustaran las mañanas.

—Y estás ruborizada —añadió Harriet.

Sarah resistió el impulso de salpicarle a su hermana la cara con agua y, en su lugar, se la echó a sí misma. Se secó con una pequeña toalla blanca y dijo:

—Tal vez sea porque me he visto obligada a hacer un esfuerzo discutiendo contigo.

—No, no creo que sea eso —repuso Harriet, ignorando por completo su sarcasmo.

Sarah pasó rápidamente por su lado. Si antes no había estado ruborizada, en esos momentos lo estaba por completo.

—Te pasa algo —repitió Harriet, y la siguió a toda prisa.

Sarah se detuvo, pero no se dio la vuelta.

—¿Me vas a seguir al excusado?

Hubo un momento muy satisfactorio de silencio.

—Ehh... no.

Con los hombros bien altos, Sarah se dirigió al pequeño cuarto de baño y cerró la puerta.

Con llave. La verdad, no quería que Harriet contara hasta diez, decidiera que ella había tenido tiempo suficiente para hacer sus cosas e irrumpiera allí.

En cuanto la puerta estuvo cerrada a salvo de invasiones, Sarah se volvió, se apoyó contra ella y suspiró largamente.

Oh, cielo santo.

Oh, cielo santo.

¿De verdad estaba tan diferente respecto de la noche anterior que incluso su hermana pequeña podía vérselo en la cara?

Y si parecía tan distinta tras una noche de besos robados, ¿qué ocurriría cuando...?

Bueno, supuso que, técnicamente, era «sí».

Pero su corazón le decía que sería «cuando». Iba a pasar el resto de su vida con lord Hugh Prentice. No había manera de que permitiera que ocurriera cualquier otra cosa.

Cuando Sarah bajó a desayunar (con Harriet pisándole los talones y cuestionándose cada sonrisa), se hizo evidente que el tiempo había cambiado. El sol, que había pasado la semana anterior descansando plácidamente en el cielo, se había retirado tras unas nubes negras de mal agüero, y el viento silbaba con la amenaza de una tormenta cercana.

La excursión de los caballeros (un viaje a caballo hacia el sur, hasta River Kennet), se había cancelado, y Whipple Hill bullía con la energía no agotada de los aristócratas aburridos. Sarah se había acostumbrado a tener gran parte de la casa para ella sola durante el día y, para su sorpresa, se sintió resentida por lo que veía como una intrusión.

Para complicar las cosas, parecía que Harriet había decidido que su misión para aquel día era perseguirla y cuestionarle cada movimiento. Whipple Hill era grande, pero no lo suficiente cuando había una hermana pequeña curiosa, decidida y quizás, y lo más importante, consciente de cada rincón y recoveco de la casa.

Hugh había estado presente en el desayuno, como siempre, pero a Sarah le había resultado imposible hablar con él sin que Harriet metiera baza en la conversación. Cuando Sarah se marchó al pequeño salón para leer su novela (tal como había mencionado de pasada durante el desayuno que haría), allí estaba Harriet, sentada al escritorio, con las páginas de la obra que estaba escribiendo esparcidas ante ella.

—Sarah —dijo ésta alegremente—, qué casualidad encontrarte aquí.

—Qué casualidad —repitió Sarah sin ninguna entonación.

A su hermana nunca se le habían dado bien los subterfugios.

—¿Vas a leer? —le preguntó Harriet.

Sarah bajó la mirada a la novela que tenía en la mano.

—Dijiste que ibas a leer —le recordó Harriet—. En el desayuno.

Sarah miró hacia atrás, hacia la puerta, considerando cuáles eran sus opciones para aquella mañana.

—Frances está buscando a alguien con quien jugar a *Naranjas y unicornios* —dijo Harriet.

Aquello la decidió. Se sentó en el sofá y abrió la novela de la señorita Butterworth. Pasó unas cuantas páginas, buscando el lugar en el que había dejado la lectura, y frunció el ceño.

—¿Es eso un juego? —preguntó—. ¿*Naranjas y unicornios*?

—Dice que es una versión de *Naranjas y limones* —le explicó Harriet.

—¿Cómo se sustituyen los limones por unicornios?

Harriet se encogió de hombros.

—Tampoco se necesitan limones de verdad para jugar.

—Pero estropea la rima. —Sarah sacudió la cabeza y recordó aquel poema de su niñez—. *Naranjas y unicornios, dicen las campanas de San...*

Miró a Harriet en busca de inspiración.

—¿Clunicornios?

—No creo.

—Lunicornios.

Sarah inclinó la cabeza a un lado.

—Algo mejor.

—¿Cucharicornios? Zumbicornios.

Ya era suficiente. Sarah volvió a su libro.

—Ya basta, Harriet.

—Parunicornios.

Sarah no podía imaginarse de dónde había salido ese último. Aun así, se encontró tarareando mientras leía:

Naranjas y limones, dicen las campanas de San Clements.

Mientras tanto, Harriet estaba musitando ante el escritorio:

—Puentiunicornios, xilunicornios...

Me debes cinco cuartos de penique, dicen las campanas de San Martins.

—¡Oh, oh, oh, ya lo tengo! ¡Hughnicornios!

Sarah se quedó helada. Aquello no podía ignorarlo. Con gran deliberación, puso el dedo índice en el libro para marcar la página y levantó la mirada.

—¿Qué acabas de decir?

—Hughnicornios —contestó Harriet, como si fuera lo más normal del mundo, y le dirigió a Sarah una mirada taimada—. Por lord Hugh, claro. Siempre parece ser un tema frecuente en nuestras conversaciones.

—No para mí —contestó Sarah inmediatamente.

Tal vez lord Hugh Prentice ocupara todos sus pensamientos, pero no recordaba haber iniciado una conversación sobre él con su hermana ni una sola vez.

—Tal vez lo que quiero decir es que es un tema frecuente en tus conversaciones.

—¿No es lo mismo?

—Suele participar en tus conversaciones —se corrigió Harriet rápidamente.

—Me gusta hablar con él —dijo Sarah.

No saldría nada bueno de negarlo. Harriet se encargaría de ello.

—Por supuesto —convino Harriet, y entornó los ojos como un detective—. Eso me hace preguntarme si no será él también la razón de tu nada característico buen humor.

Sarah resopló.

—Estoy empezando a sentirme ofendida, Harriet. ¿Desde cuándo no tengo yo buen humor?

—Todas las mañanas.

—Eso es bastante injusto —se lamentó Sarah, porque estaba bastante segura de que tampoco saldría nada bueno de negar eso.

Por lo general, nunca era buena idea negar algo que era indiscutiblemente verdad. No con Harriet.

—Creo que te gusta lord Hugh —declaró Harriet.

Y, como Sarah estaba leyendo *La señorita Butterworth y el alocado barón,* donde los barones (locos o no) siempre aparecían en la puerta en cuanto alguien pronunciaba su nombre, levantó la mirada.

Nada.

—Es un cambio original —musitó.

Harriet la miró.

—¿Decías algo?

—Me sorprende que lord Hugh no haya entrado por la puerta cuando has pronunciado su nombre.

—No tienes tanta suerte —afirmó Harriet con una sonrisa de superioridad.

Sarah puso los ojos en blanco.

—Y, para ser precisa, creo haber dicho que te gusta lord Hugh.

Sarah miró hacia la puerta. Porque nunca podría tener tanta suerte dos veces seguidas.

Él seguía sin aparecer.

Bien. Aquello era nuevo y diferente.

Le dio unos golpecitos al libro con el dedo y dijo entre dientes:

—Oh, cómo desearía encontrar un caballero que pasara por alto a mis tres enojosas hermanas y mi (¿por qué no?) sexto dedo del pie.

Miró hacia la puerta.

Y ahí estaba.

Sarah sonrió. Pero, teniendo en cuenta todo el asunto, debía dejar de lado lo del dedo extra del pie. ¿Y si terminaba dando a luz a un bebé con un dedo de más?

—¿Interrumpo? —preguntó Hugh.

—Por supuesto que no —contestó Harriet con entusiasmo—. Sarah está leyendo, y yo estoy escribiendo.

—Entonces, interrumpo.

—No —respondió Harriet con cierta brusquedad.

Miró a Sarah pidiéndole ayuda, pero su hermana no vio ninguna razón para interceder.

—No necesito tranquilidad para escribir —explicó Harriet.

Él arqueó las cejas de manera interrogativa.

—¿No les pidió a sus hermanas que no parlotearan en el carruaje?

—Oh, eso es diferente. —Entonces, antes de que ninguno pudiera preguntar por qué, Harriet se dirigió a Hugh y lo invitó—: ¿No quiere sentarse y unirse a nosotras?

Él asintió educadamente con la cabeza y entró en la estancia. Sarah lo observó mientras rodeaba el sillón orejero. Se apoyaba en el bastón con más fuerza de la habitual; podía verse en sus andares. Sarah frunció el ceño y recordó que la noche anterior Hugh había bajado corriendo desde su dormitorio. Sin el bastón.

Esperó hasta que él se sentó en el otro lado del sofá y le espetó en voz baja:

—¿Le molesta la pierna?

—Sólo un poco.

Hugh dejó el bastón y empezó a frotarse perezosamente el músculo. Sarah se preguntó si se daba cuenta de que lo hacía.

De repente, Harriet se puso en pie.

—Acabo de recordar algo —les anunció.

—¿El qué? —le preguntó Sarah.

—Es... eh... algo sobre... ¡Frances!

—¿Qué le pasa a Frances?

—Oh, no es nada, sólo que... —Recogió sus papeles de mala manera y agarró todo el montón, doblando algunas hojas en el proceso.

—Tenga cuidado —le advirtió Hugh.

Harriet lo miró sin comprender.

—Los está arrugando —le explicó él, y señaló las hojas.

—¡Oh! Es cierto. Con más razón debo marcharme. —Dio un paso de lado hacia la puerta, y luego otro—. Así que me voy...

Sarah y Hugh la observaron mientras se marchaba pero, a pesar de todas sus quejas, pareció quedarse remoloneando en la puerta.

—¿No tenías que buscar a Frances? —le preguntó Sarah.

—Sí. —Harriet se puso de puntillas, volvió a bajar y dijo—: Bien. Entonces, adiós.

Y, por fin, se fue.

Sarah y Hugh se miraron durante unos segundos y se rieron por lo bajo.

—¿Por qué se ha compor...? —empezó a decir él.

—¡Lo siento! —exclamó Harriet, y entró corriendo de nuevo—. He olvidado algo.

Se apresuró a llegar al escritorio, no cogió nada que Sarah pudiera ver (aunque, para ser justos, Sarah no tenía muy buen ángulo de visión) y salió rápidamente, cerrando la puerta a su espalda.

Sarah abrió la boca, sorprendida.

—¿Qué ha pasado?

—Esa pequeña desvergonzada. Ha fingido haberse olvidado algo para poder cerrar la puerta.

Hugh enarcó una ceja.

—¿Y eso te molesta?

—No, por supuesto que no. Es que nunca pensé que mi hermana pudiera ser tan taimada. —Sarah hizo una pausa para pensar en ello—. No importa, ¿qué estaba diciendo? Por supuesto que es tan taimada.

—Lo que a mí me parece interesante —comentó Hugh— es que estuviera tan decidida a que nos quedáramos a solas. Con la puerta cerrada —añadió significativamente.

—Me acusó de sentirme atraída por ti.

—Oh, ¿de verdad? ¿Y cuál fue tu respuesta?

—Creo que evité contestarle.

—Bien hecho, pero no te librarás de mí tan fácilmente.

Sarah se acercó un poco hacia la parte que él ocupaba en el sofá.

—¿Ah, no?

—No —contestó él, y alargó un brazo para tomarle la mano—. Si fuera yo quien te preguntara si te sientes atraída por mí, no te dejaría escapar con tanta facilidad.

—Si me preguntaras si me siento atraída por ti —dijo Sarah, permitiéndole que la acercara a él—, puede que no deseara escapar.

—¿Puede? —repitió Hugh, bajando la voz hasta convertirla en un murmullo ronco.

—Bueno, a lo mejor necesitaría que me convencieras un poco...

—¿Sólo un poco?

—Quizás sólo necesite un poco —dijo ella, y dejó escapar una respiración entrecortada cuando su cuerpo entró en contacto con el de Hugh—. Pero a lo mejor en realidad quiero mucho.

Hugh le rozó los labios con los suyos.

—Veo que tengo mucho trabajo que hacer...

—Afortunadamente para mí, nunca me has parecido un hombre al que le asuste trabajar duro.

Él sonrió con picardía.

—Puedo afirmar, lady Sarah, que trabajaré duramente para asegurar tu placer.

Sarah pensó que aquello sonaba muy bien.

Capítulo 16

Sarah no supo durante cuánto tiempo se besaron. Podrían haber sido cinco minutos, podrían haber sido diez. Lo único que sabía era que la boca de Hugh era muy traviesa y, aunque no le había quitado ni desarreglado absolutamente nada de su indumentaria, sus manos eran astutas y atrevidas.

Hugh le hacía sentir cosas, cosas pícaras que comenzaban en su vientre y se extendían por todo su cuerpo como fuego líquido. Cuando Hugh la besó en el cuello, deseó arquearse como un gato, hasta que todos los músculos de su cuerpo se volvieran cálidos y flexibles. Deseó quitarse los zapatos de un puntapié y pasar los dedos de los pies por las pantorrillas de él. Quería presionar las caderas contra las suyas, permitir que las piernas se le volvieran flexibles y suaves para que él se pudiera acomodar entre ellas.

Hugh le hacía desear cosas sobre las que una dama nunca hablaría, cosas en las que una dama ni siquiera debería pensar.

Y le encantaba. No había cedido a ninguno de esos deseos, pero le encantaba el hecho de querer hacerlo. Adoraba esa sensación de abandono, ese anhelo descabellado de atraerlo más y más hacia ella, hasta que se fundieran. Nunca antes había deseado besar a un hombre, y ahora lo único en lo que podía pensar era en cómo le había gustado sentir las manos de Hugh sobre su piel desnuda la noche anterior.

—Oh, Hugh —suspiró cuando él encontró la curva de su muslo y se lo acarició por encima del suave vestido de muselina.

Movió el pulgar en círculos lentamente, y cada movimiento lo acercaba a la parte más íntima de Sarah.

Santo Dios, si podía hacerla sentirse así a través del vestido, ¿qué ocurriría cuando de verdad le acariciara la piel?

Sarah se estremeció, sorprendida de lo excitada que estaba sólo de pensarlo.

—No tienes ni idea —murmuró Hugh entre besos— de lo mucho que deseo que estuviéramos en cualquier otra parte que no fuera esta habitación.

—¿En cualquier otra parte? —preguntó ella de manera provocadora.

Le pasó una mano por el cabello rubio oscuro, deleitándose en lo fácil que era revolvérselo.

—En cualquier otra parte con una cama. —Hugh le besó la mejilla, luego el cuello y después la piel suave de la base de la garganta—. Y una puerta cerrada con llave.

Al oírlo, a Sarah le dio un vuelco el corazón, pero al mismo tiempo ese comentario consiguió despertar un resquicio de sentido común. La puerta del pequeño salón estaba cerrada, pero no con llave. Además, Sarah sabía que no debería estar cerrada con llave. Si alguien intentaba abrirla y no podía, querría saber de inmediato qué estaba ocurriendo dentro, lo que significaba que, a menos que uno de ellos quisiera enfrentarse a los casi cuatro metros que había desde la ventana hasta el suelo, se armaría el mismo escándalo que si alguien entrara por la puerta sin cerrar.

Y, aunque Sarah tenía intención de casarse con lord Hugh Prentice (en cuanto se lo pidiera, que lo haría, y si no era así, ella le obligaría), no deseaba tener un matrimonio inducido por el escándalo a sólo unos días de la boda de su primo.

—Tenemos que parar —dijo sin mucha convicción.

—Lo sé.

Pero Hugh no dejó de besarla. Lo hizo con algo más de lentitud, pero no paró.

—Hugh...

—Lo sé —repitió.

Sin embargo, antes de que se alejara de ella, el picaporte de la puerta giró con decisión y Daniel entró bruscamente, diciendo algo sobre que estaba buscando a Anne.

Sarah ahogó un grito, pero no había manera de arreglar la situación a tiempo. Tenía más de la mitad del cuerpo de Hugh encima de ella, había al menos tres horquillas en el suelo y...

Y bueno, más de la mitad del cuerpo de Hugh estaba encima de ella.

—¿Qué demonios...?

Daniel se quedó mirándolos sorprendido y, cuando por fin se dio cuenta de lo que ocurría, cerró la puerta tras él.

Hugh se puso en pie con más rapidez de la que Sarah hubiera creído posible dadas las circunstancias. Liberada de su peso, se sentó y se cubrió instintivamente los pechos con los brazos, a pesar de que no había ni un botón suelto en su vestido.

Pero se sentía expuesta. Todavía podía sentir el calor del cuerpo de Hugh contra el suyo, y ahora Daniel la estaba mirando con tal expresión de furia y decepción que ella no fue capaz de mantenerle la mirada.

—Confiaba en ti, Prentice —dijo Daniel con voz baja y amenazante.

—No en esto —replicó Hugh.

Incluso Sarah se sorprendió de la falta de seriedad que había en su tono.

Daniel empezó a embestir contra él.

Sarah se puso en pie de un salto.

—¡Para! ¡No es lo que crees!

Después de todo, eso era lo que siempre decían en las novelas.

—Muy bien —siguió diciendo ella al ver las expresiones de incredulidad de los dos hombres—, es lo que crees. Pero no puedes pegarle.

Daniel gruñó.

—Oh, ¿no puedo?

Sarah le puso una mano en el pecho.

—No —negó con firmeza, y después se volvió hacia Hugh, apuntándolo con el dedo—. Y tú tampoco puedes.

Hugh se encogió de hombros.

—No pretendía hacerlo.

Sarah parpadeó. Teniendo en cuenta toda la situación, Hugh parecía asombrosamente indiferente.

Volvió a dirigirse a Daniel.

—Esto no es de tu incumbencia.

Daniel se puso rígido de la furia, y apenas pudo controlar la voz cuando ordenó:

—Vete a tu habitación, Sarah.

—No eres mi padre —repuso ella.

—Ejerzo como tal hasta que llegue —contestó Daniel.

—Oh, mira quién habla —se burló ella.

Después de todo, la prometida de Daniel solía vivir con los Pleinsworth. Sarah sabía muy bien que la persecución romántica de Daniel no había sido del todo casta.

Daniel se cruzó de brazos.

—Esto no tiene que ver conmigo.

—No hasta que irrumpiste en la habitación.

—Si te hace sentir mejor —dijo Hugh—, tenía pensado pedirle su mano a lord Pleinsworth en cuanto llegara.

Sarah volvió la cabeza bruscamente.

—¿Ésa es mi proposición?

—Échale la culpa a él —replicó Hugh, haciendo un gesto con la cabeza hacia Daniel.

Pero entonces Daniel hizo algo inesperado. Dio un paso hacia Hugh, lo miró con dureza y dijo:

—No le vas a pedir su mano a lord Pleinsworth. No le vas a decir ni una sola palabra hasta que le cuentes la verdad a Sarah.

¿La verdad?

Sarah pasó la mirada de Daniel a Hugh y viceversa. Varias veces. Pero, por el caso que le hicieron, era como si no estuviera allí. Y, por una vez en su vida, mantuvo la boca cerrada.

—¿Qué quieres decir? —inquirió Hugh.

—Lo sabes muy bien —respondió Daniel con rabia—. Confío en que no hayas olvidado el pacto que hiciste.

—¿Te refieres al que te salvó la vida? —preguntó Hugh.

Sarah dio un paso atrás, alarmada. Aunque no sabía lo que estaba ocurriendo, se sentía aterrada.

—Sí —le confirmó Daniel con voz ronca—. Ése. ¿No crees que una mujer debería conocerlo antes de aceptar tu proposición?

—Conocer ¿qué? —preguntó Sarah con inquietud—. ¿De qué estáis hablando?

Pero los hombres se limitaron a mirarla.

—El matrimonio es un compromiso de por vida —aseveró Daniel—. De por vida.

Hugh apretó la mandíbula.

—Éste no es el momento, Winstead.

—¿No es el momento? —repitió Daniel—. ¿No es el momento? ¿Y cuándo, maldita sea, va a ser el momento?

—Vigila tu lenguaje —le advirtió Hugh.

—Es mi prima.

—Es una dama.

—Y está aquí —dijo Sarah con voz débil, y levantó una mano.

Daniel se dio la vuelta para mirarla.

—¿Te he ofendido?

—¿Te refieres a alguna vez? —quiso saber Sarah, desesperada por romper la tensión.

Daniel frunció el ceño ante su patético intento de ser graciosa y volvió a dirigirse a Hugh.

—¿Se lo vas a contar? ¿O voy a tener que hacerlo yo?

Nadie dijo nada.

Cuando pasaron varios segundos, Daniel se volvió hacia Sarah tan de repente que ella casi se mareó.

—¿Recuerdas —se dirigió a ella con un tono de voz desagradable— lo furioso que estaba el padre de lord Hugh después del duelo?

Sarah asintió, aunque no estaba segura de que él esperara una respuesta.

No había estado fuera de los círculos sociales en el momento del duelo y había oído a su madre comentarlo en susurros con sus tías. Lord Ramsgate se había vuelto loco, decían. Se había trastornado.

—¿Alguna vez te preguntaste —siguió diciendo Daniel en ese tono tan terrible que, Sarah se dio cuenta, iba dirigido a Hugh aunque sus palabras eran para ella— cómo consiguió lord Hugh convencer a su padre para que me dejara en paz?

—No —respondió Sarah lentamente, y era verdad.

O, al menos, lo había sido hasta unas semanas atrás.

—Supuse que... No lo sé. Tú regresaste, y eso es lo único que importa.

Se sentía como una idiota. ¿Por qué nunca se había preguntado qué había hecho Hugh para rescatar a Daniel? ¿Debería haberlo hecho?

—¿Alguna vez has conocido a lord Ramsgate? —le preguntó Daniel.

—Estoy segura de que sí, en algún momento —contestó Sarah, pasando la mirada rápidamente de Hugh a Daniel—. Pero yo...

—Es una rata bastarda —gruñó Daniel.

—¡Daniel!

Sarah nunca le había oído emplear esas palabras. Ni ese tono. Miró a Hugh, que se limitó a encogerse de hombros y a decir:

—No le pongo ninguna pega a esa definición.

—Pero...

Sarah no sabía qué decir. No se reunía con su propio padre muy a menudo porque él apenas salía de Devon. Y, con frecuencia, ella se veía arrastrada por el sur de Inglaterra por su madre, en la búsqueda interminable de un marido adecuado. Pero era su padre, y lo quería, y no podía imaginarse quedarse impávida mientras alguien decía de él esas cosas tan espantosas.

—No todos tenemos padres afables y bondadosos con cincuenta y tres perros —afirmó Hugh.

Sarah esperó estar malinterpretando el tono de desdén que rezumaban sus palabras.

—¿Eso qué tiene que ver? —preguntó con impertinencia.

—Significa que mi padre es un necio. Significa que es un hijo de puta enfermo que hace daño a la gente y que disfruta haciéndolo. Significa... —Hugh dio un paso hacia ella y su voz se cargó aún más de furia— que es un completo perturbado, a pesar de la imagen que dé al resto del mundo, y es imposible, repito, imposible, razonar con él cuando se ha empeñado en algo.

—En mí —le explicó Daniel.

—En cualquier cosa —dijo Hugh—, pero sí, tú estás incluido. Tú, por otra parte —se dirigió a Sarah, y su voz se volvió incómodamente normal—, le gustarías.

Ella se sintió mal.

—El título de tu familia data de la época de los Tudor, y probablemente tengas una dote decente. —Hugh apoyó una cadera en el brazo del sofá y extendió la pierna lesionada frente a él—. Pero, sobre todo, gozas de buena salud y estás en edad de concebir.

Sarah se quedó boquiabierta.

—Mi padre te adorará —terminó de decir, y se encogió de hombros.

—Hugh —empezó a decir Sarah—, yo no...

Pero no supo cómo terminar. No reconocía a aquel hombre. Era duro, y la forma en que la había descrito la hacía sentirse sucia y como si la hubieran exprimido hasta secarla por completo.

—Ni siquiera soy su heredero —se lamentó Hugh.

A Sarah le pareció oír algo estimulante en su voz. Algo rabioso, dispuesto a atacar.

—Ni siquiera debería importarle si mi mujer puede engendrar adecuadamente —continuó Hugh, pronunciando cada sílaba de forma más entrecortada que la anterior—. Tiene a Freddie. Debería depositar sus esperanzas en él, y yo no hago más que decirle...

De repente se dio la vuelta, pero Sarah llegó a oírle soltar un juramento entre dientes.

—Nunca he conocido a tu hermano —intervino Daniel, tras un minuto de tenso silencio.

Sarah lo miró. Tenía el ceño fruncido, y se dio cuenta de que Daniel se sentía más curioso que sorprendido.

Hugh no se volvió a dar la vuelta, pero argumentó con tono monótono:

—No se mueve en los mismos círculos que tú.

—¿Le... le ocurre algo malo? —preguntó Sarah, vacilante.

—¡No! —exclamó Hugh, y se volvió con tanta rapidez que perdió pie y casi se cayó al suelo. Sarah se inclinó hacia delante para sujetarlo, pero Hugh alargó un brazo para mantenerla alejada—. Estoy bien —gruñó.

Pero no lo estaba. Ella se dio cuenta.

—A mi hermano no le pasa nada malo —replicó Hugh en voz baja y precisa, a pesar de que se había quedado sin respiración por el tropiezo—. Goza de buena salud y es perfectamente capaz de engendrar un niño. Pero... —le dirigió una mirada significativa a Daniel— no es probable que se case.

Los ojos de Daniel se ensombrecieron y asintió, comprendiendo.

Pero Sarah no lo entendió.

—¿Qué significa eso? —inquirió.

Santo Dios, era como si estuvieran hablando en otro idioma.

—No es adecuado para tus oídos —contestó Daniel rápidamente.

—Oh, ¿es eso? —preguntó ella—. ¿Y «rata bastarda, hijo de puta enfermo» sí lo es?

Si no hubiera estado furiosa, habría sentido cierta satisfacción al ver cómo se encogieron los dos.

—Prefiere a los hombres —aseveró Hugh de manera cortante.

—No sé lo que significa eso —replicó Sarah.

Daniel dejó escapar una grosería.

—Oh, por el amor de Cristo, Prentice, es una dama. Y es mi prima.

Sarah no sabía qué tenía eso que ver, pero, antes de que pudiera preguntarlo, Daniel dio un paso hacia Hugh y gruñó:

—Si dices una palabra más, te juro que haré que te descuarticen.

Hugh lo ignoró, sin dejar de mirar a Sarah.

—La forma en la que yo te prefiero a ti —dijo con deliberada lentitud—, es como mi hermano prefiere a los hombres.

Ella lo miró sin comprender y segundos después exclamó:

—Oh. —Miró a Daniel, aunque no supo por qué—. ¿Es eso posible?

Su primo apartó la mirada. Estaba ruborizado.

—No puedo decir que entienda a Freddie —confesó Hugh, escogiendo con cuidado cada palabra—, ni por qué es como es. Pero es mi hermano, y lo quiero.

Sarah no estaba segura de cómo responder. Volvió de nuevo la cabeza hacia Daniel para que la orientara, pero su primo estaba mirando a otra parte.

—Freddie es un buen hombre —continuó Hugh—, y fue...

Sarah se dio la vuelta hacia Hugh. Estaba tragando saliva convulsivamente, y ella nunca lo había visto tan alterado.

—Fue la única razón por la que sobreviví a mi infancia. —Hugh parpadeó y sonrió tristemente—. Aunque imagino que él diría lo mismo de mí.

Santo Dios, pensó Sarah, *¿qué tipo de persona era su padre?*

—Él no es... como yo —dijo Hugh—, pero es un buen hombre, honorable y amable.

—Muy bien —convino Sarah lentamente, intentando asimilarlo todo—. Si dices que es bueno, y que yo debería quererlo como hermano, lo haré. Pero ¿qué tiene eso que ver con... con todo lo demás?

—Es la razón por la que mi padre estaba tan empeñado en vengarse de tu primo —contestó Hugh, e hizo un gesto con la cabeza hacia Daniel—. Y por la que todavía lo está.

—Pero dijiste...

—Puedo mantenerlo a raya —la interrumpió Hugh—, pero no puedo hacer que cambie de opinión.

Cambió el peso de un pie a otro y a Sarah le pareció ver un destello de dolor en sus ojos. Siguió la mirada de Hugh hasta el bastón, que estaba en la alfombra, cerca del sofá. Él dio un paso hacia él, pero antes de que pudiera hacer nada más, ella se apresuró a recogérselo.

La expresión de Hugh cuando se lo dio no era de gratitud. Sin embargo, fuera lo que fuese lo que quisiera decirle, se lo tragó con amargura y dijo en su lugar:

—Me contaron que, el día del duelo, no se sabía si yo iba a sobrevivir.

Sarah miró a Daniel; éste asintió.

—Mi padre es de la opinión de que... —Hugh se calló y dejó escapar el aire con resignación— y puede que tenga razón —continuó finalmente, como si él mismo lo estuviera aceptando—, de que Freddie nunca se casará. Aunque yo siempre he pensado que lo haría...

·Sus palabras se apagaron de nuevo.

—¿Hugh? —dijo Sarah con suavidad, tras un minuto de silencio.

Él se volvió para mirarla y su expresión se endureció.

—No importa lo que yo pensara —contó con desdén—. Lo único que importa es lo que piensa mi padre, y está convencido de que yo debo ser el que le proporcione un heredero para la próxima generación. Cuando Winstead casi me mató...

Se encogió de hombros, dejando que Sarah y Daniel sacaran sus propias conclusiones.

—Pero no te mató —replicó Sarah—. Así que todavía puedes...

Nadie habló.

—Eh... puedes, ¿verdad? —preguntó ella finalmente.

No era momento para mostrarse recatada.

Él se rió entre dientes.

—No hay ninguna razón para suponer lo contrario, aunque debo confesar que no se lo he asegurado a mi padre.

—¿Y no crees que deberías haberlo hecho? —le planteó ella—. Habría dejado en paz a Daniel y...

—Mi padre —la interrumpió Hugh con aspereza— no abandona fácilmente la idea de venganza.

—Efectivamente —intervino Daniel.

—Sigo sin comprenderlo —reconoció Sarah—. ¿Qué tiene esto que ver con cómo Hugh consiguió hacer que regresaras de Italia?

—Si quieres casarte con él —le dijo Daniel—, yo no me interpondré. Me gusta Hugh. Siempre me ha gustado, incluso cuando nos encontramos en ese maldito campo de duelo. Pero no permitiré que te cases con él sin que sepas la verdad.

—¿Qué verdad? —inquirió Sarah.

Le estaban dando tantas vueltas al tema que ya ni siquiera sabía de qué estaban hablando.

Daniel la miró durante varios segundos y después volvió a centrarse en Hugh.

—Cuéntale cómo convenciste a tu padre —le pidió con voz entrecortada.

Ella miró a Hugh, que tenía la vista clavada en algún punto por encima de su hombro. Era como si ella no estuviera allí.

—Cuéntaselo.

—No hay nada que mi padre valore más que el título Ramsgate —expuso Hugh con voz monótona—. Yo sólo soy un medio para un fin, y cree que soy su único medio; por eso, soy valioso.

—¿Qué significa eso? —lo interrogó Sarah.

Hugh se volvió hacia ella y parpadeó, como si necesitara fijar la mirada en ella.

—¿No lo entiendes? —dijo en voz baja—. Cuando se trata de mi padre, lo único que tengo para negociar soy yo mismo.

El desasosiego de Sarah se intensificó.

—Redacté un contrato —le contó Hugh— explicándole qué ocurriría exactamente si tu primo sufría algún daño.

Sarah miró a Daniel y, después, otra vez a Hugh.

—¿El qué? —quiso saber, y el temor que rezumaba su voz amenazó con dejarla sin respiración—. ¿Qué ocurriría?

Hugh se encogió de hombros.

—Me mataría.

Capítulo 17

No, en serio —dijo Sarah con voz forzada y el recelo reflejado en la mirada—. ¿Qué le dijiste que ocurriría?

Hugh resistió el impulso de hundirse los pulgares en las sienes. Le había empezado a doler la cabeza, y estaba seguro de que el único remedio sería el alegre estrangulamiento de Daniel Smythe-Smith. Por una vez, todo en su vida estaba saliendo bien (era malditamente perfecto, de hecho), y Daniel tenía que meter la nariz donde no le importaba. Donde no se le necesitaba.

No era así como él había pensado mantener esa conversación.

O tal vez no había pensado mantenerla en absoluto, intentó decirle una vocecilla interior. Ni siquiera había reflexionado sobre ello. Había estado tan embelesado con lady Sarah, tan extasiado con la dicha de enamorarse que ni por un momento había pensado en aquel «acuerdo» con su padre.

Pero seguramente… seguramente ella se daría cuenta de que no había tenido otra opción.

—¿Es una broma? —preguntó Sarah—. Porque, si lo es, no es nada divertida. ¿Qué dijiste en realidad que ocurriría?

—No está mintiendo —intervino Daniel.

—No. —Sarah negó con la cabeza, espantada—. No puede ser verdad. Es ilógico. Es una locura, es…

—Es lo único que convencería a mi padre para que lo dejara en paz —explicó Hugh con aspereza.

—Pero no lo dijiste en serio —insistió ella, presa de la desesperación—. Porque le mentiste, ¿verdad? Sólo era una amenaza. Una amenaza vacía.

Hugh no contestó. No tenía ni idea de si lo había dicho en serio. Había tenido un problema (no, se había sentido abrumado por un problema) y por fin había encontrado una manera de solucionarlo. Para ser totalmente sincero, se había sentido satisfecho consigo mismo. Había pensado que ese plan era brillante.

Su padre jamás se atrevería a perderlo antes de que él se asegurara de que una nueva generación de Prentice deambulara por el mundo. Aunque una vez que ocurriera aquello, reflexionó, todos los esquemas se romperían. Si el marqués tenía un nieto saludable o dos bajo su poder, probablemente ni siquiera parpadearía si Hugh se suicidaba.

Bueno, tal vez parpadearía una vez, aunque sólo fuera por las apariencias. Pero después, Hugh tan sólo sería agua pasada.

Oh, cuando le había presentado a su padre ese contrato había sido algo grande. Tal vez fuera un hijo de puta enfermo, pero el hecho de ver a su padre tan aturdido, incapaz de darle una contestación...

Había sido algo magnífico.

Hugh se había dado cuenta de que el hecho de que pensaran de él que era una bomba de relojería tenía sus ventajas. Su padre había despotricado, bramado y volcado la bandeja del té, y él se había limitado a observarlo con esa mirada indiferente y casi cínica que siempre conseguía enfurecer al marqués.

Y luego, después de que lord Ramsgate declarara que Hugh jamás llevaría a cabo esa amenaza absurda, por fin había mirado a su hijo. Lo había mirado de verdad, por primera vez, que Hugh recordara. Había visto la sonrisa insolente y vacía, la férrea determinación reflejada en su mandíbula, y había palidecido tanto que los ojos parecieron secársele en las cuencas.

Había firmado el contrato.

Después, Hugh no había pensado mucho en el asunto. Alguna vez hacía alguna broma inadecuada (siempre había tenido un oscuro sentido del humor), pero en lo que a él concernía, su padre y él habían alcanzado una tregua en esa promesa no verbal de mutua destrucción.

En otras palabras, no había nada por lo que preocuparse. Y no entendía por qué los demás no se daban cuenta.

Por supuesto, los únicos que estaban al tanto de ese contrato eran Daniel y Sarah, pero eran personas inteligentes que no solían ser ilógicas en sus decisiones.

—¿Por qué no me respondes? —preguntó Sarah, elevando la voz por el pánico—. ¿Hugh? Dime que no lo dijiste en serio.

Él la miró. Había estado pensando, recordando, y casi era como si una parte de él hubiera salido de esa habitación, como si hubiera encontrado un rincón tranquilo donde reflexionar sobre la triste situación de su mundo.

Iba a perderla. Sarah no iba a comprenderlo. Ahora Hugh se daba cuenta, lo veía en su mirada agitada y en sus manos temblorosas. ¿Por qué no entendía que él había hecho una elección heroica? Se había sacrificado (o, al menos, había amenazado con hacerlo) por el bien de su querido primo. ¿No contaba eso para nada?

Había conseguido que Daniel volviera a Inglaterra, había asegurado su bienestar; ¿iban a castigarlo por eso?

—Di algo, Hugh —le rogó Sarah. Miró a Daniel y después de nuevo a Hugh, moviendo la cabeza torpemente—. No entiendo por qué no dices nada.

—Firmó un contrato —dijo Daniel en voz baja—. Tengo una copia.

—¿Le diste una copia?

Hugh no pensaba que aquello marcara ninguna diferencia, pero Sarah parecía horrorizada. Se había quedado blanca y las manos, que intentaba con todas sus fuerzas mantener quietas a los costados, estaban temblando.

—Tienes que romperla —le rogó a Daniel—. Ahora mismo. Tienes que romperla.

—No es…

—¿Está en Londres? —lo interrumpió—. Porque si es así, me marcho ahora mismo. No me importa perderme tu boda, eso no es ningún problema. Puedo volver, cogerla y…

—¡Sarah! —exclamó Daniel. Cuando hubo recuperado su atención, habló—: Eso no cambiaría nada. No es la única copia. Y si tiene razón —señaló a Hugh—, es lo único que puede mantenerme a salvo.

—Pero ¡puede matarlo! —gritó.

Daniel se cruzó de brazos.

—Eso depende totalmente de lord Hugh.

—En realidad, de mi padre —apostilló Hugh.

Porque en él era donde empezaba toda aquella cadena de locura.

Sarah tenía el cuerpo rígido pero le empezó a temblar la cabeza, casi como si estuviera intentando obligar a su cerebro a comprender.

—¿Por qué lo hiciste? —preguntó, aunque Hugh creía que le había explicado las razones con claridad—. Está mal. Es...antinatural.

—Es lógico —contestó Hugh.

—¿Lógico? ¿Lógico? ¿Estás loco? Es lo más ilógico, irresponsable y egoísta que...

—Sarah, ya es suficiente —la acalló Daniel, y le puso una mano en el hombro—. Estás muy alterada.

Pero ella se sacudió su mano de encima.

—No me trates con condescendencia —le espetó.

Se volvió hacia Hugh. Éste deseó saber qué decir. Pensó que había dicho lo correcto. Era lo que lo habría convencido a él, si hubieran estado intercambiados los papeles.

—¿Estabas pensando en alguien más aparte de ti? —inquirió ella.

—Estaba pensando en tu primo —contestó Hugh con calma.

—Pero ¡ahora es diferente! —exclamó Sarah—. Cuando hiciste esa amenaza, sólo estabas tú. Pero ahora...

Hugh esperó; sin embargo, ella no acabó la frase. No dijo: «Ahora no». No dijo: «Somos dos».

—Bueno, no tienes que hacerlo —anunció, como si acabara de solucionar todos los problemas—. Si algo le ocurriera a Daniel, no tendrías que cumplirlo. Nadie te obligaría a cumplirlo, nadie. Desde luego, no tu padre, y Daniel estaría muerto.

La habitación se quedó en silencio hasta que Sarah se tapó la boca con la mano, horrorizada.

—Lo siento —se disculpó, y miró a su primo muy agitada—. Lo siento mucho. Oh, Dios mío, lo siento.

—Hemos acabado —afirmó Daniel, y le dirigió una mirada de odio a Hugh.

Le puso un brazo a Sarah alrededor de los hombros y le murmuró algo al oído. Hugh no oyó lo que le dijo, pero no consiguió cortar la riada de lágrimas que le caía por las mejillas.

—Recogeré mis cosas —anunció Hugh.

Nadie le dijo que no lo hiciera.

Sarah permitió que Daniel la llevara fuera del salón y sólo protestó cuando se ofreció a subir con ella en brazos la escalera.

—Por favor, no —le rogó ella de manera entrecortada—. No quiero que nadie se dé cuenta de lo descompuesta que estoy.

«Descompuesta». Vaya eufemismo. No estaba descompuesta, estaba destrozada.

Hecha añicos.

—Deja que te acompañe a tu habitación —le pidió él.

Ella asintió y después dijo abruptamente:

—¡No! Puede que Harriet esté allí. No quiero que me haga preguntas, y sabes que las hará.

Al final, Daniel la llevó a su propio dormitorio, razonando que era una de las pocas habitaciones de la casa donde tendría garantizada la intimidad. Le preguntó por última vez si quería que su madre, u Honoria, o alguien, la acompañara, pero Sarah negó con la cabeza y se hizo un ovillo en la cama, sobre la colcha. Daniel buscó una manta, se la echó por encima y después, tras asegurarse de que de verdad deseaba quedarse a solas, salió del dormitorio y cerró sin hacer ruido la puerta.

Diez minutos después llegó Honoria.

—Daniel me ha dicho que dijiste que querías estar sola —le hizo saber Honoria en cuanto entró, y a Sarah sólo le dio tiempo a mirarla con expresión de agotamiento—, pero creemos que te equivocas.

La definición de familia. Las personas que decidían cuándo una se equivocaba. Sarah supuso que ella era tan culpable de eso como cualquiera. Probablemente, más.

Honoria se sentó a su lado en la cama y le apartó con suavidad el cabello de la cara.

—¿Cómo puedo ayudarte?

Sarah no levantó la cabeza de la almohada. Ni volvió la cara hacia su prima.

—No puedes.

—Tiene que haber algo que podamos hacer —insistió Honoria—. Me niego a creer que todo esté perdido.

Sarah se incorporó un poco y la miró con incredulidad.

—¿Es que Daniel no te ha contado nada?

—Me ha dicho algo —contestó Honoria, sin reaccionar ante el tono desagradable de Sarah.

—Entonces, ¿cómo puedes decir que no todo está perdido? Creí que lo amaba. Creí que él me amaba. Y ahora descubro… —Los rasgos de Sarah se retorcieron con una rabia que su prima no merecía, pero no pudo controlarse—. ¡No me digas que no está todo perdido!

Honoria se mordió el labio inferior.

—A lo mejor, si hablaras con él…

—¡Ya lo he hecho! ¿Cómo crees que he acabado así?

Sarah agitó el brazo delante de ella, como si dijera…

Como si dijera: *Estoy furiosa y herida y no sé qué hacer.*

Como si dijera: *No puedo hacer otra cosa que no sea agitar el estúpido brazo.*

Como si dijera: *Ayúdame, porque no sé cómo pedir ayuda.*

—No estoy muy segura de haberme enterado de toda la historia —confesó Honoria con prudencia—. Daniel estaba muy molesto, dijo que tú estabas llorando y entonces yo me apresuré a venir…

—¿Qué te ha contado? —preguntó Sarah con tono monótono.

—Me explicó que lord Hugh… —Honoria hizo una mueca, como si no pudiera creerse lo que estaba diciendo—. Bueno, me contó cómo pudo lord Hugh convencer a su padre para que dejara a Daniel en paz. Es… —De nuevo, por el rostro de Honoria pasaron al menos tres expresiones diferentes de incredulidad antes de que pudiera seguir hablando—. Creo que fue muy inteligente por su parte, en realidad, aunque desde luego es algo…

—¿De locos?

—Bueno, no —replicó Honoria lentamente—. Sólo sería una locura si no hubiera ninguna razón para ello, y no creo que lord Hugh haga nada sin razonarlo bien.

—Dijo que se mataría, Honoria. Lo siento, no puedo… ¡Santo Dios, y la gente dice que soy dramática!

Honoria reprimió una sonrisa.

—Es… algo… irónico.

Sarah la miró.

—No estoy diciendo que sea divertido —añadió Honoria rápidamente.

—Creía que lo amaba —reconoció Sarah con un hilo de voz.

—¿Creías?

—No sé si todavía lo amo.

Sarah se dio la vuelta y dejó caer la cabeza en la cama. Le dolía mirar a su prima. Honoria era muy feliz, y se merecía serlo, pero ella nunca tendría un corazón lo suficientemente puro como para no odiarla un poquito. Sólo en ese momento.

Honoria se quedó en silencio durante varios segundos y después preguntó en voz baja:

—¿Puedes desenamorarte tan rápido?

—Me enamoré rápido. —Sarah tragó saliva, incómoda—. Tal vez nunca llegó a ser verdad. Tal vez yo quería que fuera verdad. Con las bodas, Marcus, Daniel, Anne y tú tan felices… y yo quiero lo mismo. Tal vez sólo fuera eso.

—¿De verdad lo crees?

—¿Cómo podría estar enamorada de alguien que amenace con hacer algo así? —preguntó con la voz rota.

—Lo hizo para asegurar la felicidad de otra persona —le recordó Honoria—. De mi hermano.

—Lo sé —admitió Sarah—, y podría admirarlo por eso, de verdad que podría, pero cuando le pregunté si fue sólo una amenaza vacía, no me dijo que lo fuera. —Tragó saliva convulsivamente, intentando respirar con calma—. No me dijo que si… si fuera necesario —se atragantó con la palabra—, no lo haría. Se lo pregunté a la cara y no me respondió.

—Sarah, tienes que…

—¿Te das cuenta de lo desagradable que es esta conversación? —exclamó Sarah—. Estamos hablando de algo que sólo ocurriría si asesinaran a tu hermano. Y si… y entonces… ¿qué sería peor de lo que hiciera Hugh?

Honoria le puso una mano en el hombro con suavidad.

—Lo sé —dijo Sarah, como si el gesto de su prima hubiera sido una pregunta—. Me vas a decir que tengo que preguntárselo otra vez. Pero ¿y si lo hago y me responde que lo dijo de verdad, y que si su padre cambia de opinión y le hace algo a Daniel va a coger una pistola y a metérsela en su estúpida boca?

Se hizo un terrible silencio y después Sarah se llevó la mano a la boca en un intento de contener un sollozo.

—Respira profundamente —le indicó Honoria con tono tranquilizador, aunque se leía el horror en sus ojos.

—¿Cómo puedo siquiera estar hablando de esto? —se cuestionó Sarah—. De lo mal que me sentiría por Hugh y de lo furiosa que estaría con él cuando obviamente eso significaría que Daniel está muerto, y no debería ser lo que me hace daño y… Santo Dios, Honoria, va contra la naturaleza del hombre. No puedo… No puedo…

Cayó en los brazos de su prima, sollozando entre lágrimas.

—No es justo —lloró en el hombro de Honoria—. Simplemente, no es justo.

—No. No lo es.

—Lo amo.

Honoria no dejó de frotarle la espalda.

—Sé que lo amas.

—Y me siento como un monstruo, sintiéndome descompuesta porque ha dicho… —Sollozó y tomó aire bruscamente—. Porque ha dicho que se mataría, y después le rogué que me dijera que no lo haría, ¿y no debería estar descompuesta porque eso significaría que algo le ha ocurrido a Daniel?

—Pero entiendes por qué lord Hugh hizo ese trato, ¿verdad? —preguntó Honoria.

Sarah asintió contra su hombro. Le dolían los pulmones. Le dolía todo el cuerpo.

—Sin embargo, ahora debería ser diferente —susurró—. Ahora él debería sentirse de otra manera. Yo debería significar algo para él.

—Y así es —le aseguró Honoria—. Sé que es así. He visto cómo os miráis cuando pensáis que nadie os ve.

Sarah se apartó sólo lo suficiente para mirar a su prima a la cara. Honoria la estaba mirando con una levísima sonrisa en los labios, y sus ojos (los sorprendentes ojos de color lavanda que Sarah siempre había envidiado) eran claros y serenos.

¿Era ésa la diferencia entre las dos?, se preguntó Sarah. Honoria vivía cada día como si el mundo estuviera hecho de mares de cristal de color verde y suaves brisas del océano. Su mundo, sin embargo, era una tormenta tras otra. Nunca había tenido un día sereno en su vida.

—He visto cómo te mira —afirmó Honoria—. Está enamorado de ti.

—No lo ha dicho.

—¿Lo has hecho tú?

Sarah dejó que el silencio fuera la respuesta.

Honoria alargó un brazo y le cogió la mano.

—A lo mejor tienes que ser tú la valiente y decirlo primero.

—Para ti es fácil decirlo —repuso Sarah, y pensó en Marcus, siempre tan honorable y reservado—. Te has enamorado del hombre más fácil, encantador y menos complicado de Inglaterra.

Honoria la abrazó, compasiva.

—No podemos elegir de quién nos enamoramos. Y tú no eras la mujer más fácil y menos complicada de Inglaterra, ya lo sabes.

Sarah la miró de reojo.

—Te has dejado la más encantadora.

—Bueno, puede que sí seas la más encantadora —dijo Honoria con una sonrisa torcida, y le dio un suave codazo—. Me atrevería a decir que lord Hugh piensa que eres la más encantadora.

Sarah enterró la cara entre las manos.

—¿Qué voy a hacer?

—Creo que vas a tener que hablar con él.

Sabía que Honoria tenía razón, pero no podía dejar de pensar en todas las eventualidades que esa conversación podría conllevar.

—¿Y si me dice que mantendrá el pacto? —preguntó finalmente en voz baja, asustada.

Tras varios segundos, Honoria contestó:

—Entonces, por lo menos lo sabrás. Pero si no se lo preguntas, nunca sabrás lo que te habría dicho. Piensa en qué podría haber ocurrido si Romeo y Julieta hubieran hablado.

Sarah levantó la mirada, momentáneamente estupefacta.

—Es una comparación terrible.

—Lo siento, sí, tienes razón. —Honoria pareció avergonzada, pero después cambió de opinión y señaló a Sarah con el dedo—. Pero ha conseguido que dejes de llorar.

—Para regañarte.

—Puedes regañarme todo lo que quieras si eso te hace sonreír de nuevo. Sin embargo, debes prometerme que hablarás con él. No queremos que un enorme y desagradable malentendido arruine tus posibilidades de ser feliz.

—¿Me estás diciendo que, si mi vida ha de ser arruinada, tengo que hacerlo yo? —preguntó Sarah con voz seca.

—Yo no lo habría dicho así, pero sí.

Sarah se quedó en silencio unos momentos y luego preguntó, casi distraídamente:

—¿Sabías que puede multiplicar cifras enormes mentalmente?

Honoria sonrió con indulgencia.

—No, pero no me sorprende.

—Sólo necesita un instante. Una vez intentó explicarme lo que ve en la mente cuando lo hace, pero no entendí una palabra de lo que me estaba diciendo.

—La aritmética funciona de manera misteriosa.

Sarah puso los ojos en blanco.

—¿Al contrario que el amor?

—El amor es totalmente incomprensible —sentenció Honoria—. La aritmética sólo es misteriosa. —Se encogió de hombros, se levantó y le tendió a Sarah una mano—. O tal vez sea al revés. ¿Vamos a descubrirlo?

—¿Vas a venir conmigo?

—Sólo para ayudarte a encontrarlo. —Encogió uno de sus hombros—. Es una casa grande.

Sarah enarcó una ceja con recelo.

—Tienes miedo de que pierda el valor.

—Sin duda —le confirmó Honoria.

—No lo haré —aseguró Sarah.

A pesar de las mariposas que sentía en el estómago y del temor de su corazón, sabía que era cierto. Ella no era una persona que se echara atrás por sus miedos. Y jamás sería capaz de vivir en paz si no hacía todo lo que estuviera en su poder para asegurar su propia felicidad.

Y la de Hugh. Porque si había alguien en este mundo que mereciera ser feliz, era él.

—Pero todavía no —dijo Sarah—. Tengo que arreglarme. No quiero presentarme ante él y que vea que he estado llorando.

—Debería saber que te ha hecho llorar.

—Honoria Smythe-Smith, esto es probablemente lo más cruel que te he oído decir.

—Ahora soy Honoria Holroyd —replicó su prima con coquetería—, y es verdad. Lo único peor que un hombre que hace llorar a una mujer es un hombre que hace llorar a una mujer y no se siente culpable.

Sarah la miró con un respeto diferente.

—La vida de casada te sienta bien.

Honoria sonrió con cierta petulancia.

—Sí, ¿verdad?

Sarah se movió hasta el borde de la cama y se bajó. Tenía las piernas rígidas y tuvo que estirarlas por turnos, doblando y enderezando las rodillas.

—Ya sabe que me ha hecho llorar.

—Bien.

Sarah se apoyó en el borde de la cama y se miró las manos. Tenía los dedos hinchados. ¿Cómo había ocurrido aquello? ¿A quién se le ponían los dedos como salchichas por llorar?

—¿Ocurre algo? —preguntó Honoria.

Sarah la miró con tristeza.

—Creo que preferiría que lord Hugh pensara que soy del tipo de mujer que se pone preciosa cuando llora, con los ojos brillantes y todo eso.

—¿Lo contrario de tener los ojos rojos e hinchados?

—¿Es tu forma de decirme que estoy hecha un desastre?

—Imagino que querrás arreglarte el cabello —comentó Honoria con el tacto que la caracterizaba.

Sarah asintió.

—¿Sabes dónde está Harriet? Compartimos habitación y no quiero que me vea así.

—Nunca te juzgaría —le aseguró su prima.

—Lo sé. Pero no estoy de humor para responder a sus preguntas. Y sabes que tendrá muchas.

Honoria reprimió una sonrisa. Conocía a Harriet.

—Te diré lo que vamos a hacer. Me aseguraré de que Harriet esté distraída para que puedas ir a tu habitación a…

Hizo revolotear las manos cerca de su rostro, el gesto universal para arreglarse.

Sarah asintió.

—Gracias. Y Honoria… —Sarah esperó hasta que su prima se dio la vuelta para mirarla—. Te quiero.

Honoria sonrió.

—Yo también te quiero, Sarah. —Se enjugó una lágrima inexistente de uno de sus ojos y preguntó—: ¿Quieres que le dé un mensaje a lord Hugh diciéndole que se encuentre contigo en treinta minutos?

—¿Tal vez una hora?

Era valiente, pero no tanto. Necesitaba más tiempo para fortalecer la confianza en sí misma.

—¿En la sala de música? —sugirió Honoria mientras se dirigía hacia la puerta—. Allí tendréis intimidad. No creo que la sala se haya usado en toda la semana. Supongo que la gente tiene miedo de encontrarse con nosotras practicando para un concierto.

Sarah sonrió a pesar de su tristeza.

—Muy bien. En la sala de música en una hora. Yo…

La interrumpió alguien que llamaba a la puerta.

—Qué extraño —dijo Honoria—. Daniel sabe que estamos… —Se encogió de hombros sin molestarse en terminar la frase—. ¡Adelante!

La puerta se abrió y entró uno de los lacayos.

—Milady —se dirigió a Honoria, y parpadeó sorprendido—. Estaba buscando a su señoría.

—Ha tenido la amabilidad de permitirnos usar su habitación —se justificó Honoria—. ¿Hay algún problema?

—No, pero tengo un mensaje procedente de los establos.

—¿De los establos? —repitió Honoria—. Es muy extraño. —Miró a Sarah, que había estado esperando pacientemente durante la conversación—. ¿Qué puede ser tan importante para enviar a George a buscar a Daniel en su dormitorio?

Sarah se encogió de hombros y supuso que George era el lacayo. Honoria había crecido en Whipple Hill; por supuesto que sabría su nombre.

—Muy bien —dijo Honoria, dirigiéndose al sirviente. Tendió una mano hacia él—. Si me das a mí el mensaje, me aseguraré de que lord Winstead lo reciba.

—Perdone, señora. No está escrito. Sólo se me pidió que se lo dijera.

—Yo se lo transmitiré —afirmó Honoria.

El hombre pareció indeciso, pero sólo por un momento.

—Gracias, señora. Se me pidió que le dijera a su señoría que lord Hugh se ha llevado uno de los carruajes a Thatcham.

Aquello captó la atención de Sarah.

—¿Lord Hugh?

—Eh... sí —le confirmó George—. Es el caballero que cojea, ¿verdad?

—¿Por qué se ha ido a Thatcham?

—Sarah —dijo Honoria—, estoy segura de que George no sabe...

—No —la interrumpió George—. Es decir, lo siento, milady. No pretendía interrumpirla.

—Por favor, continúa —le pidió Sarah.

—Me han dicho que se ha marchado a White Hart a ver a su padre.

—¿A su padre?

A George le faltó poco para encogerse.

—¿Por qué ha ido a ver a su padre? —inquirió Sarah.

—Yo... no... no lo sé, milady.

El lacayo le lanzó a Honoria una mirada desesperada.

—Esto no me gusta —comentó Sarah.

George parecía muy incómodo.

—Puedes irte, George —le indicó Honoria.

El lacayo hizo una rápida reverencia y salió enseguida.

—¿Por qué está su padre en Thatcham? —preguntó Sarah en cuanto se quedaron a solas de nuevo.

—No lo sé —contestó Honoria, que parecía tan desconcertada como su prima—. Desde luego, no ha sido invitado a la boda.

—Esto no puede ser bueno. —Sarah se volvió hacia la ventana. Seguía lloviendo copiosamente—. Tengo que ir al pueblo.

—No puedes ir con este tiempo.

—Hugh lo ha hecho.

—Eso es completamente diferente. Él ha ido a ver a su padre.

—¡Que quiere matar a Daniel!

—Oh, santo Dios —exclamó Honoria, y sacudió la cabeza—. Todo esto es una locura.

Sarah la ignoró, se apresuró a salir al pasillo y llamó a George que, afortunadamente, todavía no había bajado la escalera.

—Necesito que me traigan un carruaje —le dijo—. De inmediato.

En cuanto el lacayo se hubo marchado, se dirigió de nuevo a su prima, que estaba en la puerta.

—Me encontraré contigo en el camino de salida —le comunicó Honoria—. Voy contigo.

—No, no puedes —replicó Sarah enseguida—. Marcus nunca me lo perdonaría.

—Entonces, que venga él también. Y Daniel.

—¡No! —Sarah agarró con fuerza a Honoria de la mano y tiró de ella hacia atrás, aunque no había dado más de un paso—. Bajo ninguna circunstancia debe Daniel ver a lord Ramsgate.

—No puedes dejarlo fuera de esto —insistió Honoria—. Está tan involucrado como...

—Está bien —accedió Sarah, aunque sólo fuera para hacer que se callara—. Trae a Daniel. No me importa.

Pero sí le importaba. Y en el mismo instante en que Honoria se apresuró a buscar a los dos caballeros, Sarah cogió su abrigo y corrió a los establos. Podría cabalgar hasta el pueblo más rápido que cualquier carruaje, incluso con... no, sobre todo con aquella lluvia.

Daniel, Marcus y Honoria la seguirían hasta White Hart; Sarah sabía que lo harían. Sin embargo, si ella se adelantaba lo suficiente, podría... Bueno, para ser sincera, no sabía lo que podría hacer, sólo que podría hacer algo. Encontraría la manera de apaciguar a lord Ramsgate antes de que apareciera Daniel, furioso y con ganas de pelear.

Tal vez no fuera capaz de conseguir un final feliz; de hecho, estaba bastante segura de que no podría. No se podían borrar en un solo día más de tres años de odio y de amargura. Sin embargo, si de alguna manera podía evitar que los ánimos se caldearan, y que no hubiera puñetazos, y (Dios santo) que nadie muriera...

Tal vez no hubiera un final feliz, pero por Dios, tendría que ser lo suficientemente feliz.

Capítulo *18*

Una hora antes. Whipple Hill, en otra habitación

Si alguna vez Hugh llegaba a ser marqués de Ramsgate, lo primero que haría sería cambiar el lema de la familia. Podría hacerlo, ¿no? Porque «Con el orgullo se obtiene el valor» no tenía ningún sentido en el contexto de las modernas generaciones de los hombres Prentice. No, si pudiera hacer algo al respecto, cambiaría el lema a «Las cosas siempre pueden ir a peor».

Que bastara como ejemplo la breve misiva que habían llevado a su habitación en Whipple Hill mientras estaba en el salón pequeño, rompiéndole el corazón a Sarah, haciéndola llorar y, por lo que parecía, siendo una persona horrible.

La carta era de su padre.

Su padre.

Ya había sido suficientemente malo tener que ver su caligrafía, familiar y puntiaguda. Después la leyó y se dio cuenta de que lord Ramsgate estaba allí. En Berkshire, prácticamente en la carretera que iba de Whipple Hill a White Hart, la posada local más de moda.

Hugh no podía imaginarse cómo era posible que el marqués hubiera conseguido habitación cuando todas las posadas estaban llenas con los invitados de la boda. Pero su padre siempre había conseguido lo que quería en la vida. Si quería una habitación, la obtenía, y Hugh sentía pena por el torrente de invitados que tendrían que cambiarse a otra habitación de categoría inferior o por algún pobre tipo que de repente se encontraba durmiendo en el establo.

Sin embargo, lo que no decía la nota de su padre era por qué había viajado a Berkshire. A Hugh no le sorprendía particularmente esa omisión; a su padre jamás le había gustado dar explicaciones. Estaba en la posada White Hart, quería hablar con él y quería hacerlo inmediatamente.

Eso era todo lo que había escrito.

Por lo general, Hugh evitaba interactuar con su progenitor, pero no era tan estúpido como para ignorar una orden directa. Le dijo a su ayuda de cámara que recogiera sus cosas y que esperara instrucciones y salió hacia el pueblo. No estaba seguro de que Daniel viera con buenos ojos el hecho de que usara uno de los carruajes de los Winstead, pero como la lluvia seguía cayendo sin piedad y él era un hombre con un bastón... No le parecía que tuviera muchas opciones.

Por no mencionar que era a su padre a quien se veía obligado a ver. Por muy furioso que Daniel estuviera con él (y sospechaba que estaba irreversiblemente furioso), entendería la necesidad de ir a ver al marqués.

—Dios, odio esto —dijo para sí mientras subía torpemente al carruaje.

Y entonces se preguntó si se le estaría pegando algo de la propensión de Sarah al dramatismo, porque lo único en lo que podía pensar era:

Voy camino de la perdición.

Posada *White Hart. Thatcham, Berkshire*

—¿Qué estás haciendo aquí? —preguntó Hugh.

Las palabras salieron de su boca casi antes de haber entrado en uno de los comedores privados de White Hart.

—¿No me saludas? —preguntó su padre, sin molestarse en levantarse—. ¿Nada de «Padre, ¿qué te trae a Berkshire este maravilloso día?»?

—Está lloviendo.

—Y la tierra se renueva —apostilló lord Ramsgate con tono alegre.

Hugh lo miró con frialdad. Odiaba que su padre intentara ser paternal.

Éste señaló la silla que había al otro lado de la mesa.

—Siéntate.

A pesar de que él prefería quedarse de pie, aunque sólo fuera para contradecirle, le dolía la pierna y el deseo de boicotear a su progenitor no era tan grande como para sacrificar su propia comodidad. Se sentó.

—¿Vino? —le ofreció su padre.

—No.

—De todas formas, no es muy bueno —dijo lord Ramsgate, y se bebió lo que le quedaba en el vaso—. Debo traer el mío cuando viaje.

Hugh permanecía sentado en silencio, esperando a que el anciano aristócrata llegara al asunto en cuestión.

—El queso es tolerable —apuntó el marqués. Alargó el brazo para coger una rebanada de pan de la tabla de quesos que había en la mesa—. ¿Pan? No es posible estropear una hogaza de...

—¿De qué demonios va todo esto? —explotó Hugh por fin.

Era evidente que su padre había estado esperando ese momento. Sonrió con petulancia y se reclinó en su silla.

—¿No lo adivinas?

—Ni se me ocurriría intentarlo.

—He venido para felicitarte.

Hugh lo miró sin ocultar su recelo.

—¿Por qué?

Su padre movió un dedo delante de él.

—No seas tímido. He oído el rumor de que vas a comprometerte.

—¿Quién te lo ha dicho?

Hugh sólo había besado a Sarah la noche anterior. ¿Cómo era posible que su padre supiera que estaba pensando en pedirle que se casara con él?

Lord Ramsgate movió una mano.

—Tengo espías por todas partes.

De eso Hugh no tenía ninguna duda. Aun así... Entornó los ojos.

—¿A quién estabas espiando? —le preguntó—. ¿A Winstead o a mí?

El marqués de Ramsgate se encogió de hombros.

—¿Acaso importa?

—Mucho.

—Supongo que a los dos. Haces que sea muy fácil matar dos pájaros de un tiro.

—Harías bien en no usar esas metáforas en mi presencia —le aconsejó Hugh, y enarcó una ceja.

—Siempre tan literal —se mofó lord Ramsgate, y chasqueó la lengua con desaprobación—. Nunca asumiste bien las bromas.

Hugh lo miró boquiabierto. ¿Su padre lo estaba acusando de no tener humor? Asombroso.

—No me he comprometido —le dijo Hugh, y cada palabra salió de sus labios como si fuera un dardo hiriente—. Y no lo haré en un futuro predecible. Así que ya puedes recoger tus cosas y volver al infierno del que te hayas escapado.

Su padre se rió entre dientes al escuchar el insulto, lo que a Hugh le pareció inquietante. Lord Ramsgate nunca le quitaba importancia a los insultos. Los convertía en prietas bolas, los llenaba de ortigas y de clavos y se los arrojaba al remitente.

Y después se reía.

—¿Hemos terminado? —preguntó Hugh con frialdad.

—¿Por qué tienes tanta prisa?

Hugh sonrió con sarcasmo.

—Porque te detesto.

Su padre volvió a reírse entre dientes.

—Oh, Hugh, ¿cuándo aprenderás?

Él no dijo nada.

—No importa si me detestas. Nunca importará. Soy tu padre. —Se inclinó hacia delante con una sonrisa empalagosa—. No puedes librarte de mí.

—No —lo contradijo Hugh, y lo miró a los ojos desde el otro lado de la mesa—. Pero tú sí puedes librarte de mí.

Lord Ramsgate apretó la mandíbula.

—Supongo que te refieres a ese documento irrazonable que me obligaste a firmar.

—Nadie te obligó —replicó Hugh, y se encogió de hombros con insolencia.

—¿De verdad lo crees?

—¿Acaso te puse la pluma en la mano? —replicó el joven—. El contrato era una formalidad. Lo sabes tan bien como yo.

—No sé de qué...

—Te dije lo que ocurriría si le hacías algún daño a lord Winstead —dijo Hugh con mucha calma—, y eso sigue vigente, esté escrito o no.

Era verdad; Hugh había hecho que el contrato se redactara ante su padre y su abogado porque quería que supieran que lo decía en serio. Había querido que su padre firmara con su nombre (con su nombre completo y con el título que tanto significaba para él), admitiendo todo lo que perdería si no renunciaba a vengarse de Daniel.

—He mantenido mi parte del trato —gruñó lord Ramsgate.

—Mientras lord Winstead esté vivo, sí.

—Yo...

—Debo decir —lo interrumpió Hugh, y sintió un gran placer al cortar a su padre en el pronombre de primera persona— que no te estoy pidiendo demasiado. A la mayoría de la gente le resulta muy fácil vivir sin matar a otro ser humano.

—Te ha convertido en un tullido —siseó su padre.

—No —repuso Hugh calladamente, recordando aquella noche mágica en la hierba, en Whipple Hill.

Había bailado el vals. Por primera vez desde que la bala de Daniel le había destrozado el muslo, había tenido a una mujer en sus brazos, y había bailado.

Sarah no había permitido que se llamara a sí mismo tullido. ¿Había sido entonces cuando se había enamorado de ella? ¿O había sido sólo un momento entre cien?

—Prefiero llamarme cojo —murmuró Hugh, y sonrió.

—¿Dónde demonios está la diferencia?

—Si soy un tullido, eso es todo lo que... —Levantó la mirada. Su padre había enrojecido con ese tipo de color moteado que procedía de la furia, o de beber demasiado—. No importa. Nunca lo entenderías.

Pero Hugh tampoco lo había comprendido. Había necesitado que lady Sarah Pleinsworth le hiciera entender la diferencia.

Sarah. Ésa era ella ahora. No lady Sarah Pleinsworth, ni siquiera lady Sarah. Sólo Sarah. Había sido suya, y la había perdido. Y no comprendía muy bien por qué.

—Te subestimas, hijo —lo acusó lord Ramsgate.

—Me acabas de llamar tullido —contestó Hugh— ¿y me acusas de subestimarme?

—No me refiero a tus capacidades atléticas —aclaró su padre—, aunque es cierto que una dama querrá un marido que pueda montar, practicar esgrima y cazar.

—Porque tú eres muy bueno en esas cosas —replicó Hugh, y dejó caer la mirada a su abultado y gordo estómago.

—Lo era —contestó su padre, y no pareció ofenderse por el insulto—. Y pude elegir entre la camada cuando decidí casarme.

«Entre la camada.» ¿Así era como su padre veía a las mujeres?

Por supuesto que sí.

—Dos hijas de duques, tres de marqueses y una hija de un conde. Pude haber tenido a cualquiera de ellas.

—Qué afortunada fue mi madre —exclamó Hugh monótonamente.

—En efecto —respondió lord Ramsgate, ignorando el sarcasmo por completo—. Aunque su padre era el duque de Farringdon, ella tenía cinco hermanas más, y su dote no era muy grande.

—Más grande que la de la otra hija de duque, supongo —dijo Hugh arrastrando las palabras.

—No. Pero los Farringdon descienden de los barones de Veuveclos, y el primero de ellos, como ya sabes...

Oh, lo sabía. Dios, lo sabía muy bien.

—... luchó junto a Guillermo el Conquistador.

A Hugh lo habían obligado a memorizar el árbol genealógico familiar cuando tenía seis años. Afortunadamente, tenía un don para esas cosas. Freddie no había tenido tanta suerte. Sus manos hinchadas durante semanas por la vara daban muestra de ello.

—El otro ducado —terminó de decir el marqués con desdén— era de nueva creación.

Lo único que pudo hacer Hugh fue sacudir la cabeza.

—Desde luego, llevas el esnobismo a otros niveles.

Su padre lo ignoró.

—Como iba diciendo, creo que te subestimas. Puede que seas un tullido, pero tienes tus encantos.

Hugh casi se atragantó.

—¿Mis encantos?

—Una manera de referirme a tu apellido.

—Por supuesto.

¿Qué otra cosa podía ser?

—A pesar de que no seas el primero en la línea de sucesión, por mucho que eso me disguste, cualquiera que se moleste en indagar un poco se dará cuenta de que, aunque nunca llegues a ser marqués de Ramsgate, tu hijo sí lo será.

—Freddie es más discreto de lo que crees —se sintió obligado a señalar Hugh.

Lord Ramsgate resopló.

—He conseguido averiguar que suspiras por la hija de Pleinsworth. ¿Crees que su padre no descubrirá la verdad sobre Freddie?

Como lord Pleinsworth estaba prácticamente enterrado en Devon con cincuenta y tres perros, Hugh pensaba que no, pero entendía lo que quería decir su padre.

—No me atrevería a decir que podrías conseguir a cualquier mujer que quisieras —siguió diciendo lord Ramsgate—, pero no veo ninguna razón por la que no pudieras enganchar a la muchacha de los Pleinsworth. Sobre todo tras pasar toda la semana tan acaramelados durante el desayuno.

Hugh se mordió el interior de la mejilla para no contestar.

—Veo que no lo niegas.

—Tus espías, como siempre, son excelentes —ironizó Hugh.

Su padre se reclinó en el asiento y juntó los dedos.

—Lady Sarah Pleinsworth —dijo con cierto tono de admiración—. Debo felicitarte.

—No lo hagas.

—Oh, querido. ¿Tan tímido eres?

Hugh se aferró al borde de la mesa. ¿Qué ocurriría exactamente si saltaba por encima de la mesa y agarraba a su padre por el cuello? Seguramente nadie lamentaría la pérdida del viejo.

—La conocí —siguió diciendo su padre—. No mucho, por supuesto, sólo nos presentaron en un baile hace algunos años. Pero su padre es conde. Nuestros caminos se cruzan de vez en cuando.

—No hables de ella —le advirtió Hugh.

—Es bastante bonita, de una manera poco convencional. El pelo rizado, esa boca, preciosa, grande... —Lord Ramsgate levantó la mirada y arqueó las cejas—. Un hombre podría acostumbrarse a ver una cara así en la almohada, a su lado.

Hugh sintió que le hervía la sangre en las venas.

—Cállate. Ahora.

Su padre pareció concedérselo.

—Veo que no quieres hablar de tus asuntos personales.

—Estoy intentando recordar algún momento en el que eso te haya detenido.

—Ah, pero si fueras a casarte, tu elección también sería asunto mío.

Hugh se puso en pie bruscamente.

—Eres un hijo de...

—Oh, para —dijo su padre, riéndose—. No estoy hablando de eso, aunque ahora que lo pienso, podría haber sido una forma de solucionar el problema de Freddie.

Oh, santo Dios. Hugh se sentía enfermo. No pensaba permitir que su padre obligara a Freddie a casarse y que luego violara a su mujer.

Y todo en nombre de la dinastía.

No, no funcionaría. Freddie era una persona serena y nunca permitiría que lo obligaran a casarse con tales pretextos. Y, aunque de alguna manera...

Bueno, él siempre podría detenerlo. Lo único que tenía que hacer era casarse. Darle a su padre una razón para pensar que había un heredero de Ramsgate en camino.

Algo que él estaba deseando hacer.

Con una mujer a la que había perdido.

Por culpa de su padre.

La ironía de todo aquello lo estaba matando.

—Su dote es respetable —manifestó el marqués, continuando como si Hugh no se hubiera levantado con una mirada asesina—. Por favor, siéntate. Es difícil tener una discusión racional contigo de pie.

Hugh inspiró profundamente para calmarse. Estaba forzando la pierna. Ni siquiera se había dado cuenta. Despacio, se sentó.

—Como estaba diciendo —continuó su padre—, le pedí a mi abogado que lo investigara, y es la misma situación que se dio con tu madre. Las dotes de las Pleinsworth no son grandes, pero son lo suficientemente abundantes, teniendo en cuenta el pedigrí de Sarah y sus contactos.

—No es un caballo.

Su padre sonrió con ironía.

—¿No lo es?

—Voy a matarte —gruñó Hugh.

—No, no lo vas a hacer. —Lord Ramsgate alargó la mano hacia otra rebanada de pan—. Y, de verdad, deberías comer algo. Hay más de lo que yo…

—¿Quieres dejar la comida? —rugió Hugh.

—Hoy estás de un humor horrible.

Hugh se obligó a hablar con normalidad.

—Conversar con mi padre suele tener ese efecto en mí.

—Supongo que yo me lo he buscado.

De nuevo, Hugh miró a su padre sorprendido. ¿Estaba admitiendo que sacaba lo peor de él? Lord Ramsgate nunca hacía eso.

—Por tus comentarios —continuó el noble—, sólo puedo deducir que, en realidad, no le has propuesto matrimonio a lady Sarah.

Hugh no dijo nada.

—Mis espías, como parece que nos gusta llamarlos, me aseguran que ella estaría dispuesta a aceptar esa perspectiva.

Hugh siguió sin decir nada.

—La cuestión es —lord Ramsgate se inclinó hacia delante, apoyando los codos en la mesa— ¿qué puedo hacer para ayudarte en tu propósito?

—Mantente fuera de mi vida.

—Ah, pero no puedo.

El joven dejó escapar un suspiro, cansado. Odiaba mostrar debilidad delante de su padre, pero estaba realmente cansado.

—¿Por qué no me dejas en paz?

—¿Tienes que preguntármelo? —replicó el marqués, aunque Hugh lo había dicho para sí mismo.

Éste se llevó una mano a la frente y se apretó las sienes.

—Freddie todavía puede casarse —afirmó, aunque ya lo decía por costumbre que por otra cosa.

—Oh, ya vale —dijo su padre—. No sabría qué hacer con una mujer si le sacara la verga y...

—¡Basta! —bramó Hugh, y casi volcó la mesa al ponerse en pie, tambaleándose—. ¡Cállate! ¡Cierra la maldita boca!

Su padre pareció algo desconcertado por esa explosión.

—Es la verdad. Una verdad demostrada, añadiría yo. ¿Sabes cuántas putas he...?

—Sí —replicó Hugh—. Sé exactamente cuántas putas encerraste en la habitación con él. Es este maldito cerebro que tengo. No puedo dejar de contar, ¿recuerdas?

Su padre rompió a reír. Hugh lo miró, preguntándose qué demonios le parecía tan gracioso en un momento así.

—Yo también las conté —jadeó lord Ramsgate, que casi estaba doblado por la mitad por la risa.

—Lo sé —dijo Hugh sin ninguna emoción.

Su habitación siempre había estado al lado de la de Freddie. Lo había oído todo. Cuando lord Ramsgate le había llevado las prostitutas a Freddie, se había quedado para mirar.

—No le hizo ningún bien —continuó el aristócrata—. Creí que lo ayudaría. Que establecería un ritmo, ya sabes.

—Oh, Dios —gimió Hugh—. Basta.

Todavía podía oírlo. La mayoría de las veces sólo había estado su padre, pero de vez en cuando alguna de las mujeres se animaba y se unía.

Lord Ramsgate aún se estaba riendo por lo bajo cuando se levantó.

—Una... —dijo, haciendo un gesto lascivo para seguir con la cuenta—. Dos...

Hugh retrocedió. Un recuerdo le atravesó el cerebro.

—Tres...

El duelo. La cuenta. Había estado intentando no recordarlo. Se estaba esforzando tanto por separar ese recuerdo de la voz de su padre que se había encogido.

Y había apretado el gatillo.

Nunca había tenido intención de disparar a Daniel. Había apuntado a un lado. Pero entonces alguien había empezado a contar y de repente Hugh era un muchacho de nuevo, hecho un ovillo en la cama mientras oía a Freddie rogarle a su padre que lo dejara en paz.

Freddie, que le había enseñado a él a no interferir nunca.

La cuenta no había sido sólo por las prostitutas. Lord Ramsgate estaba muy encariñado con su bastón de caoba, bien pulido y reluciente. Y no veía ninguna razón para no usarlo cuando sus hijos lo disgustaban.

Freddie siempre lo disgustaba. A lord Ramsgate le gustaba contar los golpes.

Hugh miró a su padre.

—Te odio.

Su padre le devolvió la mirada.

—Lo sé.

—Me voy.

Su padre negó con la cabeza.

—No, no te vas.

Hugh se puso tenso.

—¿Cómo di...?

—No quería tener que hacer esto —dijo su padre, casi como disculpándose.

Casi.

Entonces golpeó la pierna mala de Hugh con una de sus botas.

Éste aulló de dolor y cayó al suelo. Sentía su cuerpo enroscándose, intentando contener el dolor.

—Maldita sea —jadeó—. ¿Por qué has hecho eso?

Lord Ramsgate se arrodilló a su lado.

—Necesitaba que no te marcharas.

—Voy a matarte —le amenazó Hugh, todavía resollando por el dolor—. Voy a...

—No —lo interrumpió su padre, y le puso un paño húmedo y con olor dulzón en la cara—. No lo harás.

Capítulo 19

Habitación El duque de York. Posada White Hart

Cuando Hugh abrió los ojos, estaba en la cama. Y le dolía mucho la pierna.

—¿Qué demonios...? —gruñó, y se inclinó hacia delante para masajearse el músculo dolorido.

Pero...

¡Maldita fuera! El bastardo lo había atado.

—Oh, estás despierto.

Era la voz de su padre. Sonaba tranquilo y ligeramente... ¿aburrido?

—Te voy a matar —siseó Hugh.

Se retorció contra las ataduras hasta que vio a su padre sentado en una butaca en una esquina, mirándolo por encima de un periódico.

—Es posible —contestó lord Ramsgate—, pero no hoy.

Hugh tiró otra vez de las cuerdas. Y otra vez. Sin embargo, lo único que consiguió con sus esfuerzos fue erosionarse la muñeca y marearse considerablemente. Cerró los ojos un momento, intentando recuperar el equilibrio.

—¿Qué demonios está ocurriendo aquí?

Lord Ramsgate fingió pensarlo.

—Estoy preocupado —confesó finalmente.

—¿Por qué?

—Me temo que lo estás alargando demasiado con la encantadora lady Sarah. Quién sabe cuándo volveremos a encontrar a una dama dispuesta a pasar por alto... —lord Ramsgate contrajo el rostro en una mueca de disgusto— a ti.

Aquel insulto no consiguió nada. Hugh estaba acostumbrado a tales comentarios crueles, y en algún momento hasta había empezado a enorgullecerse de ellos. Pero lo que había dicho su padre sobre «alargarlo demasiado» lo había dejado profundamente inquieto.

—Conozco a lady Sarah desde hace sólo dos semanas.

—¿Eso es todo? Parece que fuera mucho más tiempo. El que espera, desespera, supongo.

Hugh se derrumbó. Estaba claro que el mundo se había vuelto del revés. Su padre, que normalmente vociferaba y despotricaba mientras él mostraba un desdén distante, ahora se limitaba a mirarlo con las cejas arqueadas.

Él, por su parte, estaba a punto de soltar sapos y culebras por la boca.

—Tenía la esperanza de que hubieras avanzado más con el cortejo —dijo lord Ramsgate, y se calló para pasar una página del periódico—. ¿Cuándo comenzó todo? Oh, sí, esa noche en Fensmore. Con lady Danbury. Dios, es una vieja arpía.

Hugh sintió vértigo.

—¿Cómo sabes eso?

El marqués levantó una mano y se frotó los dedos.

—Cuento con gente a mi cargo.

—¿Con quién?

El anciano inclinó la cabeza, como si estuviera pensando si era sensato o no revelarle la información. Después se encogió de hombros y contestó:

—Tu ayuda de cámara. Deberías habértelo imaginado.

Hugh miró al techo. Se sentía indispuesto.

—Lleva dos años conmigo.

—A todo el mundo se le puede sobornar. —Lord Ramsgate bajó el periódico y miró por encima—. ¿Es que no te he enseñado nada?

Hugh inspiró profundamente e intentó mantener la calma.

—Tienes que desatarme ya.

—Todavía no. —Volvió a levantar el periódico—. Oh, maldita sea, no lo han planchado. —Dejó el periódico y se miró irritado las manos, que ahora estaban manchadas de tinta negra—. Odio viajar.

—Tengo que regresar a Whipple Hill —empezó a decir Hugh con toda la serenidad de la que pudo hacer acopio.

—¿De verdad? —El marqués sonrió sin gracia—. Porque he oído que te ibas.

Hugh apretó los puños con fuerza. Su padre estaba inquietantemente bien informado.

—Recibí una nota de tu ayuda de cámara mientras estabas indispuesto —siguió diciendo lord Ramsgate—. Decía que le habías pedido que recogiera tus cosas. Debo decir que eso me preocupa.

Hugh tiró de las cuerdas, pero no se movieron ni un ápice. Era evidente que su padre conocía bien los nudos.

—Espero que esto no dure mucho más. —Lord Ramsgate se levantó, se acercó a una pequeña palangana y se lavó las manos. Cogió una toalla blanca y miró a Hugh por encima del hombro para decirle—: Estamos esperando a que llegue la adorable lady Sarah.

Hugh lo miró boquiabierto.

—¿Qué has dicho?

Su padre se secó las manos meticulosamente y después sacó su reloj de bolsillo y lo abrió.

—Creo que será pronto. —Miró a Hugh con una desconcertante expresión apacible—. Tu hombre la habrá informado ya de tu paradero.

—¿Por qué demonios estás tan seguro de que va a venir? —replicó Hugh.

Pero sonó desesperado. Lo oyó en su propia voz, y eso lo aterrorizó.

—No lo estoy —contestó su padre—. Aunque tengo la esperanza. —Clavó la mirada en su hijo—. Y tú también deberías tenerla. Sólo Dios sabe cuánto tiempo te vas a quedar en esa cama si ella no viene.

Hugh cerró los ojos y gimió. ¿Cómo demonios había permitido que su padre hiciera aquello?

—¿Qué había en ese paño? —le preguntó.

Todavía se sentía mareado. Y cansado, como si hubiera corrido un par de kilómetros a toda velocidad. No, eso no. No estaba sin respiración, sólo...

Sentía los pulmones vacíos. Desinflados. No sabía cómo explicarlo.

Hugh repitió la pregunta, elevando la voz con impaciencia.

—¿Qué había en ese paño?

—¿Eh? Oh, eso. Aceite dulce de vitriolo. Es muy ingenioso, ¿verdad?

Hugh parpadeó para eliminar los puntos que aún bailaban delante de sus ojos. «Ingenioso» no sería la palabra que él habría elegido.

—No va a venir a White Hart —dijo Hugh, intentando mantener un tono despectivo.

Burlón. Cualquier cosa que le hiciera dudar a su padre de la eficacia de su plan.

—Por supuesto que sí —aseguró lord Ramsgate—. Te ama, aunque sólo Dios sabe por qué.

—Tu ternura paternal nunca deja de sorprenderme.

Hugh le dio a las ataduras otro tirón para ilustrar su comentario.

—¿No irías tú tras ella si hubiera salido corriendo hacia una posada?

—Eso es completamente diferente —replicó.

Lord Ramsgate se limitó a sonreír.

—Te darás cuenta de que hay innumerables razones por las que esto no va a salir bien —le advirtió Hugh, intentando parecer sensato. Su padre lo miró—. Para empezar, está lloviendo a cántaros —improvisó, intentando hacer un gesto con la cabeza hacia la ventana—. Tendría que estar loca para salir con este tiempo.

—Tú lo has hecho.

—No me has dado otra opción —repuso Hugh con voz tensa—. Y, además, lady Sarah no tiene ninguna razón para preocuparse por que yo venga a verte.

—Oh, vamos —se burló su padre—. Nuestro mutuo rechazo no es ningún secreto. Me atrevería a decir que ya lo sabe todo el mundo.

—Nuestro mutuo rechazo, sí —repitió el joven, consciente de que las palabras estaban saliendo demasiado rápido de sus labios—. Pero ella no sabe la profundidad que tiene esa animosidad.

—¿No le has hablado a lady Sarah de nuestro... —lord Ramsgate hizo una mueca— «contrato»?

—Por supuesto que no —mintió Hugh—. ¿Crees que aceptaría mi propuesta si lo supiera?

Su padre lo pensó unos momentos y después afirmó:

—Con más razón debo llevar a cabo mi plan.

—¿Y cuál es?

—Asegurar tu matrimonio, por supuesto.

—¿Atándome a una cama?

Su padre sonrió con engreimiento.

—Y permitir que sea ella quien te libere.

—Estás loco —susurró Hugh.

Sin embargo, para su propio horror, sintió que algo se removía en su interior. Pensar en Sarah inclinándose sobre él, reptando sobre él para alcanzar los nudos que lo ataban a los postes de la cama...

Cerró los ojos de golpe e intentó pensar en torturas y en el vicario gordo del pueblo en el que se había criado. En cualquier cosa que no fuera Sarah. En cualquier cosa excepto en Sarah.

—Pensaba que estarías agradecido —dijo lord Ramsgate—. ¿No es a ella a quien quieres?

—No así —gruñó Hugh.

—Os tendré a los dos encerrados aquí durante al menos una hora —siguió diciendo su padre—. Ella se verá totalmente comprometida, tanto si haces algo como si no. —Se aproximó a él y lo miró con malicia—. Todo saldrá bien. Tú conseguirás lo que quieres, y yo conseguiré lo que quiero.

—¿Y qué hay de lo que ella quiera?

Lord Ramsgate enarcó una ceja, inclinó la cabeza hacia un lado y se encogió de hombros. Por lo que parecía, eso era todo lo que iba a pensar en las esperanzas y los sueños de Sarah.

—Ella estará agradecida —comentó al fin. Empezó a decir algo más, pero se interrumpió y señaló la puerta con la cabeza—. Creo que ha llegado —murmuró.

Hugh no oía nada, pero un momento después alguien llamó con insistencia a la puerta.

Tiró con furia de las cuerdas. Quería a Sarah Pleinsworth. Santo Dios, la quería con todo su ser. Quería ser su marido ante Dios, deslizarle la alianza en el dedo y prometerle devoción eterna. Quería llevarla a la cama y demostrarle con el cuerpo todo lo que sentía en el corazón, y quería adorarla mientras el embarazo se desarrollaba.

Pero no le robaría esas cosas. Ella también tenía que desearlas.

—Todo esto es muy emocionante —comentó lord Ramsgate con un tono burlón perfectamente calibrado para ponerle a Hugh los nervios de punta—. Mírame, me siento como una colegiala.

—No la toques —le espetó Hugh—. Te juro que, si le pones una mano encima…

—Ya, ya —repuso su padre—. Lady Sarah va a ser la madre de mis nietos. Nunca se me ocurriría hacerle daño.

—No hagas esto —le pidió Hugh, y se le quebró la voz antes de poder añadir «por favor».

No quería rogarle nada. Pensaba que no tendría estómago para hacerlo, pero en esa situación, por Sarah, lo haría. Ella no deseaba casarse con él; eso había quedado claro tras lo que había ocurrido con Daniel por la mañana. Si la joven entraba en la habitación, lord Ramsgate la encerraría y sellaría su destino. Él conseguiría la mano de la mujer que amaba, pero ¿a qué precio?

—Padre —dijo, y cuando sus miradas se encontraron, los dos se sorprendieron. Hugh no recordaba cuándo había sido la última vez que se había dirigido a él de otra manera que no fuera «señor»—. Te lo ruego, no lo hagas.

Pero lord Ramsgate se limitó a frotarse las manos con alegría y a dirigirse a la puerta.

—¿Quién es? —preguntó.

Oyeron la voz de Sarah al otro lado.

Hugh cerró los ojos, angustiado. Iba a ocurrir. No podría evitarlo.

—Lady Sarah —la saludó lord Ramsgate en cuanto abrió la puerta—. La estábamos esperando.

Hugh se volvió y se obligó a mirar hacia la entrada, pero su padre le bloqueaba la visión.

—He venido a ver a lord Hugh —anunció Sarah con el tono más frío que Hugh le había oído nunca—. Su hijo.

—¡No entres, Sarah! —gritó Hugh.

—¿Hugh?

La voz de Sarah rezumaba pánico.

Hugh luchó contra las ataduras. Sabía que no podía soltarse, pero tampoco podía quedarse ahí tumbado como un maldito bulto.

—Oh, Dios mío, ¿qué le ha hecho? —chilló ella, y apartó a lord

Ramsgate de un empujón tal que hizo que se golpeara con el marco de la puerta.

Estaba empapada, con el cabello pegado al rostro y tenía el dobladillo del vestido desgarrado y lleno de barro.

—Sólo lo he estado preparando para usted, mi querida muchacha —contestó lord Ramsgate, y se rió.

Y entonces, antes de que Sarah pudiera pronunciar una sola palabra, él salió de la habitación y cerró la puerta de golpe.

—Hugh, ¿qué ha ocurrido? —inquirió la joven, y corrió a su lado—. Oh, Dios mío, te ha atado a la cama. ¿Por qué ha hecho algo así?

—La puerta —prácticamente ladró Hugh, moviendo la cabeza hacia ese lado—. Comprueba la puerta.

—¿La puerta? Pero...

—Hazlo.

Sarah abrió mucho los ojos, pero hizo lo que le pedía.

—Está cerrada con llave —le informó, y se volvió para mirarlo.

Hugh blasfemó con saña entre dientes.

—¿Qué está ocurriendo? —Volvió a correr hacia la cama y se concentró en las ataduras de un tobillo—. ¿Por qué te ha atado a la cama? ¿Por qué has venido a verlo?

—Cuando mi padre me convoca —respondió Hugh con voz tensa—, no lo ignoro.

—Pero tú...

—Sobre todo la víspera de la boda de tu primo.

Los ojos de Sarah brillaron, comprendiendo al fin.

—Por supuesto.

—En cuanto a las ataduras —añadió Hugh con voz llena de odio—, eran por tu bien.

—¿Qué? —preguntó ella, boquiabierta—. ¡Oh, caray, ay! —Se metió el dedo índice en la boca—. Me he doblado una uña —refunfuñó—. Estos nudos son imposibles. ¿Cómo ha podido apretarlos tanto?

—Yo no podía forcejear —contestó Hugh, incapaz de dejar de odiarse a sí mismo.

Ella lo miró a la cara.

Pero Hugh apartó la vista, incapaz de mirarla cuando le reveló:

—Lo hizo mientras yo estaba inconsciente.

Sarah pareció susurrar algo, pero Hugh no pudo estar seguro de si había pronunciado alguna palabra o era sólo un sonido.

—Aceite dulce de vitriolo —añadió con voz monótona.

Ella sacudió la cabeza.

—No sé…

—Si se empapa con él un paño y éste se presiona contra la cara, puede dejar inconsciente a una persona —le explicó Hugh—. He leído sobre ello, pero es la primera vez que tengo el placer de comprobarlo.

Sarah volvió a sacudir la cabeza; él pensó que seguramente no fue consciente de haber hecho el movimiento.

—Pero ¿por qué haría tal cosa?

Habría sido una pregunta sensata si hubieran estado hablando de cualquier otra persona que no fuera el padre de Hugh. Éste cerró los ojos unos instantes, mortificado por lo que se sentía obligado a decir.

—Mi padre cree que, si estamos encerrados juntos en una habitación, tu reputación quedará comprometida.

Ella no dijo nada.

—Y, por eso, te verás obligada a casarte conmigo —añadió él, aunque no porque pensara que no había quedado claro.

Sarah se quedó helada y en ningún momento dejó de mirar el nudo que tanto se estaba esmerando en desatar. Hugh sintió que algo pesado y oscuro le rodeaba el corazón.

—No estoy segura de por qué —dijo ella por fin.

Habló lentamente y con cuidado, como si estuviera preocupada por que la palabra equivocada desencadenara una avalancha de sucesos desagradables.

El joven no tenía ni idea de cómo responder a eso. Ambos conocían las normas que regulaban la sociedad. Los descubrirían juntos, en una habitación con una cama, y Sarah tendría dos opciones: el matrimonio o la perdición. Y, a pesar de todo lo que había sabido de él esa mañana, Hugh tenía que pensar que, de las dos, él seguía siendo la mejor elección.

—No creo que puedas comprometerme si estás atado a una cama —comentó ella, aunque aún no lo miraba.

Hugh tragó saliva. Sus gustos nunca habían ido en esa dirección, pero ahora le resultaba imposible no pensar en todas las maneras en que una persona podía comprometer a otra mientras estaba atada a una cama.

Ella se mordió el labio inferior.

—A lo mejor debería dejarte así.

—¿Dejarme... así? —repitió con voz ahogada.

—Bueno, sí. —Ella frunció el ceño y se llevó una mano a la boca, con gesto de preocupación—. Así, cuando alguien llegue, y alguien lo hará (Daniel no puede tardar mucho, iba detrás de mí), verá que no ha podido pasar nada.

—¿Tu primo sabe que estás aquí?

Sarah asintió.

Honoria insistió en decírselo. Pero pensé... Tu padre... Yo no quería... —Se apartó el cabello mojado de los ojos—. Pensé que, si conseguía llegar aquí primero, tal vez podría... no sé, calmar las cosas.

Hugh gimió.

—Lo sé —convino ella, y la expresión de sus ojos combinaba a la perfección con la de Hugh—. No esperaba...

—¿Esto? —terminó él la frase por ella, y se habría señalado a sí mismo con un gesto burlón de la mano... si no tuviera las malditas manos atadas a los postes de la cama.

—Cuando Daniel llegue aquí, va a ser muy desagradable —susurró Sarah.

Hugh no se molestó en confirmárselo. Ella sabía que era cierto.

—Sé que dijiste que tu padre no le hará daño, pero... —Se volvió bruscamente, con los ojos brillantes por lo que estaba pensando—. ¿Conseguiríamos algo si yo golpeara la puerta? Puedo gritar pidiendo ayuda. Si alguien llega antes que Daniel...

Hugh negó con la cabeza.

—Eso le dará precisamente lo que quiere. Un testigo de tu supuesta destrucción.

—Pero ¡estás atado a la cama!

—Supongo que no se te ha ocurrido que alguien puede pensar que me has atado tú.

Ella ahogó un grito.

—Exactamente.

Sarah se apartó de la cama de un salto, como si quemara.

—Pero eso es... es...

Hugh decidió no terminar la frase en esa ocasión.

—Oh, Dios mío.

Hugh intentó no fijarse en su expresión de horror. Maldita fuera, si ella no estaba completamente asqueada por las revelaciones de aquella mañana, seguro que ahora lo estaba. Dejó escapar un suspiro.

—Encontraré alguna solución —aseguró, aunque no sabía cómo podría mantener esa promesa—. No tendrás que... Encontraré una solución.

Ella levantó la mirada. Tenía los ojos fijos en la pared, y él le podía ver tres cuartas partes del perfil. Tenía una expresión rígida, incómoda.

—Si le explicamos a Daniel...

Sarah tragó saliva y Hugh se fijó en el ligero movimiento de la suave piel de su garganta. Él la había besado en ese punto una vez. Más de una vez. Sabía a limones y a sal y olía a mujer, y él se había endurecido tanto por ella que había pensado que se avergonzaría a sí mismo.

Y ahora ahí estaba. Todos sus sueños se le presentaban en bandeja, y lo único en lo que podía pensar era en encontrar una manera de evitarlo. No podría vivir consigo mismo si a ella la obligaban a casarse, aunque fuera su mayor deseo.

—Creo que él lo entenderá —declaró Sarah con la voz entrecortada—. Y no forzará el asunto. No quiero... —Apartó la mirada por completo, y él ya no le pudo ver la cara—. No quiero que nadie se sienta obligado...

No terminó la frase. Hugh asintió, intentando decidir cuál era el mejor modo de interpretar sus palabras. Él tenía planeado pedirle que se casara con él; ella lo sabía. ¿Era ésa la manera de Sarah de decirle que no debería pedírselo? Después de todo, ella todavía deseaba ahorrarle la humillación.

—Por supuesto que no —dijo él finalmente.

Cuatro palabras sin sentido, pronunciadas únicamente para llenar el silencio. Ya no tenía ni idea de lo que debía hacer.

Ella volvió a morderse el labio inferior, y él miró hipnotizado cómo la lengua humedecía suavemente el lugar en el que acababan de estar los dientes. Y, sólo con eso, el cuerpo comenzó a arderle. Era la reacción más inapropiada que se podría imaginar, pero no podía dejar de pensar en deslizar su propia lengua por los labios de Sarah, por el lugar que se había mordido y luego por las comisuras. Después iría más abajo, hacia la curva del cuello, y…

—Por favor, desátame —graznó.

—Pero…

—No siento las manos —dijo, aferrándose a la primera excusa que se le ocurrió.

No era cierto, pero su cuerpo estaba cobrando vida y, si no se liberaba pronto, no habría manera de ocultar su deseo.

Sarah dudó, aunque sólo por un momento. Se acercó a la cabecera de la cama y comenzó a manipular el nudo de su muñeca derecha.

—¿Crees que está al otro lado de la puerta? —susurró.

—Sin duda —contestó Hugh.

Ella hizo una mueca de repulsión.

—Eso es…

—¿Nauseabundo? —terminó Hugh la frase por ella—. Bienvenida a mi infancia.

Se arrepintió de haberlo dicho en cuanto las palabras salieron de sus labios. La mirada de Sarah se llenó de lástima y él sintió que la bilis le subía a la garganta. No deseaba su compasión, ni por la pierna, ni por su infancia ni por todas las malditas maneras en las que no podía tener esperanzas de protegerla. Simplemente, quería ser un hombre, y quería que ella lo supiera, que lo sintiera. Deseaba cernirse sobre ella en la cama, sin nada entre ambos excepto el calor de los cuerpos, y deseaba que ella supiera que la había reclamado, que era suya y que ningún otro hombre descubriría nunca la sedosa calidez de su piel.

Pero era un necio. Sarah merecía a alguien que pudiera protegerla, no a un tullido que había sido vencido tan fácilmente. Golpeado, drogado y atado a la cama… ¿cómo podría ella respetarlo después de eso?

—Creo que éste ya lo tengo —anunció ella, tirando con fuerza de la cuerda—. Espera, espera… ¡Ya está!

—Un cuarto del camino —comentó él, intentando sonar alegre, pero fracasando estrepitosamente.

—Hugh —dijo ella, y él no fue capaz de decir si era el inicio de una afirmación o de una pregunta.

Y nunca lo descubrió. Oyeron un tremendo escándalo en el pasillo, seguido de un gruñido de dolor y una sarta de juramentos.

—Daniel —dijo Sarah, e hizo una ligera mueca.

Y aquí estoy yo, pensó Hugh tristemente, *todavía atado a la maldita cama.*

Capítulo 20

*S*arah apenas tuvo tiempo de levantar la mirada antes de que la puerta se abriera bruscamente, tras el sonido de madera rota y astillada alrededor de la endeble cerradura.

—¡Daniel! —chilló ella, y podría haber jurado por su propia vida que no sabía por qué sonó tan sorprendida.

—¿Qué demonios…?

Pero la exclamación de su primo se vio interrumpida por el marqués de Ramsgate, que entró corriendo desde el pasillo y se le lanzó a la espalda.

—Apártate de mí, maldito…

Sarah intentó intervenir en la refriega, pero Hugh tiró de ella con la mano que le acababa de liberar. Ella se sacudió para soltarse y corrió hacia Daniel. Sin embargo, se vio derribaba por el hombro de lord Ramsgate cuando el recién llegado se dio la vuelta rápidamente, intentando quitarse al marqués de la espalda.

—¡Sarah! —gritó Hugh.

Estaba tirando tan fuerte de las ataduras que la cama comenzó a moverse por el suelo.

Sarah se puso en pie, pero Hugh balanceó el brazo formando un amplio arco y alcanzó a cogerle la falda empapada.

—Suéltame —le pidió ella, cayendo de nuevo en la cama.

Él la envolvió con el brazo; todavía aferraba su falda con fuerza.

—Ni lo sueñes.

Daniel, mientras tanto, no había conseguido quitarse a lord Ramsgate de encima y estaba golpeándolo contra la pared.

—Eres un maldito loco —gruñó—. Suéltame.

Sarah se agarró la falda y empezó a tirar en la dirección contraria.

—¡Va a matar a tu padre!

Cuando su mirada se encontró con la de Hugh, en la de él se reflejaba un frío desdén.

—Déjale que lo haga.

—Oh, eso te gustaría, ¿verdad? ¡Lo colgarían!

—No si sólo estamos nosotros de testigos —replicó él.

Sarah ahogó un grito y le dio otro tirón a la falda, pero Hugh la tenía agarrada de una manera increíblemente firme. Ella se volvió para intentar soltarse, y fue entonces cuando vio que la cara de Daniel se estaba volviendo morada.

—¡Lo está ahogando! —vociferó.

Hugh debió de haber levantado la mirada, porque le soltó la falda tan bruscamente que Sarah se tambaleó por la habitación, casi incapaz de mantener el equilibrio.

—¡Suéltelo! —gritó, y cogió a lord Ramsgate de la camisa.

Miró a su alrededor buscando algo, cualquier cosa, con que golpearlo en la cabeza. La única butaca era demasiado pesada para levantarla, así que elevó una rápida plegaria, cerró la mano en un puño y lo lanzó con fuerza.

—¡Ay! —bramó de dolor, y sacudió la mano.

Nadie le había dicho que pegar a un hombre en la cara doliera.

—¡Jesús, Sarah!

Era Daniel, resollando y tocándose el ojo.

Había golpeado al hombre equivocado.

—¡Oh, lo siento! —se disculpo Sarah.

Pero, al menos, había conseguido desequilibrar a la torre humana. Lord Ramsgate se había visto obligado a soltar el cuello de Daniel cuando los dos cayeron al suelo.

—Te voy a matar —gruñó el marqués, y se arrojó de nuevo contra Daniel, que no estaba en condiciones de defenderse.

—¡Basta! —chilló Sarah, y le pisó con fuerza la mano al anciano—. Si lo mata, matará a Hugh.

Lord Ramsgate levantó la mirada hacia ella, y Sarah no supo si estaba confundido o furioso.

—Mentí —oyeron la voz de Hugh desde la cama—. Le conté lo de nuestro acuerdo.

—¿Se ha parado a pensar en eso? —le preguntó Sarah—. ¿Lo ha hecho? —casi gritó.

Lord Ramsgate levantó la mano, la que ella no le estaba aplastando con la bota, con un gesto de súplica. Despacio, Sarah levantó el pie, y no le quitó los ojos de encima hasta que Daniel se hubo apartado lo suficiente.

—¿Te encuentras bien? —le preguntó a su primo mecánicamente.

Debajo del ojo se le estaba formando una mancha púrpura. No iba a estar muy guapo en su boda.

Él gruñó en respuesta.

—Bien —dijo ella, decidiendo que ese gruñido sonaba lo suficientemente saludable. Y entonces se le ocurrió—. ¿Dónde están Marcus y Honoria?

—Venían detrás de mí, en un carruaje —contestó él con furia—. Yo he venido cabalgando.

Por supuesto, pensó Sarah. ¿Por qué no se le había ocurrido que él insistiría en cabalgar detrás de ella en cuanto descubrieran que se había marchado sin ellos?

—Creo que me ha roto la mano —gimoteó lord Ramsgate.

—No está rota —lo contradijo Sarah con exasperación—. La habría oído quebrarse.

Desde la cama, Hugh soltó una risita. Sarah lo miró con el ceño fruncido. No era gracioso. Nada de aquello lo era. Y si él no se daba cuenta, no era el hombre que ella creía que era. El humor negro sólo podía ejercerse cuando uno no estaba en una situación macabra.

Se volvió rápidamente hacia su primo.

—¿Tienes un puñal?

Daniel abrió mucho los ojos.

—Para las cuerdas.

—Oh.

Daniel metió la mano en la bota y sacó un puñal pequeño. Ella lo cogió, sorprendida; en realidad, no pensaba contar con ninguno.

—En Italia adquirí la costumbre de llevar un arma —se justificó Daniel con voz monótona.

Sarah asintió. Por supuesto que tenía que haberlo hecho. Era la época en la que lord Ramsgate había contratado a asesinos para que le siguieran la pista.

—No se mueva —le advirtió al marqués, y atravesó la habitación hacia Hugh—. A ti también te recomendaría que no te movieras —le dijo.

Rodeó la cama hacia el otro lado para centrarse en la cuerda que le inmovilizaba la mano izquierda. Había conseguido cortar la mitad cuando vio que lord Ramsgate empezaba a ponerse en pie.

—¡Eh, eh, eh! —chilló, y lo señaló con el puñal—. Vuelva al suelo.

Él obedeció.

—Me estás asustando —murmuró Hugh.

Pero sonó como un halago.

—Él podría haberte matado —siseó ella.

—No —repuso Hugh, y la miró con seriedad—. Yo soy el único a quien no se atrevería a tocar, ¿recuerdas?

Ella separó los labios, pero lo que fuera a decir se evaporó cuando la cabeza empezó a darle vueltas.

—¿Sarah?

Hugh parecía preocupado.

Y no era el único, se dio cuenta ella. No era el único.

El último trozo de cuerda se rompió y Hugh se llevó el brazo al costado, gimiendo mientras se masajeaba el hombro sobrecargado.

—Tú puedes desatarte los tobillos —le indicó Sarah, recordando en el último momento darle la vuelta al puñal para que Hugh lo cogiera por el mango. Se acercó a lord Ramsgate y le ordenó—: Levántese.

—Me ha dicho que me sentara —replicó arrastrando las palabras.

Ella bajó la voz hasta que fue un gruñido amenazador.

—No creo que quiera discutir conmigo en este momento.

—Sarah… —se atrevió a decir Hugh.

—Cállate —le espetó ella sin molestarse en darse la vuelta.

Lord Ramsgate se puso en pie y Sarah avanzó hacia él, hasta que se quedó con la espalda pegada a la pared.

—Quiero que me escuche con mucha atención, lord Ramsgate, porque sólo voy a decir esto una vez. Me casaré con su hijo y, a cambio, usted debe jurarme que dejará a mi primo en paz. —El anciano abrió la boca para hablar, pero ella no había terminado—. Además —agregó ella antes de que él pudiera pronunciar ni una sola sílaba—, no intentará ponerse en contacto conmigo ni con ningún miembro de mi familia, y eso incluye a lord Hugh y a cualquier hijo que podamos tener.

—Eso es…

—¿Quiere que me case con él? —lo interrumpió Sarah en voz alta.

El rostro de lord Ramsgate se puso rojo de furia.

—¿Quién cree que es…?

—¿Hugh? —dijo ella, y extendió una mano a su espalda—. El puñal.

Él debió de haberse soltado los pies, porque cuando habló estaba bastante más cerca. Sarah se dio la vuelta para mirarlo; estaba prácticamente detrás de ella y reconoció:

—No estoy seguro de que sea una buena idea, Sarah.

Probablemente tuviera razón, maldición. Ella no sabía qué demonios le había ocurrido, pero estaba tan furiosa que había estado a punto de estrangular a lord Ramsgate con sus propias manos.

—¿Quiere un heredero? —le preguntó al marqués—. Bien. Le daré uno o moriré en el intento.

Hugh se aclaró la garganta, presuntamente intentando recordarle a Sarah que aquel día tan desastroso había comenzado pronosticando la muerte de él.

—Y tú tampoco digas ni una sola palabra —ordenó ella, furiosa, y se dio la vuelta para señalarlo con el dedo. Él estaba a apenas un metro de distancia y había cogido el bastón—. Estoy cansada de que tú, él y él —miró a Daniel, que seguía contra la pared, con la mano sobre el ojo, que se estaba amoratando rápidamente— intentéis resolver las cosas. Sois unos inútiles, los tres. Han pasado tres años y la única manera en la que habéis conseguido estar en paz es amenazando con matarte. —Se volvió bruscamente para mirar a Hugh y entornó los ojos peligrosamente—. Algo que no vas a hacer.

Hugh se quedó mirándola hasta que se dio cuenta de que se suponía que debía hablar.

—No lo haré —afirmó.

—Lady Sarah —dijo lord Ramsgate—, debo decirle…

—Cállese —le espetó—. Me han contado, lord Ramsgate, que está ansioso por tener un heredero. O, debería decir, otro heredero aparte de los dos que ya tiene.

El marqués asintió con brusquedad.

—Y, de hecho, lo desea tanto que lord Hugh pudo negociar la seguridad de mi primo con su propia vida.

—Fue un convenio poco razonable —replicó lord Ramsgate.

—En eso estamos de acuerdo —convino Sarah—, pero creo que ha olvidado un detalle importante. Si lo único que le importa es la procreación, la vida de lord Hugh no vale nada sin la mía.

—Oh, ahora me va a decir que usted también amenaza con suicidarse.

—Nada de eso —repuso Sarah, resoplando de forma burlona—. Pero piénselo por un momento, lord Ramsgate. La única manera de que usted consiga su preciado nieto es que su hijo y yo tengamos buena salud y seamos felices. Y déjeme decirle que, si me hace infeliz de alguna manera, echaré a su hijo de mi cama.

Se hizo un intenso silencio que a ella le pareció muy satisfactorio.

—Él será su amo y señor. No podrá echarlo de ningún sitio —se burló el marqués.

Hugh se aclaró la garganta y murmuró:

—Ni se me ocurriría contradecir sus deseos.

—Eres un inútil...

—Me está haciendo infeliz, lord Ramsgate —le advirtió Sarah.

Lord Ramsgate dejó escapar el aire con furia y Sarah supo que lo había vencido.

—Si mi primo sufre algún daño —le advirtió—, le juro que lo perseguiré y lo mataré con mis propias manos.

—Yo la tomaría en serio —intervino Daniel, que seguía palpándose con cuidado el ojo.

Sarah se cruzó de brazos.

—¿Entendemos todos estos términos?

—Yo, desde luego que sí —musitó Daniel.

Sarah lo ignoró y se acercó unos pasos a lord Ramsgate.

—Estoy segura de que se dará cuenta de que es una solución beneficiosa para todas las partes. Usted conseguirá lo que quiere, un heredero para Ramsgate, y yo lograré lo que deseo: paz para mi familia. Y Hugh... —Se interrumpió bruscamente, mientras luchaba contra la bilis que sentía en la garganta—. Bueno, Hugh no tendrá que matarse.

Lord Ramsgate se quedó insólitamente callado. Por fin, hablo:

—Si está de acuerdo en casarse con mi hijo y no lo echa de su cama (y espero que me crea si le digo que tendré espías en su casa y que sabré si no está cumpliendo su parte del trato), yo dejaré en paz a su primo.

—Para siempre —añadió Sarah.

Lord Ramsgate asintió con brusquedad.

—Y no intentará ponerse en contacto con mis hijos.

—En eso no puedo estar de acuerdo.

—Muy bien —accedió ella, ya que nunca había esperado ganar en ese punto—. Le permitiré verlos, pero sólo en mi presencia o en la de su padre, y en el momento y el lugar que nosotros escojamos.

Lord Ramsgate tembló de ira, pero afirmó:

—Tiene mi palabra.

Sarah se volvió y miró a Hugh para que se lo confirmara.

—En eso puedes confiar en él —aseveró Hugh en voz baja—. A pesar de toda su crueldad, no rompe sus promesas.

Entonces declaró Daniel:

—Nunca le he conocido una mentira.

Sarah lo miró sorprendida.

—Dijo que iba a intentar matarme y lo hizo —expuso Daniel—. Intentarlo, quiero decir.

Sarah se quedó boquiabierta.

—¿Ése es tu respaldo?

Daniel se encogió de hombros.

—Después dijo que no intentaría matarme y, por lo que sé, no lo hizo.

—¿Lo has golpeado muy fuerte? —preguntó Hugh.

Sarah se miró la mano. Los nudillos se le estaban amoratando. Santo Dios, y la boda era en dos días. Anne nunca la perdonaría.

—Ha merecido la pena —reconoció Daniel, y agitando la mano cerca de la cara. Inclinó la cabeza hacia un lado y miró a Hugh arqueando una ceja—. Lo ha conseguido. Ha logrado lo que tú y yo jamás conseguimos.

—Y lo único que ha tenido que hacer ha sido sacrificarse —apuntó lord Ramsgate con una sonrisa empalagosa.

—Te voy a matar —gruñó Hugh.

Sarah tuvo que ponerse delante de él y sujetarlo por la fuerza.

—Vuelva a Londres —le ordenó ella al marqués—. Lo veré en el bautizo de nuestro primer hijo, ni un minuto antes.

Lord Ramsgate se rió entre dientes.

—¿Está todo claro? —insistió ella.

—Como el agua, mi querida dama. —El marqués se dirigió a la puerta y se volvió—. Si hubiera nacido antes —le dijo mirándola con intensidad—, me habría casado con usted.

—¡Bastardo!

Hugh se lanzó contra su padre, echando a Sarah a un lado. Lo golpeó y se oyó un horrible crujido.

—Ni siquiera eres digno de pronunciar su nombre —siseó Hugh, cerniéndose de manera amenazadora sobre su padre.

Lord Ramsgate había caído al suelo y le sangraba la nariz, que estaba rota.

—Y tú eres el mejor de los dos —aseveró con un ligero estremecimiento de repulsión—. Dios altísimo, no sé lo que he hecho para merecer tales hijos.

—Yo tampoco —replicó Hugh.

—Hugh —dijo Sarah, y le puso una mano en el brazo—. Déjalo. No merece la pena.

Pero Hugh no era él mismo. No apartó el brazo ni dio ninguna señal de que la había oído. Se inclinó y recogió el bastón, que había caído repiqueteando al suelo durante el disturbio, sin dejar de mirar a su padre a la cara.

—Si la tocas —le amenazó con voz entrecortada y monótona—, te mataré. Si dices una sola palabra inadecuada, te mataré. Si respiras en la dirección equivocada, te...

—Me matarás —prosiguió su padre con burla, y señaló con la cabeza la pierna lesionada de Hugh—. Y sigues pensando que serás capaz, estúpido tull...

Hugh se movió con la rapidez del rayo, haciendo un arco con el bastón delante de él, como si fuera una espada. Era hermoso en movimiento, pensó Sarah. ¿Era así como había sido... antes?

—¿Te importaría repetirlo? —lo retó Hugh, presionando la punta del bastón contra la garganta de su padre.

Sarah contuvo la respiración.

—Por favor, Hugh —suplicó con voz devastadoramente tranquila.

—Di algo más. —Movió el bastón a lo largo del cuello de lord

Ramsgate, reduciendo la presión sin perder el contacto—. Lo que sea —murmuró.

Sarah se humedeció los labios, mirándolo cautelosamente. No sabría decir si era el paradigma del control o si estaba a punto de estallar. Observó cómo le bajaba y subía el pecho con los latidos del corazón, y se quedó hechizada. Hugh Prentice era más que un hombre en ese momento; era una fuerza de la naturaleza.

—Deja que se vaya —intervino Daniel con voz cansada, y se puso finalmente en pie—. No merece que te lleven a la horca.

Sarah miró la punta del bastón, que seguía clavada en la garganta de lord Ramsgate. Pareció hundirse un poco más en la piel y ella pensó: *No, no será capaz...* Y entonces, rápido como un relámpago, el bastón salió volando, separándose de la mano de Hugh durante un segundo antes de que él volviera a agarrarlo y se apartara de su padre. Estaba forzando la pierna lesionada, pero había algo elegante en sus andares irregulares, casi graciosos.

Era bello en movimiento. Sólo había que mirarlo para darse cuenta.

Sarah soltó el aire que había estado conteniendo. No sabía cuándo había sido la última vez que había inspirado. Observó en silencio a lord Ramsgate, que se puso en pie y abandonó la habitación. Y se quedó mirando la puerta abierta, medio esperando que regresara.

—¿Sarah?

Oyó la voz de Hugh como si proviniera de muy lejos. Sin embargo, no podía apartar la mirada de la puerta, y estaba temblando... Le temblaban las manos, y posiblemente todo el cuerpo.

—Sarah, ¿estás bien?

No, no lo estaba.

—Deja que te ayude.

Sintió el brazo de Hugh sobre los hombros, y de repente los temblores se intensificaron, y las piernas... ¿Qué le ocurría a las piernas? Se oyó un ruido desagradable parecido a un crujido y cuando dio un grito ahogado, se percató de que había sido ella, y de repente se encontró en brazos de Hugh, que la llevaba a la cama.

—No pasa nada —dijo él—. Todo va a salir bien.

Pero Sarah no era ninguna tonta. Y no se sentía nada bien.

Capítulo 21

Whipple Hill, por la tarde

*H*ugh mantuvo la mano en el aire unos instantes antes de decidirse por fin a llamar a la puerta. No sabía muy bien cómo habían reorganizado a los invitados, pero a Sarah le habían dado su propia habitación al regresar a Whipple Hill. Honoria, que había llegado a la posada White Hart con Marcus poco después de que lord Ramsgate se marchara, había explicado que Sarah se había vuelto a lesionar el tobillo y que necesitaba descansar. Si alguien había sentido curiosidad sobre por qué no podía hacerlo en la habitación que había estado compartiendo con Harriet, no dijo nada. Probablemente, nadie se había dado cuenta.

Hugh no tenía ni idea de cómo estaba explicando Daniel lo del ojo morado.

—¡Adelante!

Era la voz de Honoria. No era ninguna sorpresa; no se había separado de Sarah desde que habían regresado.

—¿Interrumpo? —preguntó Hugh, y dio dos pasos en dirección a ellas.

—No —contestó Honoria, pero no se volvió para mirarlo.

De todas formas, él sólo podía mirar a Sarah, que estaba sentada en la cama, con un montón de almohadones en la espalda. Llevaba el mismo camisón blanco que... Santo Dios, ¿sólo había pasado una noche?

—No deberías estar aquí —le dijo Honoria.

—Lo sé.

Pero no hizo ademán de marcharse.

Sarah se humedeció los labios con la lengua.

—Ahora estamos prometidos, Honoria.

Ella enarcó las cejas.

—Sé, al igual que todos los demás, que eso no significa que deba estar en tu dormitorio.

Hugh le mantuvo la mirada a Sarah. Era ella quien tenía que decidir. Él no la obligaría a nada.

—Ha sido un día muy extraño —comentó Sarah con calma—. No creo que éste sea el momento más escandaloso.

Parecía exhausta. Hugh la había abrazado durante todo el camino de vuelta, hasta que los sollozos habían dado paso a una calma angustiosa. Cuando la había mirado a los ojos, los había encontrado vacíos.

Conmoción. Él sabía bien lo que era eso.

Pero ahora Sarah parecía más ella misma. Al menos, parecía encontrarse algo mejor.

—Por favor —dijo él, dirigiéndose a su prima.

Honoria dudó unos instantes y luego se levantó.

—Muy bien —accedió—. Pero volveré en diez minutos.

—Un hora —replicó Sarah.

—Pero...

—¿Qué sería lo peor que podría ocurrir? —planteó Sarah con una expresión de incredulidad—. ¿Que nos obliguen a casarnos? Ya se han ocupado de eso.

—Ése no es el asunto.

—Entonces, ¿cuál es?

Honoria abrió y cerró la boca mientras pasaba la mirada de Sarah a Hugh y viceversa.

—Se supone que soy tu carabina.

—No creo que mi madre dijera eso exactamente cuando estuvo antes aquí.

—¿Dónde está tu madre? —preguntó Hugh.

No estaba planeando hacer nada indecoroso, pero si iba a quedarse a solas con Sarah durante la siguiente hora, le parecía buena idea saberlo.

—Cenando —contestó Sarah.

Hugh se pellizcó el puente de la nariz.

—Vaya, ¿ya es tan tarde?

—Daniel nos ha contado que tú también te echaste una siestecita —declaró Honoria, sonriendo con amabilidad.

Hugh asintió levemente. O tal vez fue una sacudida de cabeza. O puso los ojos en blanco. Se sentía tan del revés que no podía estar seguro. A pesar de que había querido quedarse con Sarah cuando regresaron a Whipple Hill, sabía que sus primos no tolerarían tales libertades. Además, él también estaba tan exhausto que lo único que había podido hacer había sido subir la escalera y arrastrarse hasta su propia cama.

—No te esperan —añadió Honoria—. Daniel dijo... bueno, no sé lo que dijo, pero siempre se le ha dado bien poner excusas creíbles para estos casos.

—¿Y su ojo? —preguntó Hugh.

—Dijo que cuando conoció a Anne tenía un ojo morado, así que le parecía adecuado tenerlo también para casarse con ella.

Hugh parpadeó.

—¿Y a Anne le ha parecido bien?

—Puedo decir con toda sinceridad que no lo sé —respondió Honoria con cierto remilgo.

Sarah resopló y puso los ojos en blanco.

—Pero —continuó diciendo Honoria, y volvió a sonreír mientras se ponía en pie— también puedo decir con toda sinceridad que me alegro mucho de no haber estado presente cuando ella lo vio.

Hugh se apartó cuando Honoria empezó a caminar hacia la puerta.

—Una hora —dijo, y se detuvo antes de salir al pasillo—. Deberíais cerrar con llave.

Hugh la miró sorprendido.

—¿Perdón?

Honoria tragó saliva, incómoda, y se ruborizó de manera delatora.

—Todos supondrán que Sarah está descansando y que no desea que la molesten.

Lo único que Hugh podía hacer era mirarla, asombrado. ¿Le estaba dando permiso para seducir a su prima?

Honoria sólo necesitó unos segundos para darse cuenta de lo que Hugh estaba pensando.

—No quería decir... Oh, por el amor de Dios. No me parece que ninguno de los dos estéis en condiciones de hacer nada.

Hugh miró a Sarah, que había abierto mucho la boca, sorprendida.

—No querréis que entre nadie mientras estéis solos —dedujo Honoria, cuya piel había adquirido la tonalidad de las fresas. Miró a Hugh entornando los ojos—. Tú estarás sentado en la butaca, y quieto.

Él se aclaró la garganta.

—Quieto.

—Sería sumamente inadecuado —dijo, y terminó con—: Me voy.

Se apresuró a marcharse y Hugh se volvió hacia Sarah.

—Ha sido algo incómodo.

—Será mejor que cierres la puerta —le aconsejó—. Después de todo eso.

Él se acercó a la puerta y giró la llave.

—Por supuesto.

Sin embargo, como Honoria ya no estaba, no tenían ninguna excusa por la que comportarse de nuevo con normalidad, y Hugh se encontró junto a la puerta, como una estatua mal plantada, incapaz de decidir dónde dirigir sus pasos.

—¿Qué querías decir —preguntó Sarah de repente— cuando dijiste que había hombres que le hacían daño a las mujeres?

Él frunció el ceño.

—Lo siento. No sé...

—Anoche —lo interrumpió—, cuando me encontraste, estabas muy alterado y dijiste algo sobre hombres que hacen daño a la gente, a las mujeres.

Él separó los labios y sintió que se le cerraba la garganta, ahogando cualquier palabra que pudiera habérsele formado. ¿Cómo era posible que Sarah no hubiera entendido lo que quería decir? Seguramente, no era tan inocente. A pesar de que había llevado una vida protegida, tenía que saber lo que ocurría entre un hombre y una mujer.

—A veces —empezó a decir lentamente, porque aquélla no era una conversación que hubiera anticipado— un hombre puede...

—Por favor —lo detuvo ella—. Sé que los hombres hieren a las mujeres; lo hacen cada día.

Hugh quiso encogerse. Deseaba que esa afirmación hubiera sido impactante, pero no lo era. Era, simplemente, la verdad.

—No estabas hablando en general —dijo ella—. A lo mejor pensaste que era así, pero no era cierto. ¿A quién te referías?

Hugh se quedó inmóvil y, cuando finalmente habló, lo hizo sin mirarla.

—Era mi madre —respondió en voz baja—. Ya te habrás dado cuenta de que mi padre no es un hombre agradable.

—Lo siento —se lamentó ella.

—Le hacía daño en la cama —siguió diciendo Hugh, y de repente no se sintió bien. Notó un calambre en el cuello y lo volvió hacia un lado, intentando sacudirse de encima los recuerdos—. Nunca le hacía daño fuera de la cama. Sólo allí. —Tragó saliva e inspiró profundamente—. Por la noche, yo la oía gritar.

Sarah permaneció en silencio y él se lo agradeció.

—Nunca vi nada —afirmó Hugh—. Si le dejaba alguna marca, siempre tuvo cuidado de hacerlo donde no se viera. Ella nunca cojeó, nunca tenía moratones. Pero... —Levantó la mirada hacia ella; por fin la miró— yo se lo veía en los ojos.

—Lo siento —repitió Sarah, pero lo miró con cautela y, tras un momento, apartó la vista.

Hugh la observó mientras miraba hacia otro lado; las sombras titilaron en su garganta cuando tragó saliva. Él nunca la había visto tan incómoda, tan cohibida.

—Sarah —empezó a decir.

Se maldijo a sí mismo por ser tan idiota, porque ella lo miró, esperando más, y él no sabía qué debía decir: se había quedado sin palabras. Bajó la mirada al regazo de Sarah, ella agarraba las sábanas con nerviosismo.

—Sarah, yo... —prosiguió.

¿Y qué? ¿Qué? ¿Por qué no podía terminar una maldita frase?

Ella volvió a levantar la mirada, esperando a que continuara.

—Yo nunca... haría algo así.

Las palabras se le atragantaban, pero tenía que pronunciarlas. Debía asegurarse de que ella lo comprendía. Él no era su padre. Jamás sería ese hombre.

Ella negó con la cabeza. El movimiento fue tan leve que Hugh casi lo pasó por alto.

—Hacerte daño —siguió diciendo él—. Yo nunca te haría daño. Jamás podría...

—Lo sé —afirmó Sarah, interrumpiendo, afortunadamente, su torpe declaración—. Tú nunca... No hace falta que lo digas.

Él asintió y se dio la vuelta con brusquedad cuando se oyó a sí mismo tomar aire entrecortadamente. Era el tipo de sonido que uno hacía justo antes de perder el control por completo, y él no podía, después de todo lo que había ocurrido ese día...

No lo haría. En ese momento, no. Así que se encogió de hombros, como si con ese gesto despreocupado pudiera deshacerse de todo de un plumazo. Sin embargo, sólo consiguió intensificar el silencio. Y se encontró en la misma posición en la que había estado antes de que ella le preguntara por su madre: inmóvil cerca de la puerta, sin saber qué hacer.

—¿Has dormido? —le preguntó Sarah finalmente.

Él asintió y se decidió a dar unos pasos para sentarse en la butaca que Honoria había dejado libre. Colgó el bastón del brazo y se volvió para mirarla.

—¿Y tú?

—Sí. Estaba agotada. No, estaba derrotada.

Intentó sonreír, y Hugh se dio cuenta de que estaba avergonzada.

—Está bien —empezó a decir él.

—No —balbuceó ella—, la verdad es que no. Quiero decir, todo estará bien, pero... —Parpadeó como un conejillo acorralado y luego dijo—: Estaba muy cansada. Creo que nunca he estado tan cansada.

—Es comprensible.

Ella lo miró durante un largo rato y confesó:

—No sé lo que me ocurrió.

—Yo tampoco —admitió él—, pero me alegro de que ocurriera.

Sarah se quedó en silencio unos segundos.

—Ahora tienes que casarte conmigo.

—Tenía pensado pedírtelo —le recordó Hugh.

—Lo sé —se agarró al borde de la sábana—, pero a nadie le gusta sentirse obligado.

Él alargó el brazo y le cogió la mano.

—Lo sé.

—Yo...

—A ti te han obligado —señaló Hugh con vehemencia—. No es justo, y si deseas retractarte...

—¡No! —exclamó, sorprendida por su propia explosión—. Quiero decir, no. No puedo.

—No puedes —repitió él con voz apagada.

—Bueno, no —dijo ella, y le brillaron los ojos de impaciencia—. ¿Es que no has escuchado nada hoy?

—Lo que he escuchado —contestó con lo que esperó que fuera un adecuado tono paciente— ha sido a una mujer sacrificándose.

—¿Y no es eso lo que hiciste tú? —replicó ella—. ¿Cuando te presentaste ante tu padre y lo amenazaste con matarte?

—No es comparable. Yo he causado este maldito desastre. Me corresponde a mí solucionarlo.

—¿Estás enfadado porque te han usurpado el protagonismo?

—¡No! Por el amor de... —Se pasó una mano por el cabello—. No pongas palabras en mi boca.

—No se me ocurriría hacerlo. Lo estás haciendo muy bien tú solo.

—No deberías haber venido a White Hart —le reprochó Hugh en voz baja.

—Ni siquiera me voy a dignar a contestar.

—No sabías qué clase de peligros te esperaba.

Ella resopló.

—¡Y, por lo que parece, tú tampoco!

—Por Dios, mujer, ¿por qué tienes que ser tan terca? ¿Es que no lo entiendes? ¡No puedo protegerte!

—No te he pedido que lo hagas.

—Voy a ser tu marido —repuso Hugh lentamente—. Es mi deber.

Ella apretó los dientes con tanta fuerza que le empezó a temblar la barbilla.

—¿Sabes que, desde esta tarde, nadie (ni tú, ni tu padre, ni siquiera mi primo) me ha dado las gracias?

Él la miró rápidamente a los ojos.

—No, no lo digas ahora —le espetó—. ¿Piensas que te creería? Fui a la posada porque estaba muy asustada, porque Daniel y tú habíais descrito a un loco, y sólo podía pensar en que te iba a hacer daño...

—Pero...

—No digas que él nunca te haría daño. Ese hombre es un demente. Sería capaz de cortarte un brazo mientras le aseguraran que aún podrías tener hijos.

Hugh palideció. Sabía que era verdad, pero odiaba que Sarah tuviera que pensar en ello.

—Sarah, yo...

—No. —Lo señaló con el dedo índice—. Ahora me toca a mí. Estoy hablando y tú debes callarte.

—Perdóname —se disculpó Hugh en voz tan baja que las palabras apenas fueron unos susurros.

—No —dijo ella, y sacudió la cabeza como si hubiera visto un fantasma—. Ahora no puedes ser amable. No puedes rogarme que te perdone y esperar que... que... —Se le cerró la garganta con un sollozo—. ¿Comprendes la situación en la que me has puesto? ¡En un solo día!

Las lágrimas le rodaban por las mejillas y Hugh necesitó toda su fuerza de voluntad para no inclinarse hacia delante y besarlas. Quería rogarle que no llorara, disculparse por todo, y por el futuro, porque sabía que volvería a ocurrir. Era capaz de dedicar toda su vida a una de las sonrisas de Sarah, pero en algún momento fallaría, la haría llorar de nuevo y eso lo destrozaría.

Le cogió una mano y se la llevó a los labios.

—Por favor, no llores —le pidió.

—No estoy llorando —gimió ella, y se secó las lágrimas con la manga.

—Sarah...

—¡No estoy llorando! —sollozó.

Hugh no discutió. En lugar de eso, se sentó a su lado en la cama, la abrazó, le acarició el cabello y murmuró sonidos sin sentido para consolarla, hasta que ella terminó por derrumbarse contra él, agotada.

—No quiero ni imaginarme lo que debes de pensar de mí —susurró Sarah.

—Pienso que eres magnífica —contestó él, y lo sentía con cada poro de su piel.

Y que no la merecía.

Ella había aparecido y los había salvado; había conseguido lo que Daniel y él no habían podido lograr en casi cuatro años, y lo había hecho mientras él estaba atado a una maldita cama. Tal vez no hubiera estado atado en el momento exacto de su triunfo, pero si había conseguido liberarse había sido sólo porque ella lo había ayudado.

Sarah lo había salvado. Y, aunque comprendía que las circunstancias de esa situación en particular eran extraordinarias, lo desgarraba el hecho de que nunca sería capaz de protegerla como se suponía que un marido debía proteger a su mujer.

Ahí era cuando un hombre digno de ese nombre se apartaría y permitiría que ella se casara con otro. Con alguien mejor.

Con alguien entero.

Sólo que, para empezar, ningún hombre digno de ese nombre había estado en su situación. Hugh había provocado esa debacle. Él había sido quien se había emborrachado y había retado a duelo a un inocente. Él era quien tenía un padre loco de atar que había requerido una amenaza de suicidio para que dejara a Daniel en paz. Pero era Sarah quien lo estaba pagando. Y él (aunque fuera un hombre digno de ese nombre) no podía apartarse. Porque hacerlo significaría poner a Daniel en peligro. Y eso mortificaría a Sarah.

Y él la amaba demasiado como para dejarla marchar.

Soy un bastardo egoísta.

—¿Qué? —murmuró Sarah sin levantar la cabeza de su pecho.

¿Lo había dicho en voz alta?

—¿Hugh?

Sarah cambió de posición y levantó la barbilla para poder verle la cara.

—No puedo dejarte ir —susurró él.

—¿De qué estás hablando?

Ella volvió a moverse, apartándose lo suficiente para poder mirarlo a los ojos. Y frunció el ceño.

Él no quería hacerle fruncir el ceño.

—No puedo dejarte ir —repitió, y sacudió levemente la cabeza.

—Nos vamos a casar —comentó ella con recelo, como si no estuviera segura de por qué lo decía—. No tienes que dejarme ir.

—Debería. No puedo ser el hombre que necesitas.

Sarah le acarició la mejilla.

—¿No tengo que ser yo quien lo decida?

Hugh tomó aire estremeciéndose y cerró los ojos ante el horrible recuerdo que acudió a su mente.

—Odio que hayas tenido que ver hoy a mi padre.

—Yo también lo odio, pero ya está hecho.

Él la miró con asombro. ¿Cuándo se había convertido en una persona tan serena? Cinco minutos antes, había estado sollozando y él la había tranquilizado, y ahora parecía tener la mente muy clara y lo miraba con tanta paz y sabiduría que él casi podía creer que su futuro era brillante y sencillo.

—Gracias —dijo Hugh.

Ella inclinó la cabeza a un lado.

—Por el día de hoy. Por mucho más que el día de hoy, pero por ahora me quedo con eso.

—Yo... —Sarah abrió la boca, indecisa, y afirmó—: Parece algo un poco extraño sobre lo que decir «De nada».

Hugh observó su rostro con atención, aunque no estaba seguro de lo que estaba buscando. Tal vez solamente quisiera mirarla, perderse en la calidez de color chocolate de sus ojos en su boca amplia y carnosa que sabía tan bien cómo sonreír. La miró sorprendido y con asombro mientras recordaba a la fiera guerrera de esa tarde. Si lo defendía a él tan bien, no podía imaginarse cómo sería como madre, cuando tuviera que proteger a su propia carne y sangre.

—Te amo —manifestó él de repente. No estaba seguro de haber querido decir esas palabras, pero no pudo evitarlo—. Aunque no te merezco, te amo, y sé que nunca habrías pensado en casarte con alguien en tales circunstancias, pero juro que consagraré el resto de mi vida a hacerte feliz.

Se llevó sus manos a los labios y se las besó con fervor, casi deshecho por la fuerza de sus emociones.

—Sarah Pleinsworth —le planteó—, ¿quieres casarte conmigo?

En las pestañas de Sarah brillaron las lágrimas y le temblaron los labios al contestar:

—Ya estamos...

—Pero no te lo he pedido —la interrumpió—. Merecías que te lo pidiera. No tengo un anillo, pero puedo conseguir uno más tarde y...

—No necesito un anillo —afirmó ella—. Sólo te necesito a ti.

Él le rozó la mejilla, acariciándole suavemente la piel, y entonces...

La besó. El ansia y la necesidad lo tomaron por sorpresa. Hundió una mano en la espesa melena de Sarah mientras la devoraba con los labios.

—¡Espera! —exclamó ella.

Él se apartó, pero sólo unos centímetros.

—Yo también te amo —susurró—. No me has dado tiempo a decírtelo.

Cualquier esperanza que Hugh pudiera tener de controlar su deseo se desvaneció en ese preciso momento. Le besó la boca, la oreja, la garganta y, cuando Sarah quedó tumbada de espaldas y él sobre ella, Hugh agarró con los dientes el delicado lazo de su camisón y tiró para deshacer el nudo.

Ella se rió; fue un sonido gutural y maravilloso que lo sorprendió en ese momento tan acalorado.

—Se ha deshecho tan fácilmente... —dijo ella con una sonrisa—. No puedo evitar compararlo con los nudos de tu padre de esta mañana. ¡Y también estamos en la cama!

Él sonrió, aunque la cama era el último lugar en el que quería pensar en su padre.

—Lo siento —pidió disculpas ella con una risita nerviosa—. No he podido evitarlo.

—No te querría tanto si pudieras —bromeó Hugh.

—¿Qué significa eso?

—Que tienes una habilidad maravillosa para encontrar la parte divertida en los lugares más inesperados.

Sarah le tocó la nariz.

—La encuentro en ti.

—Precisamente.

Sarah sonrió con satisfacción juntando los labios.

—Creo que... ¡Oh!

Acababa de notar la mano de Hugh subiéndole por la pierna.

—¿Qué estabas diciendo? —musitó él.

Sarah hizo un ruidito delicioso cuando él encontró la suave piel del muslo y contestó con voz susurrante:

—Iba a decir que no creo que debamos tener un noviazgo muy largo.

Él subió más la mano.

—¿De verdad?

—Por el bien de... Daniel... por supuesto, y... ¡Hugh!

—Definitivamente, por mi bien —dijo él, y le tomó el lóbulo de la oreja entre los dientes.

Pero creía que la exclamación de Sarah tenía más que ver con el dulce calor que él acababa de descubrir entre sus piernas.

—Tenemos que demostrar que vamos a mantener nuestra parte del trato —le recordó ella, interrumpiendo sus palabras con suaves gemidos y grititos.

—Mmm... Humm.

Hugh deslizó los labios por su cuello y pensó en la posibilidad de introducir un dedo en su interior. Tenía la suficiente claridad mental para calcular que disponían de unos treinta minutos antes de que regresara Honoria; no era tiempo suficiente para hacerle el amor en condiciones.

Pero era más que suficiente para darle placer.

—¿Sarah? —murmuró.

—¿Sí?

Le acarició el centro de su feminidad con los dedos.

—¡Hugh!

Él sonrió contra su piel mientras deslizaba un dedo en su calor. El cuerpo de Sarah se sacudió, pero sin apartarse de él y, cuando Hugh comenzó a moverse dentro de ella, con el pulgar encontró su punto más sensible y lo rozó ligeramente para comenzar después una lenta espiral de presión.

—¿Qué es...? Yo no...

Sarah hablaba con sentido, y él lo prefería así. Sólo quería que sintiera el placer de su caricia, que supiera que la adoraba.

—Relájate —le indicó entre susurros.

—Imposible.

Él se rió para sus adentros. No tenía ni idea de cómo estaba consiguiendo mantener sus propias necesidades a raya. Estaba duro, pero aún mantenía el control. Tal vez fuera porque los pantalones lo estaban conteniendo bien; tal vez fuera porque sabía que no era el momento ni el lugar apropiados.

Pero creía... No, sabía que era porque simplemente deseaba darle placer.

Sarah.

Su Sarah.

Quería ver su rostro cuando llegara al clímax. Quería abrazarla cuando se estremeciera. Cualquier cosa que él deseara podía esperar. Aquello era para ella.

Sin embargo, cuando ocurrió, le vio el rostro y la abrazó mientras todo su cuerpo alcanzaba el gozo, se dio cuenta de que también había sido para él.

—Tu prima regresará pronto —le dijo cuando su respiración hubo recuperado la normalidad.

—Pero has cerrado con llave —contestó Sarah, sin molestarse en abrir los ojos.

Él le sonrió. Estaba adorable cuando se adormecía.

—Sabes que tengo que marcharme.

—Lo sé. —Abrió un ojo—. Pero no tiene que gustarme.

—Me sentiría seriamente agraviado si te gustara. —Se bajó de la cama, agradecido por estar todavía vestido, y recogió el bastón—. Te veré mañana.

Se inclinó para darle un último beso en la mejilla y, antes de caer de nuevo en la tentación, atravesó el dormitorio en dirección a la puerta.

—Oh, ¿Hugh?

Él se volvió y la vio que sonreía muy satisfecha.

—¿Sí, mi amor?

—He dicho que no necesitaba un anillo. —Él arqueó una ceja—. Lo necesito. —Meneó los dedos—. Necesito un anillo. Te lo hago saber.

Él echó hacia atrás la cabeza y se rió.

Capítulo 22

Ese mismo día, aún más tarde. Técnicamente, al día siguiente

La casa estaba en silencio mientras Sarah caminaba de puntillas por los pasillos a oscuras. No había crecido en Whipple Hill, pero si juntaba todas sus visitas, estaba segura de que sumaban más de un año.

No sería una exageración decir que conocía la casa como la palma de su mano.

Cuando de niña se deambulaba por una casa, ésta se conocía a la perfección. Jugar al escondite le había asegurado descubrir todas las puertas y todas las escaleras posteriores. Pero, lo más importante, significaba que cuando alguien había mencionado varios días atrás que a lord Hugh Prentice le habían asignado el dormitorio verde de la zona norte, sabía exactamente cuál era.

Y la mejor manera de llegar allí.

Cuando Hugh había salido de su dormitorio por la tarde, cinco minutos antes de que regresara Honoria, Sarah pensó que iba a caer en un sueño lánguido y perezoso. Aunque no estaba muy segura de lo que él le había hecho a su cuerpo, le resultó imposible levantar ni un dedo durante un tiempo tras su marcha.

Se sentía... saciada.

Sin embargo, a pesar de la satisfacción física, no durmió. Tal vez se debiera a las cabezadas que se había echado antes, tal vez fuera debido a una mente hiperactiva (tenía mucho en lo que pensar, después de todo), pero cuando el reloj que tenía sobre la repisa de la chimenea dio la una de la madrugada, tuvo que aceptar que no iba a dormir esa noche.

Debería haberse sentido frustrada (no llevaba nada bien sentirse exhausta) y no quería estar de mal humor en el desayuno. Sin embargo, lo único en lo que podía pensar era en que esos momentos extras de desvelo eran un regalo o, al menos, debería considerarlos como tal.

Y nunca había que malgastar los regalos.

Por eso, a la una y nueve minutos de la madrugada, tomó el picaporte de la puerta del dormitorio verde de la zona norte, presionándolo suavemente hasta que sintió el chasquido del mecanismo y abrió la puerta, dando gracias a las bisagras silenciosas.

Moviéndose con cuidado, cerró la puerta tras ella, giró la llave en la cerradura y caminó de puntillas hacia la cama. Un pálido rayo de luna iluminaba la alfombra, proporcionándole suficiente luz como para distinguir la figura dormida de Hugh.

Sonrió. No era una cama grande, pero sí lo suficiente.

Él estaba tumbado más bien hacia la parte derecha del colchón, así que dio la vuelta hacia el lado izquierdo, tomó aire para infundirse valor y se subió. Despacio, con mucho cuidado, se acercó a él hasta que estuvo lo suficientemente cerca como para sentir el calor que emanaba de su cuerpo. Se acercó un poco más y le puso levemente la mano en la espalda, descubriendo con agrado que estaba desnudo.

Hugh se despertó sobresaltado y dio un resoplido tan gracioso que ella no pudo evitar reírse.

—¿Sarah?

Ella sonrió de manera coqueta, aunque probablemente él no podía verla en la oscuridad.

—Buenas noches.

—¿Qué estás haciendo aquí? —preguntó, aún un poco atontado.

—¿Te estás quejando?

Hubo unos segundos de silencio y después Hugh dijo con esa voz ronca que ella reconoció de haberla oído por la tarde:

—No.

—Te echaba de menos —susurró ella.

—Eso parece.

Le dio un pequeño empujón en el pecho, aunque se había dado cuenta de que lo decía con humor.

—Se supone que debes decirme que tú también me echabas de menos.

Hugh la abrazó y, antes de que ella pudiera decir nada más, la puso sobre él, le cubrió ligeramente el trasero con las manos por encima del camisón y confesó:

—Yo también te he echado de menos.

Sarah le besó los labios suavemente.

—Voy a casarme contigo —dijo con una sonrisa bobalicona.

Él le sonrió de la misma manera y después rodó de forma que ambos se quedaron de lado, mirándose.

—Voy a casarme contigo —repitió ella—. La verdad es que me gusta decirlo.

—Podría pasarme todo el día escuchándolo.

—Pero lo cierto es que... —Apoyó la cabeza en un brazo y alargó un pie lentamente, recorriéndole a Hugh una pierna; también le encantó descubrir que estaba bastante desnuda—. Me siento incapaz de comportarme con la rectitud moral que se espera de una mujer en mi posición.

—Es una interesante elección de palabras, teniendo en cuenta tu posición actual en mi cama.

—Como estaba diciendo, voy a casarme contigo.

La mano de Hugh encontró la curva de su cadera y el camisón comenzó a subir por la pierna de Sarah mientras los dedos de él fruncían lentamente el tejido.

—Será un compromiso corto —añadió ella.

—Muy corto.

—Tan corto que, de hecho...

Ahogó un grito. Hugh había conseguido subirle el camisón hasta la cintura y le estaba estrujando el trasero con la mano de una manera deliciosa.

—¿Qué estabas diciendo? —murmuró él, y desvió un dedo con picardía hasta el mismo punto en el que le había dado placer por la tarde.

—Sólo que... tal vez... —Sarah intentó respirar, pero con todo lo que él le estaba haciendo, no estaba muy segura de recordar cómo se hacía—. No seríamos demasiado traviesos si nos adelantáramos un poco a nuestros votos.

Él la apretó más contra su cuerpo.

—Oh, seríamos muy traviesos. Mucho.

Ella sonrió.

—Eres terrible.

—¿Tengo que recordarte que has sido tú quien se ha colado en mi cama?

—¿Tengo que recordarte que soy un monstruo que has creado tú?

—Un monstruo, ¿eh?

—Es una forma de hablar. —Lo besó con suavidad en la comisura de los labios—. No sabía que pudiera sentirme así.

—Yo tampoco —admitió él.

Ella se quedó inmóvil. Seguramente no se refería a que no había hecho eso antes...

—¿Hugh? Ésta no es... ¿Es tu primera vez?

Hugh sonrió, la abrazó con fuerza y la hizo rodar para que quedara tumbada de espaldas.

—No —respondió en voz baja—, pero como si lo fuera. Contigo, todo es nuevo.

Y entonces, mientras Sarah seguía flotando por la belleza de esa afirmación, la besó apasionadamente.

—Te quiero —le dijo, y las palabras casi se perdieron contra su boca—. Te quiero mucho.

Sarah quería devolver el sentimiento, susurrarle su propio amor contra la piel, pero el camisón parecía haberse derretido y, en cuanto el cuerpo de Hugh quedó en contacto con el suyo, piel contra piel, casi perdió el conocimiento.

—¿Puedes sentir lo mucho que te quiero? —preguntó él, y le deslizó los labios por la mejilla, hasta la sien. Presionó las caderas contra las de Sarah y toda su dureza quedó apretada contra su vientre—. Cada noche —gimió—. Todas las noches he soñado contigo, y cada noche he estado así, sin alivio. Pero esta noche... —le recorrió lentamente el cuello con la boca— será diferente.

—Sí —susurró ella, y se arqueó debajo de él.

Hugh le había tomado los pechos con las manos. Entonces se humedeció los labios...

Sarah casi se cayó de la cama cuando él se llevó uno de sus pechos a la boca.

—Oh, Dios mío, oh, Dios mío, oh, Dios mío —jadeó.

Se aferró a las sábanas. Antes, apenas había pensado en esa parte de su cuerpo. Sus pechos eran agradables a la vista cuando estaban ocultos en un vestido, y le habían advertido que a los hombres les gustaba mirarlos, pero por el amor de Dios, nadie le había dicho que con ellos pudiera sentir tanto placer.

—Tenía la sensación de que te gustaría —comentó Hugh con una sonrisa de satisfacción.

—¿Por qué lo siento… por todas partes?

—¿Por todas partes? —murmuró él, y llevó los dedos entre sus piernas—. ¿O aquí?

—Por todas partes —contestó ella sin respiración—, pero sobre todo, ahí.

—No estoy seguro —dijo él en tono de broma—. Tendremos que investigar el asunto, ¿no te parece?

—Espera —le pidió Sarah, y le puso una mano en el brazo.

Él la miró y enarcó las cejas de manera interrogativa.

—Quiero tocarte —afirmó con timidez.

Supo el momento exacto en que él se dio cuenta de lo que quería decir.

—Sarah —le advirtió con voz ronca—, puede que no sea buena idea.

—Por favor.

Hugh tomó aire entrecortadamente mientras le cogía la mano y, con lentitud la guiaba hacia abajo. Ella le observó el rostro cuando pasó por las costillas, por el abdomen… casi parecía que sintiera dolor. Tenía los ojos cerrados y, cuando los dedos de Sarah llegaron a la piel tersa de su virilidad, gimió audiblemente y su respiración se convirtió en jadeos.

—¿Te hago daño? —susurró Sarah.

No era lo que ella esperaba. Sabía lo que ocurría entre un hombre y una mujer; tenía muchas primas mayores, y algunas eran bastante indiscretas. Pero no había esperado que fuera tan… sólido. La piel era suave y lisa como el terciopelo, pero debajo…

Lo envolvió con la mano, tan decidida a explorarlo que no se dio cuenta de que él tomaba aire bruscamente y de que su cuerpo se estremecía.

Debajo estaba duro como una piedra.

—¿Siempre es así? —quiso saber Sarah.

No parecía nada cómodo, y no sabía cómo podía caber en los pantalones.

—No —contestó Hugh con voz ronca—. Cambia con… el deseo.

Sarah pensó en ello y siguió acariciándolo con los dedos hasta que Hugh cerró una mano en torno a la suya y se la apartó.

Ella lo miró con temor. ¿Lo habría disgustado de alguna manera?

—Es demasiado —dijo él entre jadeos—. No puedo aguantar más.

—Entonces, no lo hagas.

Él se estremeció cuando sus labios volvieron a encontrarse, mordisqueándose y tentándose. Los movimientos de Hugh, que antes habían sido lánguidos y seductores, pasaron a ser duros y exigentes, y ella ahogó un grito cuando él le puso las manos en los muslos y se los separó.

—Ya no puedo esperar más —gruñó él, y Sarah lo sintió en su entrada—. Por favor, dime que estás preparada.

—Eso cre-creo —susurró Sarah.

Sabía que quería algo. Cuando Hugh la había acariciado íntimamente con los dedos aquella tarde, había sido una sensación asombrosa, pero su miembro era mucho más largo.

Hugh introdujo una mano entre sus cuerpos y la acarició de la misma manera en que lo había hecho antes, aunque no tan profundamente.

—Dio mío, estás muy húmeda —gimió. Después apartó la mano y se preparó encima de ella—. Intentaré no hacerte daño —le prometió.

Enseguida volvió a sentir su virilidad contra ella, empujando despacio.

Sarah contuvo la respiración y se tensó cuando la fricción aumentó. Dolía. No mucho, pero lo suficiente como para apagar el fuego que había estado ardiendo en su interior.

—¿Estás bien? —le preguntó él ansiosamente.

Ella asintió.

—No mientas.

—Estoy casi bien. —Le sonrió débilmente—. De verdad.

Él empezó a retirarse.

—No deberíamos haber…

—¡No! —Sarah lo abrazó con fuerza—. No te vayas.

—Pero tú…

—Todo el mundo me dice que la primera vez duele —afirmó de modo tranquilizador.

—¿Todo el mundo? —Hugh sonrió—. ¿Con quién has estado hablando?

Ella se rió con nerviosismo.

—Tengo muchísimas primas. No me refiero a Honoria —puntualizó rápidamente, porque se dio cuenta de que era eso lo que él estaba pensando—. A algunas de más edad les gusta hablar. Bastante.

Él se apoyó en los antebrazos para no aplastarla con su peso. Pero no dijo nada. Por la expresión de concentración que tenía, ella no estaba segura de que pudiera hablar.

—Pero después mejora —murmuró Sarah—. Eso es lo que dicen. Y si tu marido es amable, es mucho mejor.

—Yo no soy tu marido —repuso él con voz ronca.

Ella hundió una mano en el espeso cabello de Hugh y atrajo sus labios hacia los suyos, susurrando:

—Lo serás.

Aquello fue su perdición. Cualquier pensamiento de parar se desvaneció cuando Hugh atrapó sus labios en un beso abrasador. Se movía despacio pero con deliberación, hasta que de alguna manera (ella no estaba segura de cómo lo habían conseguido), sus caderas se unieron y él se encontró por completo en su interior.

—Te amo —dijo ella antes de que él le pudiera preguntar si estaba bien.

No quería más preguntas, sólo pasión. Hugh empezó a moverse otra vez y encontraron un ritmo que los llevó al borde del precipicio.

Y entonces, en un instante de belleza deslumbrante, ella se estremeció y se tensó alrededor de él. Hugh enterró el rostro en su cuello para sofocar el grito y empujó una última vez, derramándose dentro de ella.

Respiraron. Era lo único que ambos pudieron hacer. Respiraron y, después, se quedaron dormidos.

Hugh se despertó primero y, tras asegurarse de que aún quedaban varias horas hasta que amaneciera, se permitió el sencillo lujo de tumbarse de costado y observar a Sarah dormir. Sin embargo, varios minutos después no pudo ignorar por más tiempo los calambres de la pierna. Habían pasado horas desde la última vez que había usado los músculos de esa manera y, aunque los esfuerzos eran deliciosos, las consecuencias no lo eran tanto.

Se movió despacio para no despertar a Sarah, se sentó y estiró la pierna lesionada. Haciendo una mueca, hundió los dedos en el músculo, amasando la rigidez. Lo había hecho innumerables veces; sabía exactamente cómo localizar un nudo y apretarlo con el pulgar, muy fuerte, hasta que el músculo se estremecía y se relajaba. Dolía muchísimo pero, curiosamente, era un buen dolor.

Cuando se le cansaron los dedos, empezó a usar la palma de la mano, moviéndola contra la pierna en círculos. A aquello le siguió un firme movimiento de barrido, y luego...

—¿Hugh?

Él se volvió al oír la voz somnolienta de Sarah.

—No pasa nada —afirmó con una sonrisa—. Puedes volverte a dormir.

—Pero...

Sarah bostezó.

—Todavía falta hasta el alba.

Hugh se inclinó hacia ella, la besó en la cabeza y siguió relajando el músculo lentamente, usando de nuevo los pulgares para deshacer los nudos.

—¿Qué estás haciendo?

Ella volvió a bostezar y se incorporó hasta quedar prácticamente sentada.

—No es nada.

—¿Te duele la pierna?

—Sólo un poco —mintió—. Pero ahora está mucho mejor.

Y eso no era una mentira. Había mejorado lo suficiente como para que considerara volver a usarla de la misma manera que lo había llevado a esa situación.

—¿Puedo probar? —preguntó Sarah en voz baja.

Él se dio la vuelta, sorprendido. Jamás se le habría ocurrido que Sarah deseara ayudarlo de esa forma. La pierna no era agradable a la vista; entre la fractura y la bala (y la poca habilidad que había tenido el médico para extraérsela), la piel le había quedado arrugada y llena de cicatrices, cubriendo un músculo que ya había perdido por completo su longitud y forma original.

—A lo mejor puedo ayudarte —dijo ella con voz suave.

Él separó los labios, pero de ellos no salió ningún sonido. Se estaba cubriendo con las manos las peores cicatrices, y no parecía querer apartarlas de la pierna. Sin embargo, estaba oscuro, y sabía que ella no podría ver los desagradables verdugones; por lo menos, no podría verlos bien.

Pero eran muy feos. Y eran un recordatorio desagradable del error más egoísta de su vida.

—Dime qué tengo que hacer —le pidió ella, y puso las manos cerca de las suyas.

Él asintió con brusquedad y le cubrió una de las manos con la suya.

—Aquí —le indicó, dirigiéndola hacia el nudo más rebelde.

Sarah presionó con los dedos, pero no lo suficiente.

—¿Está bien así?

Hugh usó la mano para hundir la de Sarah un poco más.

—Así.

Ella se mordió el labio inferior y volvió a intentarlo, y en esa ocasión llegó al punto doloroso del músculo. Él gimió y Sarah se detuvo de inmediato.

—¿Te he...?

—No —contestó Hugh—, está bien.

—Muy bien.

Ella lo miró un poco vacilante y siguió trabajando el músculo, parando cada pocos segundos para estirar los dedos.

—A veces uso el codo —le dijo Hugh, que todavía se sentía un poco cohibido.

Sarah lo miró con curiosidad, se encogió ligeramente de hombros e intentó hacer lo que le sugería.

—Oh, Dios mío —gimió él, y se dejó caer contra los almohadones.

¿Por qué era mucho mejor cuando lo hacía otra persona?

—Tengo una idea —anunció ella—. Ponte de lado.

Para ser sincero, Hugh no pensaba que pudiera moverse. Se las arregló para levantar una mano, pero sólo durante un segundo. Se le habían derretido los huesos. Era la única explicación.

Ella se rió entre dientes y lo hizo rodar, dándole la vuelta de forma que la pierna lesionada quedara arriba.

—Deberías estirarla —le sugirió.

Le hizo doblar la rodilla, haciendo que el talón tocara el trasero.

O, por lo menos, intentándolo.

—¿Estás bien? —le preguntó.

Él asintió, aunque temblaba por el dolor. Pero era... Bueno, tal vez no fuera un dolor agradable, pero sí útil. Podía sentir que algo se soltaba en la carne, y cuando volvió a tumbarse de espaldas y ella le masajeó con cuidado el músculo dolorido, sintió como si algo rabioso saliera de él, atravesándole la piel y abandonándole el alma. Aunque la pierna le palpitaba, sentía el corazón más ligero y, por primera vez en años, el mundo le pareció lleno de posibilidades.

—Te amo —le dijo.

Y pensó: *Ya van cinco*. Lo había dicho cinco veces. Y no era suficiente.

—Y yo te amo a ti —contestó Sarah, que se inclinó y le besó la pierna.

Él se tocó la cara y sintió lágrimas. No se había dado cuenta de que estaba llorando.

—Te amo —repitió. *Seis*—. Te amo.

Siete.

Ella levantó la mirada y sonrió algo confusa. Él le tocó la nariz.

—Te amo.

—¿Qué estás haciendo?

—Ocho —respondió Hugh en voz alta.

—¿Qué?

—Ya te lo he dicho ocho veces. Te amo.

—¿Las estás contando?

—Ahora van nueve y... —se encogió de hombros—. Yo siempre cuento. Ya deberías saberlo.

—¿No crees que deberías acabar la noche con un diez?

—Ya era de madrugada antes de que vinieras, pero sí, tienes razón. Y te amo.

—Lo has dicho diez veces —dijo ella, y se inclinó para besarlo con suavidad—. Pero lo que quiero saber es... ¿cuántas veces lo has pensado?

—Eso es imposible de contar —contestó Hugh contra sus labios.

—¿Incluso para ti?

—Infinitas —murmuró, y la abrazó, tumbándola en la cama—. O tal vez...

Infinitas más una.

Epílogo

Pleinsworth House, Londres. La primavera siguiente

Matrimonio o muerte: las únicas dos maneras de evitar ser reclutada para el cuarteto Smythe-Smith. O, explicado más precisamente: las únicas dos maneras de liberarse de sus garras.

Por eso nadie podía entender (excepto Iris, pero ésa es otra historia) por qué en tres horas el cuarteto Smythe-Smith celebraría su concierto anual, y lady Sarah Prentice, recientemente casada y viva, iba a tener que sentarse al piano, apretar los dientes y tocar.

La ironía, le había dicho Honoria a Sarah, era exquisita.

No, le había dicho Sarah a Hugh, la ironía no era exquisita. A la ironía deberían haberla golpeado con un bate de críquet y estamparla contra el suelo.

Si la ironía fuera corpórea, por supuesto. Pero no lo era, para decepción de Sarah. La necesidad de golpear con un bate de críquet algo que no fuera una bola era abrumadora.

Sin embargo, no había bates en la sala de música de los Pleinsworth, así que se había apropiado del arco del violín de Harriet y lo estaba usando como seguramente Dios había planeado.

Para amenazar a Daisy.

—¡Sarah! —chilló la chica.

Sarah gruñó. Gruñó de verdad.

Daisy corrió a refugiarse debajo del piano.

—¡Iris, detenla!

Ésta enarcó una ceja como diciendo: «¿De verdad crees que me voy a levantar de esta butaca para ayudarte a ti, mi hermana pequeña extremadamente irritante, justo hoy?»

Y sí, Iris sabía cómo decir todo aquello sólo con un movimiento de ceja. Era un talento extraordinario.

—Lo único que he hecho —se justificó Daisy haciendo un puchero— ha sido decir que podría tener una actitud ligeramente mejor. Y lo he dicho en serio.

—Ahora que lo pienso —contestó Iris con voz seca—, tal vez no haya sido una buena elección de palabras.

—¡Nos va a hacer quedar mal!

—Yo —replicó Sarah con tono amenazador— soy la única razón por la que tienes un cuarteto.

—Todavía no puedo creer que no tengamos a nadie que pueda ocupar el lugar de Sarah en el piano —se lamentó Daisy.

Iris la miró boquiabierta.

—Lo dices como si sospecharas que Sarah va a jugar sucio.

—Oh, tiene buenas razones para sospecharlo —afirmó Sarah, avanzando con el arco en la mano.

—Nos estamos quedando sin primas —afirmó Harriet, levantando por unos segundos la mirada de sus papeles. Durante el altercado había estado anotándolo todo—. Después de mí sólo están Elizabeth y Frances, y luego deberemos pasar a otra generación.

Sarah le lanzó a Daisy una última mirada asesina y devolvió el arco de Harriet.

—No voy a volver a hacerlo —les advirtió—. No me importa si tenéis que convertiros en un trío. La única razón por la que voy a tocar este año es porque...

—Porque te sientes culpable —la interrumpió Iris—. Es verdad —añadió cuando a su comentario sólo lo siguió el silencio—. Te sientes culpable por habernos abandonado el año pasado.

Sarah abrió la boca. Lo natural en ella era discutir cuando la acusaban de algo, falsamente o no (y en ese caso no lo era). Pero entonces vio a su marido en la puerta, sonriente y con una rosa en la mano, y dijo:

—Sí. Sí, así es.

—¿De verdad? —preguntó Iris.

—Sí. Te debo una disculpa, y a ti —señaló con la cabeza a Daisy—, y probablemente a ti también, Harriet.

—Ella no tocó el año pasado —repuso Daisy.

—Soy su hermana mayor. Seguro que le debo una disculpa por algo. Y ahora, si todas me lo permitís, me voy con Hugh.

—Pero ¡estamos practicando! —protestó Daisy.

Sarah se despidió agitando la mano alegremente.

—¡Ta-ta!

—¿Ta-ta? —le murmuró él al oído mientras salían de la sala de música—. ¿Has dicho «ta-ta»?

—Sólo a Daisy.

—Eres muy buena persona —afirmó él—. No tenías que tocar este año.

—Sí que tenía que hacerlo.

Nunca lo admitiría ante los demás, pero cuando se dio cuenta de que era la única persona capaz de salvar el concierto anual... Bueno, no podía dejarlo morir.

—Las tradiciones son importantes —argumentó, sin apenas poder creer que salieran esas palabras de sus labios.

Sin embargo, había cambiado desde que se había enamorado. Y además...

Cogió la mano de Hugh y se la llevó al abdomen.

—Podría ser una niña.

Él tardó un momento en comprenderlo y después dijo:

—¿Sarah? —Ella asintió—. ¿Un bebé? —Volvió a asentir—. ¿Para cuándo?

—Yo diría que para noviembre.

—Un bebé —repitió Hugh, como si no pudiera creerlo.

—No deberías sorprenderte tanto —comentó ella—. Después de todo...

—Tendrá que tocar un instrumento —la interrumpió Hugh.

—Puede que sea un niño.

Él la miró con ironía.

—Eso sería algo inusual.

Ella se rió. Sólo su esposo haría una broma así.

—Te amo, Hugh Prentice.

—Y yo te amo a ti, Sarah Prentice.

Siguieron caminando hacia la puerta principal pero, al dar unos cuantos pasos más, Hugh se inclinó hacia ella y le murmuró al oído:

—Dos mil.

Y Sarah, porque era Sarah, soltó una risita y preguntó:

—¿Sólo?

NUESTRO ECOSISTEMA DIGITAL

NUESTRO PUNTO DE ENCUENTRO
www.edicionesurano.com

Síguenos en nuestras Redes Sociales, estarás al día de las novedades, promociones, concursos y actualidad del sector.

 Facebook: mundourano

 Twitter: Ediciones_Urano

 Google+: +EdicionesUranoEditorial/posts

 Pinterest: edicionesurano

Encontrarás todos nuestros *booktrailers* en **YouTube**/ediciiesurano

Visita nuestra librería de *e-books* en **www.amabook.com**

Entra aquí y disfruta de 1 mes de lectura gratuita

www.suscribooks.com/promo

Comenta, descubre y comparte tus lecturas en **QuieroLeer®**, una comunidad de lectores y más de medio millón de libros

www.quieroleer.com

Además, descárgate la aplicación gratuita de **QuieroLeer®** y podrás leer todos tus *ebooks* en tus dispositivos móviles. Se sincroniza automáticamente con muchas de las principales librerías *on-line* en español. Disponible para **Android e iOS**.

https://play.google.com/store/apps/details?id=pro.digitalbooks.quieroleerplus

iOS

https://itunes.apple.com/es/app/quiero-leer-libros/id584838760?mt=8